유금호 소설집

마리오네뜨, 느린마을로 날다

도서출판
이유

유금호 소설집

마리오네뜨, 느린마을로 날다

ⓒ 유금호, 2014

지은이 | 유금호
펴낸이 | 김래수

1판 1쇄 인쇄 | 2014년 11월 20일
1판 1쇄 발행 | 2014년 11월 25일

기획 및 편집 책임 | 정숙미
디자인 | 이애정
마케팅 | 김남용

펴낸 곳 | 도서출판 이유

주소 | 서울특별시 동작구 상도1동 497번지 서우빌딩 207호
전화 | 02-812-7217   팩스 | 02-812-7218
E-mail | verna21@chol.com
출판등록 | 2000. 1. 4 제20-358호

ISBN 979-11-86127-01-8 (03810)

이 도서의 국립중앙도서관 출판예정도서목록(CIP)은 서지정보유통지원시스템
홈페이지(http://seoji.nl.go.kr)와 국가자료공동목록시스템(http://www.nl.go.kr/
kolisnet)에서 이용하실 수 있습니다. (CIP제어번호 : CIP2014032068)

유금호 소설집

마리오네뜨, 느린마을로 날다

차 례

순결한 영혼(靈魂)에 대한 헌사(獻辭)

책을 내는 것이 의미가 있는 것일까, 망설였습니다.

폐기물을 늘려줄지도 모른다는 두려움 속에 잠깐 지난 봄, 집 앞 보도 블럭 사이에서 발견한 가녀린 제비꽃에 대한 기억을 떠올렸습니다.

물신화·디지털화의 이 불모의 시대에서도 풀꽃과 별빛을 기억하는 사람들, 여전히 순결한 사랑을 믿는 사람들이 있다는 생각이 미쳤습니다. 도심 시멘트 블럭 틈 사이 작은 줄기를 뽑아 올린 그 작은 풀꽃의 생명력, 삭막하고 메말라가는 세상에도 누군가의 가슴에 내가 꾸는 꿈의 한 자락이 전해질 수 있을 것이라는 기대로 용기를 내었습니다.

개인적으로 꽤 긴 세월, 쓰는 일에 가까이 하면서 '글쓰기'가 삶에 구원의 역할을 한다는 생각을 해 왔고 그것은 얼만큼은 사실이었습니다.

삶의 곤비한 무게와 족쇄들에서 잠시 자유로운 비상을 가능하게 했던 쓰는 일에 대해 감사를 느낍니다.

그러나 내가 구사해 온 언어구조물의 하릴없는 붕궤를 목격하기도 하고, 내 도로(徒勞)의 허망함, 무의미를 넘어 내가 뱉어낸 언어들이 적의를 품고 나를 향하고 있는 것을 확인해야 하는 때도 있었습니다.

살면서 꽤 싸돌아다니기도 했고, 가까운 사람들과의 사별과 스스로의 무능력을 확인하기도 했으며, 진정한 외로움이 무엇인지도 지금은 조금 압니다.

그러나 지나간 시간은 어떤 식으로도 되돌릴 수 없고, 어떤 가정법도 통하지 않는다는 것도 압니다.

살아온 세월을 되돌릴 수 없다면 남은 시간 역시 꿈꾸고 쓰는 일밖에 할 수 없을 것입니다.

'이유' '정숙미' 실장이 용기를 주지 않았다면, 이번의 작업에 용기를 내지 못했을 것이라는 것도 고백합니다.

2014년 늦가을에

유효리

내 친구, 장(張)씨

　• • • 내 친구, 장(張)씨 이야기를 하려고
한다. 그러나 사실 나는 장씨의 이름이나 나이조차도 알지를
못한다.

안개 낀 봄날 아침 산골짜기, 낡은 황토색 배낭 하나, 두리번
거리며 주위를 둘러보다가, …… '어찌……, 이리 내 고, 고……,
고향과 똑같지요?' 더듬거리던 말투, 그것이 그와의 첫 대면이
었다.

강원도 접경, 양평 산골짜기에 낡은 농가가 딸린 땅을 약간
장만해 둔 것이 있어 주말에 들렀을 때였다.

그곳은 아직 쌀쌀했고, 안개가 걷히지 않고 있었다.

아침에 용달차가 부려 놓은 철쭉을 심은 후, 마당 끝에 내

키 정도의 벚나무를 심으려고 괭이질을 하고 있었다. 자갈이 많아 괭이와 삽을 번갈아 써도 구덩이를 파는 것은 만만치가 않았다.

벚나무 한 그루를 세운 뒤 흙을 채우기 전, 뿌리를 감싼 새끼줄을 잘라내려고 전정가위를 손에 쥐었던 때였을 것이다.

"줄……, 새끼……, 줄……, 풀지 말고 그대로 그냥……."

낡은 점퍼에 황토색 배낭, 그을린 얼굴의 중년 남자였다.

더듬거리는 말투와 외모에서 왜 그 순간 푸석푸석한 가을날 수숫단 냄새를 느꼈을까. 안개가 뿜어내는 습기 속에 황토색 배낭이 이질적으로 다가왔다.

벚나무 한 그루를 심고, 다시 괭이를 들자 그가 내게서 괭이를 가져갔다. 그리고선 능숙하게 땅을 팠고, 구덩이 안에 나무의 방향을 잡아 세웠다.

"새끼줄……, 줄을 풀면 뿌리……, 뿌리가 흔들려서 차, 차……, 착근이 잘 안될 수도 있거등요. …… 새끼줄이야 썩는 것이라서……."

힘들었던 참이라 모른 척, 그의 도움으로 다섯 그루 나무심기를 마치고 나서야, 나는 그에게 '고맙다'는 인사를 건넸다.

그는 씨익 웃고는 개울물에 땀을 씻고 돌아왔다.

안개가 물러가면서 봄볕이 마루 위로 기어들었다.

지나다가 들른 사람이라고 했다. 자기가 살던 시골과 너무 흡사한 지세여서 자기도 모르게 골짜기를 따라 올라왔다고 했다.

막걸리를 한 사발씩 비운 뒤 이름을 물었더니, '장(張)가요', 그
는 그렇게만 대답했다.

　장씨와의 인연은 그렇게 시작되었다.
　준비해 간 도시락을 함께 먹은 후, 그가 외양간 곁, 공터를
보더니, 푸성귀를 심으면 한여름 반찬은 할 것이라고 했다. 그
리고는 삽과 괭이를 찾아들고 그 공터에 아궁이 재까지 긁어다
뒤섞어 능숙하게 금방 골을 만들고 둔덕을 만들었다.
　농사꾼 아버지의 대를 잇지 못한 것이 나이 들면서 후회가
되어 병이 될 것 같다고 했다.
　나는 몇 해째 밭이 놀고 있다는 말을 했다. 산골짜기 농토는
농사꾼들도 거들떠보지 않아 그동안 밭을 묵히고 있었다.

　말을 더듬거리는 남자 한 사람이 그렇게 해서 그 산골짜기에
머물기 시작했다.
　장씨가 그 골짜기에 기거하게 되면서 주말이면 자주 그곳으
로 내려갔다. 그는 오두막집과 묵은 밭의 손보아야 할 곳들을
알려주었고, 장씨는 요술 손을 가진 것처럼 집과 주변을 갈 때
마다 놀랍게 변화시켰다.

　이틀씩 머무는 기회가 생기면서 저녁이면 마당 한쪽에 장작
불을 피우고, 잉걸불에 햇감자를 익히고 소주를 나누어 마시
며 나란히 앉아 있는 날들이 있었다.

장씨는 말더듬이가 심하기도 했지만 거의 말을 하지 않았다.

산골의 밤은 금방 새카맣게 변해서, 모닥불만이 유일한 빛이었다. 그가 딸 이야기를 꺼낸 것은 정적 속에 소쩍새 울음이 계속되었던 탓이었는지 모른다.

기르던 '잉꼬'가 죽은 일이 있었다고 했다. 유치원생 딸아이가 모이를 주던 새여서 아이가 많이 울었다고 했다. 딸아이가 죽은 새를 묻고 나무젓가락으로 십자가를 만들어 꽂아준 것을 보았는데, 아이가 그 무덤 위에 며칠째 계속 물뿌리개로 물을 주더라는 것이다.

"…… 꽃씨도 물을 주면 싹이 나지 않아?"

딸아이에게 해줄 말이 없어서 돌아서서 담배를 피웠다는 이야기였다.

그러나 장씨는 금방 오두막집 뒤 죽은 나무를 휘감아 올라간 칡덩굴과 머루덩굴, 더덕과 도라지, 옻나무들로 화제를 바꾸어 버렸다.

그는 골짜기에 자라던 야생두릅과 오갈피나무, 산초나무, 하늘나리, 원추리와 붓꽃들을 집 주위에 옮겨 심고 계곡 곁에 작은 돌미나리밭을 만들기도 했다.

나는 서울로 돌아오지 않고 새로 도배한 방에서 목침을 베고 단잠을 자기도 하고, 잡초가 잘려나간 밭 언덕을 느긋하게 걷기도 했다.

그러면서 바뀌어가는 그 골짜기 주인이 장씨인 것 같은 생각이 들면서 내가 손님으로 와 있는 것 같은 기분이 가끔 드는 거였다.

오두막집을 보수하면서 구들장을 놓느라 문짝을 다 떼어 내었을 때였다.

제대로 된 한옥 문짝을 다는 게 좋을 것 같아 문짝을 주문하고 기다리던 참이었다.

"……, 너구……, 너구리가 자고 갔구만요……."

장씨가 뒤통수를 긁으며 손가락으로 가리키는 방 한쪽, 배설물 무더기가 놓여 있었다. 밤이면 산짐승들이 더러 내려온다는 이야기는 들었지만 너구리가 자고 가리라는 생각은 못했다. 장씨는 배설물을 치우면서 민망한 얼굴이었다.

"짐승이 자고 간 자리는 옛부터 명당이라고 그래요. 이왕 같이 살자고 하지요. 뭐."

여름이 되면서 장씨에게서 풍기던 마른 수숫대 냄새가 옅어져 갔다.

그 대신 그에게서 나무 냄새가 나는 것도 같았고, 그의 혈관에 피 대신 수액(樹液)이 흐르고 있다는 상상이 되기도 했다.

그 주말 역시 해가 돋은 한참 후까지 안개가 골짜기를 채우고 있어 나는 마당에 차를 세워 놓고도 장씨의 모습을 쉽게 찾지 못했다.

한참 후에야 안개 속에서 그의 밀짚모자가 보였다.

아래쪽 밭이랑에 있던 다른 밀짚모자도 허리를 펴고 모자를 벗었는데 순간, 나는 어…… 하고 입을 벌렸다. 아래 밭에서 풀을 뽑던 사람은 생각지도 않게 머리칼을 민 스님이었던 것이다.

"스님께서 어떻게?"

"울력 나왔지요."

가까이 가서야 나는 잇몸을 드러내고 웃고 있는 스님이 여승인 것을 알았다.

"동가식서가숙(東家食西家宿), 중한테 집이 따로 있습니까? …… 두어 달 되었나요. 이 산등성이 너머 쇠락한 암자(庵子)에 맑은 석간수(石間水)가 있어서요. 언제 들르시면 석간수로 끓인 차, 한잔 대접하겠습니다."

"스님이 이웃에 계셨군요."

"네, 그런 셈이네요……. 소승 만월(滿月)이라 법명을 받았습니다."

오십 중반, 웃을 때 작은 주름들이 여러 겹 잡혀 나이 들어 보였지만 눈이 퍽 맑다는 생각을 했다.

"스님께 술은 못 권하지만 땀을 많이 흘리셨으니 곡차(穀茶)는 한 잔 하시지요."

나는 시치미를 떼고 준비해 간 막걸리를 대접 세 개에 그득하게 따랐다.

"감사하게 수분 보충하겠습니다."

스님은 눈가에 잔주름을 잔뜩 만들며 스스럼없이 막걸리 한 잔을 시원하게 비웠다.

나야 초면이지만, 장씨와는 대면한 적이 몇 번 있는 듯싶어 보였다.

혹시 두 사람, 장씨와 만월스님이 젊은 시절, 세속의 인연이 있었을까. 스님이 깻잎과 파초 줄기 장아찌를 챙겨다 주었다는 말을 들으면서 엉뚱한 기분이 든 적도 있었다. 그러나 스님을 두어 번 더 만났지만 두 사람에게서 그런 세속적인 그림자는 보이지 않았다.

필요한 것이 있으면 전화 연락을 하라고 했으나 장씨가 내게 전화를 해 온 것은 딱 한 번이었다.

동물병원이 멀지 않으면 애완견용 '진드기 약'을 사다 달라는 부탁이었다.

떠돌이 강아지 한 마리가 들어왔는데 '진드기 약'을 발라주고 싶다는 거였다.

'진드기 약'을 사가지고 간 그 주말 아침, 내가 차를 세우자 새끼 누렁이 한 마리가 나를 보더니 반갑게 낑낑거리며 꼬리를 저어댔다.

한 주일 전, 큰 길에서부터 줄곧 그를 따라와 밥을 나누어 주기 시작했다고 했다.

처마 한쪽 끝에 자리를 잡고, 등산객이 길을 잘못 들어서거나 하면 사납게 짖는다고 했다. 꼬리를 흔드는 것은 '만월스님과 나밖에 없었다.

'누렁이'는 장씨를 그림자처럼 따라다녔다.

'누렁이'가 장씨 곁을 벗어날 때는 주말에 내 차 소리가 들리거나 만월스님이 마당 입구에 들어설 때뿐이었다.

꼬리를 흔드는 것만으로 부족한지 '누렁이'는 나와 스님 앞에서 제 배를 드러내 보이고 낑낑거리는 것으로 반가움의 부피를 표시하곤 했다.

장씨 곁에 붙어 있던 '누렁이'가 사라진 것은 겨울이 지나고 장씨가 골짜기에 머문 지 1년이 되어가던 때였다.

장씨 주위만 맴돌았지 골짜기를 벗어난 일이 없었다는 '누렁이'가 사라지고 나서 장씨는 몹시 서운해 보였다.

그러면서 그에게서 다시 마른 풀냄새가 나기 시작했다. 인연이 다 된 게지요. 내가 강아지를 한 마리 구해다 줄까, 했더니 고개를 저었다. 제 옛 주인을 찾아갔을지도 모른다고 했다.

'누렁이'가 사라지고 난 한 달 뒤, 장씨도 그 골짜기를 떠나 버렸다.

〈그간 신세 많았습니다.〉

내가 가져다준 작업복들과 신발을 말끔하게 정리해 놓고 달랑 쪽지 한 장만 남긴 채, 그는 증발하듯 그 골짜기에서 사라져 버렸다.

내 친구, 장씨는 어디로 간 것일까.

봄이 지나가고 여름이 시작되어도 장씨는 돌아오지 않았다.

그와 함께 심었던 자귀나무에는 붉은 꽃이 흐드러지게 피었다.

장씨가 특별한 종자라고 말했던 대로 공작벼슬 같은 꽃술이 진한 빨강색이었다. 꽃무더기가 가지 끝을 뒤덮고, 검정색 '긴꼬리제비나비'들 십 여 마리가 그 꽃 사이를 부지런히 날아다니기도 하고 앉기도 했다.

장씨가 그렇게 떠나고 난 두 번째 주말, 나는 별 생각 없이 산등성이 하나를 넘어 옆 골짜기를 찾아들었다. 그 골짜기에도 작은 계곡이 있어 거기 어디쯤 작은 암자마루에 장씨와 만월스님이 나란히 앉아 있거나 텃밭에서 푸성귀를 거두고 있을지 모른다는 상상을 했지만 그 골짜기 어디에도 암자나 사람의 흔적은 없었다.

생각하면 얼마나 우스운 일인가. 장씨는 내게 '친구'라고 말해본 적도 없고, 이름조차 알려주지 않았는데도 나는 지금 그를 '친구'라고 부르고 있다는 사실이 말이다.

빗소리를 들으며 설핏 잠이 들었던 듯싶다.

줄기차게 쏟아지던 비가 개고 하늘이 높아져 있었다.

나는 빗물에 씻긴 자귀나무꽃에 날아드는 '긴꼬리제비나비'들에 시선을 주었다.

비가 쏟아질 땐 어디에 숨어 있다가 비가 그치자마자 나타났을까.

다섯 마리, 여섯 마리…… 일곱 마리나 되는 커다란 검은 색

나비들이 빨갛게 공작벼슬처럼 피어 있는 자귀나무꽃 사이를 부지런히 오가고 있었다.

자귀나무 뒤편으로 장씨가 심은 노각나무, 산딸나무, 신나무, 산벚나무들 역시 비에 젖어 청량해 보였다.

그 나무들 사이에 섞여 있다가 장씨가 고개를 내밀 것 같은 생각이 들었지만 역시 그는 나타나지 않았다. 누렁이와 눈가에 자글자글한 주름을 지으면서 웃던 만월스님은 또 어디로 가 버린 것일까.

그러나 확실한 것은 집 주위에 심어진 나무들, 여물어가는 콩밭, 꽃이 피어 버린 상추와 아욱들 사이에 스며들듯 장씨가 '만월스님'과 '누렁이'와 함께하고 있다는 느낌만은 어찌할 수 없었다.

'셔터 맨'은 어디로 갔을까

● ● ● 20호 정도 크기의 강렬한 원색의 유화 한 폭. '극락조' 두 마리가 화폭 양쪽에서 꼬리를 내려뜨려 전체 화폭을 감싸고 있고, 코코넛잎으로 지붕을 한 오두막집이 네 채. 그림 앞쪽으로 원근법이 무시된 흰 머리칼을 한 검은 피부의 원주민 노인이 '코데카'만 끼우고 창을 들고 서 있고, 검은 새끼돼지와 닭, 벌거벗은 새까만 어린아이들이 둘, 나머지 공간은 코코넛나무와 고사리를 닮은 열대 양치류 식물들이 작은 시냇물을 사이에 두고 화폭을 가득 채우고 있었다.

처음 그림을 보았을 때 유치한 장난그림 같아 둘둘 말아 책장 위쪽에 던져두었던 것이었다.

그런데 그림을 전해준 친구, 장진우가 며칠 후, 전화로 그림 안부를 물었던 것이다.

"자세히 들여다봐. 나뭇잎에 지난 밤 내린 빗방울 떨어지는 소리가 들리고, 잘 하면 극락조 울음소리도 들릴 거야. 아, 그리고 오두막집에서 걸어 나오는 젖퉁 큰 여자들이 보이는지 잘 보라구."

지난 해 그가 '파푸아뉴기니'에 갔다가 원주민이 그린 그림이라고 내게 가져왔던 그림이었다.

미친 놈, 그의 말을 귓전으로 흘리면서 그림을 찾아 다시 펼쳐보았다.

긍정적으로 보면 화면 전체가 동심과 환상의 미묘한 조화를 보이는 듯도 했다.

선물을 홀대했다고 질책할 것 같아 서둘러 표구를 해서 사무실 벽에 걸어두기는 했지만 애정을 가지고 그림을 바라본 적은 없었다.

그런데 조금 전 그의 아내가 친구가 내게 와 있느냐고 전화를 했던 것이다.

"휴대폰도 이틀째 꺼져 있어요."

"……."

"보통 때는 전화 통화는 되거든요."

"사진 찍는다고 시골에라도 가지 않았을까요?"

'사진작가 장진우'라고 인쇄된 명함을 가지고 있었던 게 생각나서였다.

그러나 사실 나는 그가 어떤 종류의 사진을 찍는지에 대해서는 관심이 없었다. '디지털 카메라'로 찍은 여행 풍물 사진 몇

장을 보여준 적이 있었지만 작품이라고 할 만한 사진을 그가
보여준 적도 없었다.

전화를 끊으면서 내 시선이 자동적으로 지난 해 그가 전해
준 그림 쪽으로 다가갔다.

그와 알고 지낸 지는 시간적으로 여러 해째였다.

동네에 있는 약국에 '소화제'를 사러 들렀다가 중년의 그와
인사를 나누었고, 몇 마디 이야기 끝에 나이가 같은 것을 알았
던 것이다.

그런데 태어난 달도, 날짜도, 시간까지 사주(四柱)가 같은 것
을 알고는 둘 다 너무 놀랐다. 우연이었겠지만 쌍둥이로 태어나
지 않는 이상, 사주가 같은 사람을 만나는 것은 기적 같은 일이
아닐까 싶다.

"약사 선생님이시군요."

"나요? …… 나는 '셔터 맨'이구요."

아내가 약사라 했다. 그러면서 내민 명함에 '사진작가 장진우'
라고 인쇄되어 있었다.

한 동네에 살다 보니 그후, 더러 싸구려 소주집에 동행하곤
했는데, 시간이 지나도 내게는 도깨비 같은 친구라는 느낌만이
전해졌다. 살아온 역정이 달라 공통의 화제를 찾기가 쉽지 않
았지만 그와의 동석에서는 언제고 그 친구의 주관에 의해 움
직이고 그의 이야기나 주장에 귀를 기울여야 했다. 맥주를 마

시다가 갑자기 소주로 바꾼다거나, 한여름에 정종을 덥혀 먹는 일, 소주까지 덥혀 마시는 그런 일들은 약과였다. 그는 끝없이 추상적인 화제를 끄집어내고 자기가 결론을 내리고 했다.

"…… 나, 이집트 쿠푸왕 피라미드 지하실에 들어가서, 4,500년 전에 화강암을 파서 만들었다는 그 석관 속에 한번 직접 누워 보려고 해……. 실제 거기 누워서 눈을 감고 있으면 무게 50톤에서 70톤이나 되는 돌들을 어디서 무엇으로 옮겨왔고, 어떤 식으로 쌓아올려 거대한 피라미드를 쌓아올렸는지, 그 비밀이 자연스레 알아질 것 같거든."

"자네들, 며칠 전 신문 보았지? 시베리아의 영구 동토(凍土) 속에서 발굴된 거의 완벽하게 보존된 어린 매머드 기사, …… 그런데 중요한 것은 그 매머드 위장 속에, 소화가 덜 된 오늘날 열대지방 식물이 들어 있었다는 사실, 이상하지 않아? 열대식물이 자라던 시베리아가 한순간 얼어붙었다. 그렇게 되는데."

그때의 그의 눈빛은 열기를 뿜으면서 몽롱한 자기세계를 향해 열려 있는 듯했다.

어쩌다 나도 잠시 그의 화제에 동참을 하는 경우가 있었다.

"…… 우리가 알고 있는 역사 훨씬 이전에 지구 위에 전혀 다른 고도의 문명이 존재해 있지 않았을까 하는 생각. 그레이엄 핸콕(Graham Hancock)이 쓴 《신의 지문(Pingerprints of the Gods)》이라는 저서에 그런 이야기가 있던데."

중국과 국교가 열리기 바쁘게 백두산에 다녀와서, 짙은 안개 사이로 갑자기 드러난 천지의 위용을 들려주었고, 실크로드를 따라 돈황에 다녀온 후엔, 명사산(鳴沙山)의 모래 울음소리 이야기도 해주었다.

인도의 뭄바이에도, 남미의 아마존과 이과수 폭포에도, 그리스 아테네에도, 눈 내리는 바이칼 호수에도, 기분 내키는 대로 그는 돌아다니다가 나타나곤 했다.

직접 가보지 못한 낯선 풍광에 대한 이야기를 그에게서 듣는 것이 가끔은 즐거움이었고, 때로는 한 가닥 쓸쓸함이었다.

바둥거리며, 앞만 보고, 잠을 줄여가며 쉬지 않고, 열심히 달려왔는데도 근무하는 중소기업 중간관리자 자리도 나는 힘이 들었고 버거워 있었기 때문이다.

앞으로도 내가 어느 날 오후, 훌쩍 국제선 터미널에서 가벼운 기분으로 휘파람을 불며 출국신고서를 쓸 수 있을 것 같지가 않았다.

그와 고등학교와 대학교 동기생인 시를 쓴다는 박주원이라는 사람을 만나게 된 것도 그 친구 때문이었다.

박시인에 의하면 그는 고등학교 때도 유별났던 친구라고 흥을 보았다.

"그 놈아는 글을 손으로 안 쓰고 몸으로 쓰는 기라예. 머릿속으로 마, 머 생각난 게 있시면 지가 직접 몸으로 그 속으로 뛰어들어간다, 아입니꺼?"

대학 시절, 한창 학생 데모가 심하던 때 최루탄과 돌멩이가 난무하는 운동장 한가운데에 그가 꼼짝 않고 쭈그리고 앉아 있었던 적이 있다고 했다.

머리 위로 허옇게 최루탄 가루를 뒤집어쓰고 눈물, 콧물을 흘리면서 두 손으로 머리를 감싸고 앉아 있는 것을 학생들이 들어내어 왔다는 거였다.

"이 친구 더러 현실 감각이 전혀 없는 기라예."

박시인은 장진우가 대학 때 잠시 같은 문학동아리 회원이었지만 한 번도 완성된 글을 합평회에 내보인 적이 없다고 했다. 머릿속 생각을 표현할 언어 자체가 불완전한 때문이라는 것이 그의 변명이었다고 했다.

박시인이 시골에서 전학을 온 후, 고등학교 2학년 수학여행을 함께 갔다고 했다.

정해진 코스대로 경주를 돌아보고, 버스 편으로 부산 해운대에 도착했던 모양이었다.

풀어 놓은 학생들이 해운대 백사장에 흩어져 몰려다니다가 출석확인을 하는데 장진우가 보이지 않더라고 했다.

한참 뒤, 커다란 플라스틱 통에 바닷물과 함께 해삼이며, 멍게, 낙지 등속을 팔고 있는 아낙네들 곁에 심각한 얼굴로 서 있는 그를 발견했던 모양이다.

"……이 산낙지가 축농증 환자나, 비염 환자들에게 특효약이라는 건 몰랐을 기라. 원래 산낙지라는 게 통째로 먹는 게 원칙이거등…….

대가리를 붙들고 다리까지 쭉 한번 훑어 내린 뒤, 머리통부터 초고추장에 찍어 한 입에 넣는 기제. 그때 저놈들 여덟 개나 되는 다리가 잘못하면 얼굴에 달라붙는데, 그때 마, 다리두 개는 틀림없이 콧구멍 속으로 파고들게 되어 있는 기라. 낙지 다리에 붙은 저 흡반이 되게 강하거등. 일단 콧속으로 발이들어갔다 하면 콧속을 뿌리꺼정 깨끗하게 청소를 해 버리는 기라…….

그래서 축농증 환자들은 계획하고 좀 큰놈으로 콧속 청소를시켜서 쉽게 병을 고치제……. 축농증에 병원에는 뭐, 미쳤다고갈 끼고? 우리 시골서는 옛날부터 다 그렇게 콧병을 치료해 왔다 아이가. 아무리 심한 사람도 두 번만 하면 땡이라."

중년 남자들이 소주에 산낙지를 통째로 먹으면서 떠들어 대는 모습이 눈에 들어왔다.

십 여 분 후, 장진우가 콧구멍만이 아니라, 목구멍과 눈까지낙지 발에 휘감겨 호흡 곤란으로 질식 직전까지 가는 사건이발생했다. 그때 그를 부축해서 병원으로 뛰었던 일이 박시인과그의 첫 인연이었을 것이라고 했다.

그 덕택에 졸업 후, 그의 집에 초대받아 간 적이 있었는데 완전히 기가 질렸다고 했다. 풀장 딸린 400여 평 정원에, 운전기사, 가정부, 요리사, …… 사우나실에 넓은 창을 가진 서재와당구 연습실까지 확인하고는 쉽사리 위화감을 떨쳐 버리기 힘들었다고 했다.

"벌써 나흘째 저희 집에 전화연락도 없다는 거야……. 혼자 훌쩍 외국에 나가도 집에 전화는 했다던데, 이번에는 부인도 짐작이 안 가는 모양이야. 부인은 혹시 자네한테는 무슨 연락이 없었을까 하는 눈치던데, 뭐 감 잡히는 것 없어?"

"내가 그놈아 속을 어떻게 알 끼고? 사주팔자가 같은 사람은 생각도 같이 한다고 하드만도……. 머 생각나는 거 없노?"

얼마간 걱정이 되어 박시인을 불러냈지만 그 역시 장진우의 행방은 전혀 모르고 있었다.

나는 공모자나 된 듯 괜스레 몸이 움츠려졌다.

"진짜 묵을 게 떨어져 멀쩡하게 천장만 쳐다보고 있는 사람들이 세상에 있다는 거 그 자식은 상상도 못한다, 이기라. 고등학교 졸업 때까지도 돈이란 걸, 지가 직접 손에 쥐어본 적이 없었다카이. 뭐든 저희 어무이가 다 미리미리 해 주었던기라. 장가도 저희 어무이가 기획하고, 연출하고 했시니, 지 놈 한 일이라 카먼, 마, 첫날밤 신부 옷 벗기는 일이나 했것제……. 거기다 마누라는 어무이보다 한술 더 뜨는 기라. 도무지 서방님 해야 될 일을 남겨 놓지 않는 게라. 뭐든지 척척…… 그러니 그 친구, 점점 더 이상해진 기라. 눈치 볼 상관이 있나, 치밀러 올라오는 후배들이 있나, 그러이 만화 같은 공상이나 하는 기지. 그래도 속마음은 참 선량한 사람인기라……"

박시인은 개인적으로 그동안 실제 물심양면 많은 도움을 받으며 지냈다는 이야기도 덧붙였다.

고학으로, 장학금으로 학교를 다녔고, 스트레스 받는 지역신문사에서 노트북 하나로 버텨 가는 박시인의 입장으로는 삶이 만화나 공상일 수 없을 터였다.

한번은 대학 때 그가 '고흐'의 〈해바라기〉 그림 앞에서 한순간 해바라기밭 사이로 빨려 들어가 강렬하게 내려쬐는 햇빛 속에 서 있다가, 너무 눈이 부셔서 빠져나왔다는 이야기를 웃지도 않고 한 적이 있어서 화가 치밀어 오른 적도 있었다고 했다.

사실 나도 그를 알게 된 후, 이 친구가 유년기의 한순간 정서가 그대로 멈추었나 싶게 독서 취향이나, 사고에서 현실 감각을 잃고 있는 것을 많이 느꼈다.

순진무구함이랄까. 그의 의식 일부는 꿈과 현실이, 유년과 장년이, 설화와 현재가 가끔 뒤섞여 있는 듯이 보였다.

그래서 보통사람들의 밥 먹고 사는 일하고는 아무 상관없는 일들에 늘 쏠려 있는 듯이 보였다.

그래서 세 사람이 자리를 할 때도 서로의 대화가 자주 허공을 맴돌았다.

그럴 때면 그가 소설가의 꿈을 가졌다는 이야기를 시인, 박주원이 강조하기도 했다. 그런데 왜 소설을 쓴다고 하면서 한 번도 완성된 원고를 친구들에게 보여주지 않았을까.

결혼 전, 2년인가, 중학교에서 국어를 가르치는 교사생활을 한 일이 있다는 것, 그것이 한때 문학청년이었다는 사실과 얼마라도 관계되는 유일한 일일지 몰랐다. 결혼하면서 경제에 밝은 약사 부인 덕분에, 그는 7층 건물의 주인에 기분 내키는 대로 사진을 핑계 삼아 훨훨 돌아다니는 것이 몸에 배어 있었다.

그러나 그는 때로 자조적으로 자신을 '셔터 맨'이라고 했다. 아내가 운영하는 약국 문을 아침에 열어주고 닫는 일이 현실과 관계된 유일한 일이었을 것이다.

그래도 그가 스스로를 '셔터 맨'이라고 이야기할 때의 표정은 쓸쓸하게 보였다.

보통 때 그는 친구들이 그의 이야기에 흥미를 안 보여도 자기 생각들을 지치지도 않고 골고루 화제에 올렸다.

그에게는 숙명적으로 현실적 삶의 치열함이 끼어들 틈이 없었던 듯했다.

결혼 후, 아내는 항상 그의 통장을 넘치게 채워 놓았고, 빌딩 관리의 실무 역시 처음부터 아내 몫이었다. 말하자면 그는 결혼 후에도 우리들 소시민이 느끼는 생활에 대한 곤비함, 피할 길 없는 선택이나 계획, 압박감 같은 것에서 비켜 서 있었다. 성장기를 부유한 홀어머니 밑에서 외아들로 자라왔던 그에게 보통 사람들의 스산한 삶의 궁핍이나, 생존에 따른 가혹한 긴장 따위는 내재할 공간이 없었을지도 몰랐다.

그가 안데스 산맥의 '마추픽추'에 다녀와서 잉카문명의 소멸과 그들의 비밀스러운 역사에 대해서나, 아프리카 '암보셀리' 초원에서 올려다본 '킬리만자로' 정상의 만년설에 대하여 떠들어 댈 때도 우리는 그냥 고개만 끄덕여 주었다.

그러나 작년 '파푸아뉴기니'에 다녀온 후, 그들 원주민들의 과거 '식인습관'과 '싱싱파티', 돼지고기와 닭, 바나나, 고구마들을 바나나잎으로 싸서 흙구덩이 속에 달구어진 돌과 함께 익혀 먹는 요리, '무무'와 남자들의 성기 가리개인 '코데카'에 대해서는 여러 번 반복해서 이야기를 꺼내곤 했다.

그가 한때 문학에 관심이 있었다고 느낀 적은 최근, 그가 몇 년래 엄청나게 전 세계 독서계를 강타한 '조앤 롤링'의 '해리 포터' 이야기에 열을 올렸던 게 내 기억으로는 전부였던 것 같다.

"'조앤 롤링'이라는 그 여자의 '해리 포터'(Harry Potter)가 전 세계를 점령, 아니 정복이지. 3년 전에 아프리카의 가난한 나라 '짐바브웨'에 갔었거든. '빅토리아 폭포'를 찾아갔는데 그 엄청난 폭포에 놀란 게 아니고, 폭포 가까이 있던 참 지독하게 가난한 마을을 지나면서 직접 본 거야. 땅은 젖어 완전 팥죽같이 질척였고, 맨발에 눈 흰자위만 큰 아이들이 멍하게 이방인들을 바라보고 있던 마을 입구에 조그만 가게가 있더라고. 잔뜩 먼지 쌓인 가게는 옛날 우리 시골 구멍가게 같았는데 과자 몇 개, 잔뜩 먼지 뒤집어쓴 코카콜라 병. 그런데 바로 거기에도 '해리 포터' 책이 쌓여 있는 거야. 그것도 소프트 본과 하드 본이 따로 아이들 키만큼 높이로……

무슨 생각을 한 줄 알아? 도대체 그 마술학교의 허황된 이야기에 왜 세계가 열광하느냐의 문제야. 결국 오늘날 우리 인간의 삶이 더없이 피폐하고 삭막하니까 판타지 속으로 잠적해 가는 거거든. 온 세계가 말이야……."

"그런데 우리나라는 뭐지? 글 쓰는 사람은 있는데도 그 글을 읽어주는 독자가 없다는 거야. 그래서 소설가들이 굶어 죽게 생겼고, 여기 우리 박시인도 제대로 못 먹어서 비쩍 말랐지 않아? 그게 뭔 줄 알아? 상상력 때문이야. 상상력이 빈곤하니까 독자가 한국작가의 책을 외면하는 거라고……. 작가라는 사람들이 독자보다 몇 걸음 앞서 걸어가고 있어야 독자가 호기심으로 뒤따라가지. 한데 우리네 작가들 상상력이라는 게 독자들 발그림자 뒤에 서 있는 거야. 그러니 책을 써도 안 팔릴밖에."

"한국소설이라는 게 뻔해. 지지리 궁상만 떨고 있으니까 시시한 거지. 남녀 간의 연애도 맨날 모텔에 가고, 아기 배어 가지고 산부인과에 가거든. 좀 화끈할 수 없어? 섹스도 제대로 하려면 백주 대낮 왕복 8차선 도로 한가운데에서도 하고, 후르르 날개 달고 하늘로 치솟아 무중력 속에서 해 보는 거야. 그럼 독자가 몰리지."

"자네도 한때 작가가 되려고 했다며? 그러니까 자네가 직접 쓰면 되잖아?"

"안 돼. 난 '셔터 맨'이라고……. 알아? 나는 '셔터 맨'이야."

그가 또 쓸쓸한 얼굴이 되었기 때문에 우리는 더 이상 그를 추궁할 수 없었다.

어스름이 시작되는 도심의 거리는 늦여름과 초가을이 절반씩 섞인 주황색을 기조로 침착하게 가라앉아 있었다.

은행나무 이파리 색이 부분적으로 변하고 있었고, 공해 때문인지 보도 한쪽에 낙엽이 떨어져 있기도 했다. 회오리바람이 그 떨어진 낙엽을 나무줄기를 향해서 밀어 올렸다가 아스팔트 위로 흐트려 놓기도 했다. 자주 만나는 사이가 아닌데도 그가 며칠째 소식이 없다는 것이 허전했다.

그는 정신분열증을 앓고 있는 것일까. 낯선 거리에서 이상한 언행을 보이다가 혹시 사설 정신병원 같은 곳에 끌려가서 감금되어 있는 것은 아닐까. 정신과의사의 눈으로 본다면 그는 분명 환자일 것이다. 연상(聯想)의 논리적 연결고리의 단절, 현실과 환상의 혼재, 어쩌면 그는 망상형(妄想型) 환자로 취급될지도 몰랐다.

…… 시간과 시간의 틈새, 공간과 공간의 틈새……. 뉴기니에서 돌아온 뒤 어느날, 소주집에서 중얼거리던 말들이 떠올라 마음이 편치가 않았다. …… 가령 우리들 방말이야. 벽이 있지 않나? 그 벽과 벽이 만나는 모서리가 도배지로 발라져 있지만, 도배지를 뜯어내면 아무리 잘 지은 집도 작은 틈이 있어. 그렇듯이 그런 공간과 공간의 빈틈이 시간 사이에도 존재하는 건

아닐까, 그런 생각이 언제부터인가 들었거든. 시간의 틈새랄까 그런 거⋯⋯.

갑자기 불안한 생각이 들어 박시인의 전화번호를 눌렀다.

신호가 가는데 대답이 없다.

한참 후, 그의 집 쪽에서 내게로 전화가 걸려왔다.

그의 아내였다.

"박시인은 어디 갔나요?"

"⋯⋯ 저⋯⋯, 여기 병원이에요. 그이가 며칠 전부터 숨쉬기가 곤란하다고."

"박시인이 입원을 했어요? 어느 병원이에요?"

"어제 오후에⋯⋯."

불길한 느낌으로 택시를 세워 박시인이 입원해 있다는 병원으로 행선지를 바꿨다.

"어찌 알고 왔노? 검사중인데 별거 아닐 기라⋯⋯."

며칠 못 만난 사이 어떻게 그리 말라 버릴 수 있을까. 원래도 작은 체격이었지만 환자복을 입고 있는 그가 너무 왜소해 보였다. 체중이 자꾸 줄어들면서 호흡이 가빠져서 왔다고 했다. 몇 가지 검사를 했는데 결과는 2, 3일 지나야 나온다고 했다.

복도로 따라나온 그의 아내 얼굴이 초췌해 보였다. 폐에서 조직을 떼어내어 검사에 들어갔는데 결과가 나와야 알 것 같다고 했다.

"아침에 나가서 식당 일 끝나고 늦게 들어오고 하다 보니 언제 애아빠, 건강이 어쩐지 챙길 시간이 있어야지요."

"괜찮을 겁니다. 너무 걱정하지 마시고요. 그런데 무얼 먹기는 하는가요?"

그의 아내가 고개를 저었다.

"목 쪽 임파선이 부어올라서 삼키지를 못해요."

늦여름과 가을이 구별 안 되는 계절인데도 장마철처럼 하루 종일 안개비가 내리고 있었다.

조금 일찍 퇴근을 하려던 참이었는데 노크도 없이 유령처럼 장진우가 들어섰다.

"뭐야? 이런 도깨비."

나는 우선 뛰어나가 그의 어깨를 두 손으로 잡고 앞뒤로 흔들었다.

"어디서 오는 거야?"

노숙자 생활을 한 것 같은 몰골에 배낭을 맨 채, 그는 사무실 벽에 걸린 뉴기니 풍경화 앞에 한참을 멍청하게 서 있었다.

그는 표정 없이 피식 웃더니 배낭을 열었다.

"자네한테 줄려고 이거 한 개 구해 왔어."

그가 꺼내 놓은 것은 팔뚝크기만한 긴 조롱박이었다. 조롱박 겉면에 검고 붉은 무늬들이 음각되고 구멍 뚫린 쪽에 두 개의 긴 줄과 작은 구슬장식들이 달려 있었다.

"이게 뭐야?"

그는 그림 앞쪽 노인의 다리 사이를 가리켰다.

"이게 그 '코데카'야?"

"공항에서 바로 여기로 오는 길이야. 지난번에는 일행들 때문에 보고 싶은 것을 제대로 못 보았거든."

"그럼 또 파푸아뉴기니를?"

"아주 눌러 앉고 싶은 마음이 굴뚝같았는데……."

"거기서 사람 잡아먹고 '코데카' 차고 살지 뭐 하러 돌아와?"

"이번에는 제대로 '극락조' 소리를 들었어. 그게 나그네에게는 안 들린다거든. 그런데 내게 들렸어. 중부 쪽의 하일랜드는 고도가 높아서 열대지방 같지를 않아. 그리고 스콜이 대개 밤에만 쏟아지니 아침 공기는 또 얼마나 상쾌하겠나? 지상에 마지막 남은 낙원…… 대나무 삿자리에 코코넛잎으로 이은 지붕, 사방에 널린 야생 바나나에 고구마……. 하, 참, 이번에 사람고기를 어떻게 요리해 먹었나, 그것도 듣고 왔지. 두 세대 전만 해도 서로 잡아먹고 그 해골들이 지금도 그 사람들 오두막 앞에 줄줄이 걸려 있거든. 옛날 저희 할아버지 때 이야기라 하지만 누가 알아? 지금도 저희끼리 잡아먹는지……. 원래 그 '무무'라는 요리도 사람고기를 요리할 때 쓰던 방법이었더라고……."

그는 지난번보다 더 구체적으로 그곳에 대한 정보를 한참이나 열에 들떠 털어놓았다. 아프리카 '기니'에서 그들 조상이 왔다는 것, 워낙 밀림이 무성하다 보니 마을과 마을이 완전 고립 상태여서 부족과 마을마다 말이 안 통하니까, 숲에서 서로 만나면 잡아먹게 되었을 것이라고 혼자 흥분해서 이야기했다.

"나는 그 친구들, 섹스를 어떻게 하나, 그게 궁금했거든. 집이라는 게 완전 원룸이잖아? 부부간에도 식구들 여럿 있는데 불편할 것 같더라구. 그런데 그게 아주 간단해. 사방이 숲이잖아. 벗고 사는 사람들이니 옷 벗고 입고 할 것도 없이 가만히 빠져나가서 만만하게 생긴 나무에 기대서서 하는 거야. 그런데 이게 밤마다 비가 와서 나뭇잎들이 젖어 있다가 나무 밑동에서 쿵쿵 몸통을 부딪치다 보니까, 한참 달아오르고 있는데 후드득 나무에서 목으로 등으로 물방울이 떨어지는 거야. 어이구, 차가워, 하면서 잠시 쉬고, 다시 열을 내다가 아이구, 차가워, 또 쉬고…… 그렇게 천천히 하는 것 같더라고……."

그는 캘캘대고 웃으면서 한국의 어느 여류작가가 쓴 소설에 신부를 파계시켜 사랑에 빠지는 이야기를 읽었는데, 이때 두 남녀가 만나면 주로 전봇대에 기대서서 섹스를 한다고 묘사되어 있더라고 했다. 시간도 없고, 돈도 없고, 서로 확실한 감정 확인은 해야 하는데 그때 할 수 있는 유일한 통로가 섹스이고, 어둠만 있으면 특별한 장소 없이도 섹스는 가능하다고 했다. 그때의 섹스는 욕정이나 쾌락이기보다 엄숙한 의식이라고 했다.

"서로를 확인하면서 두 남녀가 울고 있어. 섹스를 하면서 같이 울 수도 있구나, 그 소설을 읽고 나서 나, 여류 작가를 그 후 존경하게 되었다니까."

그가 정말로 다시 뉴기니를 다녀왔는지는 알 수 없었다.

사실 그 진위 자체에 의미가 있는 것도 아니었다.

"박시인이 입원했어. 죽을지도 몰라."

나는 박시인이 폐 쪽이 좋지 않아 며칠 전 입원을 했고, 징후가 좋지 않다는 말까지 했다.

입원 며칠 전 박시인을 만났을 때 그가 중얼거리던 말까지 전했다.

"이상하게 몸이 자꾸 빠지는 기라. 7킬로가 빠졌다 아잉가."

그때 박시인은 본인의 체중이 43킬로가 되었다고 했다.

"젊었을 때도 50킬로를 넘겨본 적이 없었어. 그 친구."

그는 여전히 꿈꾸는 시선으로 뉴기니 풍경화만 바라보고 있었다.

며칠 후 장진우의 새로운 증발과 박시인의 검사결과에 대한 소식이 거의 동시에 전해져 왔다.

박시인의 아내가 맨 처음 연락한 것이 장진우였을 것이고, 그의 새로운 증발을 전해 듣고 아마 그 다음이 나였지 싶었다.

"마, '폐암'이라 카는데 수술은 안 해도 되는갑다. 그냥 약 묵으라 한다. 아마 쪼고만 게 생긴 모양이라. 고게 많이 컸으문 짤라내라고 안 하겠나? 꼭 담배 많이 피어 갖고 오는 것도 아인 것 같고……."

그간 더 많이 야위어진 볼에 머리까지 깎아 버려서 어디에 시선을 둘지 모르겠는데 박시인의 표정은 천하태평이었다.

"장진우, 갸, 또 어디로 토껴분 게라. 젊었을 때도 통 현실감각이 없던 친구라카이. 쪼매 있시면 돈 떨어지고 돌아올 기다."

복도로 나오는데 그의 아내가 두 손으로 내 손을 붙들었다.

그의 아내 얼굴은 완전히 반쪽이 되어 있었다. 이미 병원에서 손을 쓸 수 있는 단계가 지났다고 했다고 한다.

암 덩어리가 복강 쪽과 목 부근 임파선까지 침입해서 잘해야 앞으로 한두 달, 기적이라도 일어나지 않는 한, 남은 시간이 1, 2개월이라는 통고를 받았다고 했다. 본인은 병원에 온 뒤, 목 부위의 부기(浮氣)가 가라앉으면서 이제 두어 주일 후면 건강하게 퇴원하리라고 생각한다고 했다.

"용기 잃지 마시구요."

납빛이 되어 버린 그의 아내의 얼굴을 똑바로 바라보기가 어려웠다. 엘리베이터 안에 들어와서야 눈앞이 부옇게 흐려 있는 게 느껴졌다.

다시 며칠이 지나고, 박시인이 오늘밤을 넘기기 힘들겠다는 그의 아내 전화를 다시 받으면서 나는 눈앞이 몽롱해져왔다.

창 밖으로 며칠째 때늦은 안개비가 내리고 있었고, 안개비에 젖어 어스름이 깔려오는 시간이어서 시선이 가 닿은 뉴기니의 풍속화 역시 부옇게 흐려 보였다.

숨이 끊기기 전 마지막 얼굴이라도 보고 가라는 그의 아내 목소리에는 이미 체념의 색깔이 묻어 있었다.

장진우는 여전히 연락이 안 된다고 했다.

박시인의 인생 후반기, 거의 유일한 친구가 장진우였을 터였고, 거기 곁다리로 내가 끼어 있었지 싶어 마음이 급했지만 장진우의 휴대폰은 여전히 꺼져 있었다.

내 눈에 눈물이 고였을까. 사무실 벽의 뉴기니 풍경화가 안개에 휘감겨 보이더니 그림 상단에 대칭으로 그려 있던 극락조가 푸스스 깃털을 털어 보였다. 놀라서 다시 바라본 그림 속의 종려와 키 큰 양치식물 사이의 작은 시냇물이 흘러가기 시작하면서 졸졸졸 물소리를 내는 것 같았다.

숲속의 높은 습도가 뭉쳐서 방울을 만들어 후두둑 소리를 내며 오두막집 지붕과 땅바닥에 떨어져 내린다고 생각하면서 힐끗 다시 바라본 벌거벗은 노인에게 고개를 돌린 순간, 나는 어, 하고 비명을 질렀다.

노인 곁에 놀랍게도 장진우가 나란히 서 있었다.

그리고 어느 사이 노인과 장진우의 사이에 낯익은 또 한 사람 모습이 하나 더 끼어 들었다. 박시인…… 나는 목이 메어서 그를 부르며 그림 앞으로 다가섰다.

힐끗 내 쪽으로 고개를 돌린 두 사람이 나를 향해 찡긋 윙크를 해 보이더니 손을 흔들고 숲길을 따라 마을 뒤쪽으로 걸어가기 시작했다.

그리고 그때 곧바로 병원에서 전화가 걸려왔다.

병원의 전화번호가 휴대폰에 떠올라 오는 것을 발견한 순간, '아, 박시인이 운명했구나', 온몸에 전율을 느끼며 그림 속을 눈여겨보았지만 안개 속으로 사라진 두 사람의 모습은 사라진 뒤였다.

마두금(馬頭琴) 이야기

● ● ● 몽골 현악기 '마두금(馬頭琴)' 연주를
혹시 직접 들어보신 적 있으신지 모르겠어요.

선배에게서 일본감독이 몽골에서 찍은 〈차강모르〉라는 영화
이야기를 들었던 것은 오래전이었습니다.

'차강모르'는 '백마(白馬)'의 뜻으로 '마두금'에 얽힌 몽골 유목
민의 전설을 영화한 것이라 합니다.

'후후 남지르'라는 가난한 청년에게 사랑하던 여자가 있었는
데, 주인이 심술이 나서 청년을 먼 곳으로 보내 버렸다고 해요.
그러나 청년에게는 하늘을 날 수 있는 천마(天馬)가 있어 매일
밤 애인을 만나러 왔는데, 심통스러운 주인이 그 말을 죽여 버
렸다는군요. 그 죽은 말이 청년의 꿈에 제 꼬리털로 악기를 만
들어 달라고 부탁을 해서 두 줄짜리 현(弦)의 말 머리 모양 현

악기가 만들어졌다는 내용이라고 해요.

말 등에 오르면
가지 못할 곳이 없네
말 등에 오르면
죽지도 않는다네
말이 스스로 길을 찾아
원하는 곳에 데려다준다네

'마두금'에 대한 조금 더 극적인 전설이 있는데 나는 그쪽이 더 마음에 닿습니다.

옛날, 궁벽한 몽골 초원에 '수케'라는 젊은이가 살았는데, 한 겨울 밤, 말 울음소리에 잠이 깨어 달빛 아래 죽어가는 하얀 어미말을 발견합니다. 그 어미 곁에 갓 태어난 눈처럼 하얀 새끼말을 발견하고 청년이 정성을 다해 길렀다는군요.

몇 년 지나 그 새끼말은 멋진 경주마가 되었습니다. 마침 1년에 한 번씩 열리는 몽골 전통 스포츠 축제 '나담'이 열려, 말 경주에서 '수케'의 백마가 우승을 차지한 거예요.

그것이 비극의 시작이었습니다. 그 백마를 마을의 관리가 빼앗아가 버렸어요. 다음날 밤, 말 울음소리에 밖으로 뛰쳐나간 '수케'는 온 몸에 화살이 꽂혀 죽어가는 백마를 발견했습니다. '수케'는 말을 안고 통곡하다 의식을 잃었습니다. 주인을 잊지 못해 탈출했지만, 병사들의 화살을 맞아 숨을 거둔 백마는 '수케'의 꿈속에서 자신의 뼈와 말총, 가죽으로 악기를 만들고 머리 모양을 새겨 달라고 했답니다. 그렇게 만든 악기가 '마두금'이라고 해요. 원래 2개의 현(鉉) 중 하나는 숫말 말총 130개, 다른 줄은 암말 말총 105개로, 본체도 말가죽을 씌우고 현을 켜는 활 역시 말총을 재료로 썼다고 합니다. '마두금'을 몽골어로 '모린 호르(Morin Khuur)'라고 하는데 '모린'은 말(馬), '호르'는 음악의 뜻이랍니다.

듣는 사람에 따라 초원의 바람 소리, 야생마 울음소리, 지축을 흔드는 말발굽 소리처럼 들려 '초원의 바이올린', '초원의 첼로'로 불려 유네스코(UNESCO) '인류 구전 및 무형유산 걸작'으로도 선정되었다고 합니다. 연주자가 무릎 앞에 악기를 비스듬히 세우고 오른손 손가락으로 줄을 누르면서 말총 맨 활을 왼손에 쥐고 문지르며 연주를 합니다.

해외여행이 처음이었던 그날, 몽골 '울란바토르' '부양우카(Buynt-Ukaa)' 공항의 하늘 색깔을 잊을 수 없습니다.

6월 중순이었는데도 목덜미에 스치던 그 서늘하던 냉기, 그때 기온이 17℃였다고 선배가 알려주었지요. 그 하늘 색깔이 맑은 공기 때문이었을 수도 있겠다는 생각을 했어요. 어린 시절의 가을 하늘 색깔을 기억해 냈으니까요.

그곳 '바양고비' '겔'에서 묵었던 이틀 동안 하늘 색깔도 내내 같았습니다.

엄마의 유전자 한 조각이 내 안쪽에서 고개를 내민 것은 그

'바양고비'에서 하루를 지나면서 '겔' 천장으로 기어들던 새벽 별들과 차가운 냉기에 젖어 있던 이튿날 아침이었습니다.

어렸을 때 아빠는 한 달에 두어 번, 때로는 두 달이나 지나 한 번 엄마와 나를 보러 오셨어요.

사업 때문에 아빠는 늘 외국에 나가셔야 한다고 했어요.

'이번은 어디 다녀오신 건데요?'

중국, 어느 때는 일본, 때로는 상상 속 악어가 우글대는 섬나라, 사자가 울부짖는 곳, 북극곰이 사는 북극 항구에도 아빠는 다녀오셨다고 했어요. 나는 그 나라들 이야기를 해달라고 졸리는 눈을 부비곤 했는데, 그때 엄마가 내쉬는 한숨소리의 의미를 알아차리지 못했습니다.

빨간 가죽구두나, 시골 가게에는 없는 초콜릿과 젤리과자, 16가지 색 크레파스도 아빠는 사 가지고 오셨어요. 이거는 일본, 이것은 파리에서 샀지, 우리 공주님 주려고……. 시골 아이들이 꿈도 못 꿀 선물들을 받으면 아빠가 집에 계시지 않는 것이 은근히 자랑스러웠어요.

여름방학이 가까웠던 5학년 초여름이었습니다.

눈을 뜨자 아래위 흰옷을 입은 엄마가 서둘러 내 옷을 갈아입히고는 아무 말씀도 없이 읍내로 가는 버스를 탔어요. 정류장에 내리자 내 손을 잡고 엄마는 읍내 사거리가 내려다보이는 언덕배기로 올라가 나를 밭둑에 앉혔어요. 한참 뒤, 울긋불긋한 꽃을 잔뜩 단 상여 하나가 거리에 나타났습니다. 엄마는 그

상여 쪽을 향해 내게 두 번 절을 시켰어요. 엄마 얼굴이 너무 하얗게 되어 있어서 나는 무슨 일인지 묻지도 못하고 멀리 보이는 상여 쪽을 향해서 절을 두 번 했습니다.

그때 우리가 앉아 있던 언덕의 밭에는 콩 포기들이 시퍼렇게 자라고 있었고, 그 콩밭 군데군데 키 큰 수수들이 바람이 불 때마다 꺼덕거리고 있었던 것도 생각이 납니다.

이별이 어떤 것인지, 이승과 저승이 얼마나 먼 곳인지 짐작도 못해보던 열두 살, 그렇게 나는 아빠를 보내드렸어요. 보내드린 게 아니고 아빠가 나를 떠나셨어요.

그후에도 돌아가신 아빠에게 가까이 가서 왜 절을 할 수 없는지, 제삿날이며 명절날, 산소 앞에 술 한 잔 올릴 수 없는지를 이해하게 될 무렵, 저는 생각했어요.

나는 자식을 낳지 않을 거다. 남자를 사랑하는 일 같은 것은 절대로 하지 않을 것이다.

겔에서 밤을 지낸 그 초원의 아침, 가이드가 여러 마리 조랑말들을 끌고 왔었지요.

여행객들이 너도나도 아이들처럼 조랑말에 올라 초원 위를 움직이고 있었을 때, 말 대신 그 곁에 낙타 고삐를 잡고 있던 일행 중 한 분이었던 훤칠한 모습의 중년 남자, 선생님은 그때 눈짓으로 내게 낙타를 타보라고 했어요.

무릎을 꿇고 있던 낙타는 내가 등에 오르려 하자 몸을 흔들고 고개를 저으며 입으로 침을 뱉어댔지요……

"이놈 봐라. 짐승들이 영악해서 여자나 어린아이들을 알아본다더니……. 가만 있어……."

목을 두드려 낙타를 달래면서 내 손에 고삐를 쥐어주었을 때, 그래요. 그 순간이었어요. 새파란 하늘과 초원을 배경으로 흰 이를 드러내며 웃던 선생님 모습이 어쩌자고 유년 시절, 딱 한 번 제주도에서 조랑말 위에 나를 번쩍 안아 올려주던 아버지 생각이 나게 했을까요? 그것을 운명이라 한다면 너무 가혹한 거였습니다.

다른 사람들은 모두 조랑말을 탔는데, 선생님과 나, 두 사람만 낙타를 타고 초원을 한 바퀴 돌았어요.

30분쯤. 하늘과 초원, 우리가 묵었던 '겔'이 물결처럼 출렁였던 그 30분의 시간이 나에게는 10년의 세월보다 더한 체험이었습니다.

그날 밤 짐승들 배설물 말린 땔감으로 초원에 모닥불을 피워 놓고 둘러앉았을 때, 가이드가 '마두금' 이야기를 했습니다.

사막에서 낙타가 새끼를 낳은 뒤, 출산의 고통에 대한 기억 때문인지 새끼에게 젖을 주지 않는 경우가 있다고 했어요. 그럴 때면 마을 원로가 '마두금'을 켜면서 어미낙타를 달래준다는 이야기였어요.

…… 모든 것은 바람 속 티끌처럼 사라지는 것이니라, 아파하지 말아라, 고통에 목매지 말고 바람처럼 자유롭게 떠돌아라……. 고통은 영혼의 지팡이……. 고통이 있음으로 너는 설

수 있는 것이니⋯⋯.

　몽골 벌판에서 바람처럼 한평생을 살아온 촌로(村老)만이 할 수 있는 위로와 마두금 연주를 듣고 나면 어미낙타는 눈물을 흘리면서 새끼를 핥아 주고 젖을 먹인다는 이야기가 가슴을 아리게 했습니다.

　'마두금' 이야기만이 아니라 그곳 몽골 초원의 사소한 기억까지 의식 깊숙이 각인된 것은 그것이 내 첫 해외여행이었던 탓도 있었을 것입니다. 질리게도 계속되던 초원과 지평선, 수백 마리, 수천 마리의 양떼와 말들, 띄엄띄엄 서 있는 천막집, '겔' 사이로 말 등에 올라 짐승들을 몰던 열 살도 안 되어 보이는 소년들 모습을 어떻게 잊을 수 있겠어요? 다섯 살 때부터 말타기를 배웠다는 '암부르'라는 이름을 가진 소년에게서 초원을 뒤덮고 있는 개양귀비를 닮은 작은 흰 꽃 이름이 그곳 말로 '지츠크'라고 불린다는 것을 배웠고, 보랏빛의 작은 꽃은 '옵스', 강가 버들강아지를 닮은 키 작은 나무는 '모르갓스'라는 것들을 잊지 않고 있습니다. 낙타에 흔들리면서 지나갔던 돌무더기 위의 푸른색 깃대, 그 돌무더기 위에 올려놓은 돈이며, 심지어 말 머리 뼈까지⋯⋯. 그들 소원을 비는 성황당 역할의 그 장소가 '어와'이고, 거기 꽂아 놓은 푸른 천의 깃대를 '하득'이라 부르는 것도 잊지 않았습니다.

　그날 잠시 낙타가 걸음을 멈추었을 때, '아이락'이라고 불리는 마유주(馬乳酒) 두 대접을 우리에게 권하던 아주머니의 얼굴과 그 덧니까지도 기억하는걸요. 머뭇거리는 내게 앞서 맛을 본 선생님이 막걸리 맛과 비슷하다고 내게 마셔보라고 권하던 음성 역시 남아 있습니다.

지금도 1년에 한 번씩 열리는 '나담' 축제의 승마대회에 세 살짜리 꼬마 애들부터 35km 거리를 달린다는 이야기도 생각납니다.

소 한 마리를 건포로 말리면 배낭 두 개에 다 들어갈 수 있다는 그들의 갈무리 습성이 과거, 지구의 절반을 휘달릴 수 있는 역동성이었을 것이라는 짐작도 들었고요. 남녀 구별 없이 말 등에 오르면 초원을 날듯 움직일 수 있다는 것. 그 속도 앞에 과거의 한 시기, 정착 농경민족들이 감히 몽골족을 대항할 수 없었지 않았겠는가, 하는 생각도 했었던 것 같아요. 짐승들이 가는 대로 뒤를 따라 잠시 머물고, 다시 떠나는 유랑의 습관을 지켜가는 동안, 세계는 빠르게 변해 갔고 그들 역사는 천천히 화석처럼 묻혀 갔으리라는 짐작도 되었어요.

그리고 유목민족답게 그 초원 어디에도 '칭기스칸'의 공식적인 무덤이 없다는 이야기는 충격이었어요. 그 초원에 180마리 표범 가죽을 덮었다는 그들 황제의 '겔'을 중심으로 수만, 수십만 개의 천막이 질서 정연하게 펼쳐진 위용을 상상해 보는 것도 즐거웠습니다. 아무것도 없음으로 해서 자유롭게 펼쳐지는 웅장한 도시와 말발굽 소리와 그들의 숨소리……. 무덤을 갖지 않음으로써 '칭기스칸'의 무덤은 유럽까지 진출했던 넓은 영토 어디에나 수십, 수백 개로 머물러 있을 수 있는 것은 아닐까 싶어요.

초원 곁으로 시냇물이 흘러가는데도 적은 양의 물을 길어 와 서 사용하고 그 물을 초원에 뿌려 자연 속에 다시 여과시켜 버 리는 절제. 강한 햇볕으로 얼굴이 타들어가는 것을 막기 위해 날고기 비계를 얼굴에 문질러 대는 그들을 야만스럽다고 비웃 을 수 없다는 생각도 했었습니다.

어둠이 덮여오는 초원에서 '호모스(말똥)'와 '알라가스(소 똥)'로 모닥불을 피워 놓고, 바라보았던 주먹만큼씩 크던 별 들……. 그러나 선명하고 강렬한 초원의 기억들은 첫 해외나들 이 때문만은 아니란 걸 아시지요?

그날 아침 낙타 고삐를 쥐고 있었던 선생님과 나란히 했던 30분간이 아니었다면 그 모든 기억은 이미 흐려졌을 거예요.

이번 '이스트 섬' 여행 전에 내게 두 가지 사건이 있었습니다.

지난 해 '자궁근종' 진단을 받고 나서 자궁을 들어내는 수술 을 받았거든요.

수술 전 의사선생님이 뭐라고 하신 줄 아세요? 초기 단계여 서 다른 기관으로 전이만 되지 않았으면 적출수술로 정상적인 생활로 복귀할 수 있다고 그랬어요.

'정상적'이라는 단어에 의도적으로 힘을 주는 것 같아 갑자기 그때 나는 웃음이 터질 뻔했습니다. '정상적'이라니요? 다른 사

람에게는 자궁을 적출한 일이 비정상적이라 해도 내게만은 그
것이 정상이라고 말하는 것 같았습니다. 나이 마흔 넘은 여자
가 사용해 보지 않은, 앞으로도 사용할 가능성이 거의 없는 기
관을 제거하는 일이라 '정상'이라는 말을 쓰는 것 같았거든요.

그리고 금년 봄, 일요일 아침이었습니다.

보통 때 낮에 TV를 켜는 일이 거의 없는데, 그날 아침은 어
떻게 TV가 켜 있었어요. 그리고 우연히 화면에서 '마두금' 연주
를 간접적이나마 보고 들은 거예요. 동물관계 프로였는데, 우
리나라 지방 어느 목장이 무대였습니다.

새끼 낳은 어미소가 젖을 주지 않아 주인이 엄청 고민을 하
는 이야기였습니다. 옛날 첫새끼 때도 젖을 먹이지 않아 죽은
새끼 무덤을 주인이 목장 뒤 언덕에 만들어 주었는데, 두 번째
새끼 역시 젖을 주지 않고, 뒷발로 차서 다리가 골절된 채 중송
아지로 자란 모습이 화면에 비쳐졌습니다. 세 번째 새끼를 주인
이 시간 맞추어 우유를 타 먹이고 있었습니다. 왕진 온 수의사
도 고개만 흔들었습니다.

그런데 그 시간, 방송 제작진이 몽골 악사에게 '마두금'을 들
려 그 목장으로 데려왔어요. 몽골 전통 복장의 악사가 어미소
곁에서 '마두금'을 연주하는 동안 제작관계자도, 수의사도, 목
장 주인도, 시청자들도 숨을 죽이고 있었습니다.

직접은 아니라 해도 TV 속의 '마두금' 소리는 흐느끼는 듯,
바람소리인 듯, 끊길 듯하다가도 다시 이어지며 듣는 이로 하여

금 전신에 소름을 돋게 했습니다.

그런데 세상에…… 딴청 피우던 어미소가 마두금 연주가 끝날 무렵, 고개를 돌려 큰 눈을 껌벅거리더니 거짓말같이 새끼소의 몸을 긴 혀로 핥기 시작하는 것이었습니다. 목장 주인의 눈에 눈물이 흘러내렸고, 방송 PD 역시 손수건을 꺼내드는 게 화면에 보였습니다.

전설이 사실이 되는 그 순간 나 역시 울고 있었습니다.

태어나서 울음소리조차 내지 않는 갓난아이를 이틀 동안 윗목에 밀쳐두었던 엄마, 불어나는 젖이 너무 아파 사흘만에야 아이에게 젖꼭지를 물렸다는 돌아가시기 전의 고백을 떠올리면서 울었습니다.

그러다 잠시 그 '마두금' 소리를 선배가 들으면 어떨까, 생각하면서 울음을 그쳤습니다.

도쿄까지, 다시 타히티, 그리고 '이스트 섬'까지 5시간의 밤 비행은 몹시 피곤했습니다.

밤 12시가 지난 시간의 타히티 출발의 비행기 출국장 이야기를 해야겠네요.

출국수속을 끝내고 출국대기실에 들어섰는데 한쪽 지붕이 휑하게 뚫려 반달이 휘영청 떠 있어요. 건물 지붕 절반이 개방되어 하늘이 열려 있었고, 그쪽에서는 승객들이 자유롭게 담배를 피우고 있었습니다.

그런데 황당하게도 출국 게이트 표시등에 'Easter Island'의 표지가 없었어요.

선배가 주위 사람들에게 영어로 물었지만 모두 우리 질문의 뜻을 모르는 표정이에요. 한참 후에야 저쪽에서 한 중년의 백인이 지금 떠나는 비행기가 맞다고 했어요.

출구 게이트 표시등에는 'Santiago' 그 아래쪽에 경유지로 'Isla de Pascua'라는 표시밖에 없었거든요.

'Easter Island'의 칠레식 이름이 'Isla de Pascua', 원주민 이름으로는 '큰 섬'이라는 뜻의 'Rapa Nui'로의 어둠 속 5시간의 비행이 그렇게 시작되었습니다.

세상에서 가장 외딴 곳이라는 이곳 '이스트 섬'의 '모아이' 석상을 보러 오게 된 것은 선배 언니가 거의 강권을 행사하다시피 했어요.

참, 선배 언니 이야기를 안 해 드렸네요.

세상의 기존관념, 습관, 그 모든 것에 도전하는 그런 사람이라면 이해되실 수 있을까요?

선배 이야기를 앞서 해야 했는데 순서가 바뀐 셈이 되었습니다. 약사가 직업인, 나보다 두 살 위 언니뻘 선배랍니다.

친언니와 함께 동네 작은 약국을 경영하는데요. 그런데도 그 약국 경영에 선배가 전혀 도움이 될 것 같지 않아요. 소화제라도 사러 그 약국에 들렀다가 선배 혼자 있을 때는 약 사는 것을 포기해야 하는 경우가 많거든요.

– 너 약 먹지 마. 약이라는 게 다 속임수야. 이 약 먹으면 낫

겠지, 환자 혼자 자기 최면에 걸려 치료되는 거야. 자생력으로 치료되는 거지, 약으로 치료되는 거 아니다, 너……. 약으로 병이 다 치료되면 죽는 사람이 왜 생기니? 몸이 말야, 더 이상 병하고 싸워서 못 이기면 할 수 없이 죽는 거지. ─

감기 기운으로 약을 사러 약국에 들렀다가 선배한테 세뇌만 받았어요.

자기 언니가 교대하러 약국에 들르자 선배는 나를 자기 차에 태워 팔당댐 쪽으로 달렸어요. 약보다 더 좋은 치료방법이 있다고, 선배는 나를 팔당댐 수문에서 물이 쏟아져 나오는 것이 내려다보이는 언덕 위의 장어집으로 데려가서 장어구이를 시켰어요. 내가 운전면허증을 소지하고 있는 것을 확인한 뒤, 선배는 소주 한 병을 혼자서 금방 비웠어요. 다음 기회에 자기가 안 마실 때 나더러 혼자 술을 마시래요.

그날 혼자 술을 마신 선배에게서 선배가 '싱글 맘'인 것을 처음 들었어요.

─ 결혼하는 것, 남편을 갖는 것은 어디까지나 선택이다, 너. 그런데 나는 원래 사람과 얽히는 관계가 질색이거든. 애인을 가지는 것, 더구나 결혼, 나는 일찍부터 그쪽하고는 선을 그었어……. 그런데 이상하더라. 미친 소리 같지만 마흔이 가까워지면서 애가 갖고 싶은 거 있지. 결혼도 싫고 남자도 싫지만 아이를 낳고 싶은 것, 자궁이 있으니까 가지고 있는 기관을 한 번은 활용해 주는 게 창조주에 대한 예의라는 생각도 들고……. ─

그래서 정자를 기증받아 아이를 가졌다고 해요.

엄청 충격이었어요.

그 이야기를 들을 때만 해도 내 몸 안에도 아이를 담을 수 있는 기관이 있었으니까 나도 선배 같은 생각이 들 수도 있을까, 그 생각을 했어요.

그때만 해도 아이라는 것은 한 남자와 여자가 몹시 사랑하게 된 결과라고……. 하지만 사랑한다고 해도 그것이 사회의 관습에서 벗어나게 되면 본인들만 아니라 아이에게까지 고통의 파문이 너무 큰 것이라고……. 그래서 나는 아이 같은 것은 가지지 않겠다고 오래 생각해 왔거든요.

아이만이 아니라 남자를 사랑하는 일도 그냥 혼자만 간직하는 게 더 현명할 것이라고 그렇게만 생각했었어요.

그런데 선배에게는 엄마가 되는 일과 누구를 사랑하는 일은 전혀 다른 차원의 일이었습니다. 그 선배의 언니 되는 사람도 특별하고, 좋은 사람이라는 생각이 많이 들어요.

약국 경영에 선배가 도움이 될 것 같지 않은데도 동생을 끔찍하게 아끼고 이해하는 것 같아요. 태어난 아이도 선배는 기분 내킬 때 가끔 엄마 노릇을 할 뿐, 실제 양육은 언니 몫이었구요.

옛날에 선생님을 만난 그 몽골 여행도 선배 때문이었어요.

어느 날부터인가, 나는 선배의 말이라면 무조건 순종하는 착한 후배가 되어 있었으니까요. 자기 기준으로 생각하고 행동하는 선배의 삶 속에 내가 상상하지 못한 세계가 있었거든요.

바양고비 초원의 그날 아침에도 선배는 맨 앞서 조랑말을 타고 초원을 가로질러 가버렸어요. 나는 한순간 엄마 손을 놓친 꼬마처럼 잠시 허둥대었지 싶어요. 그때 내 앞에 낙타 고삐를 잡고 선생님이 서 계셨어요.

　신화 수준의 '모아이' 실체를 꼭 확인하겠다는 선배의 바람은 여러 해 전부터였답니다. 기본 관념으로 굳어진 모든 것들이 선배는 못마땅하고, 그래서 도전하고 싶어하고 그래요.

　20톤이나 되는 석조물을 우주인들이 축조했다고도 하고, 그 거대한 석상들이 새로운 세계를 기다리며 모두 바다 쪽을 향해 서 있다고도 하고……

　그런데 실제 우리들이 확인한 석상들에서 맨 처음 무얼 본 줄 아세요?

　바다를 바라보고 있는 '모아이'는 '아후 아키비'의 해안에서 2km쯤 떨어져 있는 '모아이' 일곱 개뿐이었습니다.

　'호투 마투아(Hotu Matua) 왕'이 일곱 명의 신하와 이 섬에 왔다는 전설과 함께 섬 주민들을 지키려는 듯 그곳 '모아이'들은 바다 쪽을 노려보고 서 있지만, 섬 안에 있는 다른 '모아이'들은 모두 바다에 등을 보이고 마을 쪽을 바라보고 있다는 사실입니다.

　'나는 자식을 낳지 않을 거다. 남자를 사랑하는 일 같은 것은 절대로 하지 않을 것이다.'

　오래 전부터의 혼자 했던 이 약속은 이제 고민하지 않고 지

커지겠지요.

내 의지가 아니라 여전히 타의에 의해서요.

자궁이 없는 여자. 자궁을 들어내 버린 여자. 상상이 가세요? 한 번도 생명의 씨앗을 심어보지 않았고, 생명을 키워낼 계획도 없는 기관이라면 들어내 버리는 것이 신이 생각하기에는 더 경제적인 것이었을까요?

하지만 지난 해 그 수술의 충격이 없었던 것은 아니에요.

아이를 가질 수 없는 몸이 되었다는 사실, 엄격한 의미, 여성도 남성도 아닌 중성의 몸은 이성으로보다는 감정으로 충격이었어요. 엄마처럼 아이를 가지지 않겠다는 결심, 남편을 싣고 가는 상여 가까이 가지도 못하고, 소리를 내어 울 수도 없는 엄마의 삶이 사춘기 내내 나를 얼마나 괴롭혔겠어요?

15개의 모아이가 모여 있는 통가리키(tongariki) 지역에서는 어쩔 수 없이 흩뿌리는 비를 그대로 다 맞았습니다.

한때 쓰나미에 휩쓸려 흩어져 버린 것을 일본의 건설회사 '타다노'가 그곳까지 기중기를 운반해 와서 복구해 주고, 그 인연으로 '모아이' 한 개를 오사카박람회에 옮겨갔다가 되돌아와서, 그 한 개는 다른 14개와 떨어져서 혼자 서 있었고요.

일본까지 다녀왔다고 '바람난 모아이', '외출한 모아이'로도 불린다네요.

그 '바람난 모아이' 곁에서 젖기 시작한 겉옷은 산꼭대기 채석장에 올라가서 만들다 둔 미완성 석상들과 옮기다가 버려 둔 모아이들을 확인할 무렵에는 완전히 젖었습니다. 그러나 산정의 바람에 옷은 두어 시간 후, 다시 건조되었어요.

실제로 모아이를 굴러 내렸던 지점으로 여겨지는 미끄럼 장소가 지금도 남아 있었습니다.

산자락으로 옮겨진 모아이는 멀게는 20km 떨어진 해안까지 운반되어 세워졌으니 엄청난 토목공사였을 것입니다. 토목공사에 나무들이 사용돼 섬은 황폐해졌고, 환경이 변했을 것입니다.

그 이야기도 해야겠네요.

첫 멘스가 있었던 무렵 아빠가 오셨어요.

작은 소리로 엄마가 아빠에게 내게 온 변화에 대한 이야기를 하신 것 같았어요.

아빠는 밥상 앞에 나를 한 팔로 끌어안은 채, 혼자 술을 여러 잔 따라 잡수셨어요. 아빠는 기분이 좋으신 것 같았어요. 엄마가 나를 끌어안고 흐느끼던 모습과는 전혀 다른 아빠의 그 반응이 참 많이 이상했어요. 엄마는 내 머리를 가슴 가까이로 끌어당겨 놓고 말없이 그렇게 우셨는데……

다시 말에 대한 이야기를 더 해야 합니다.

묵고 있는 이곳 '항가로이' 마을 숙소는 대학 때 MT를 갔다가 여럿이 묵은 적 있는 강원도 산골 민박집같이 생겼습니다. 시멘트 '모아이' 모조석상이 열대 식물들 사이에 버티고 있는 마당을 안고 슬레이트 지붕을 한 긴 'ㄴ'자 형태 공간에 방이 여

섯 개인가 길게 붙어 있고, 방 뒤쪽 작은 창이 뒷마당으로 나
있는 그런 집이랍니다.

오늘 새벽이었습니다.

종일 비까지 뿌리는 산등성이를 돌아다니느라 깊은 잠이 들
었던 것 같습니다. 날이 새기 전, 새벽 시간이었는데, '저리 안
가? 안 가?' 하는 선배 목소리에 놀라 잠이 깨었습니다. 뒷마당
으로 열린 창 앞에서 선배가 소리를 내고 있었습니다.

– 왜, 그래? 언니. –

잠이 덜 깬 채 선배 어깨 너머 뒷마당을 내다보다가 하마터
면 주저앉을 뻔했습니다. 커다란 몸집의 말 한 마리가 여명 속
에서 고개를 치켜들고 있었어요.

– 저게 이 창문으로 고개를 쓱 내밀고 방 안을 둘러본다, 기
가 막혀……. 저거 수컷이다. 너. –

말은 우리가 놀라거나 말거나 그 자리에 서서 푸드덕거리며
똥까지 싸고 나더니 아무렇지도 않게 앞마당 쪽으로 나가 버렸
습니다.

– 용케도 저것이 젊은 여자 둘 있는 것을 알고 찾아온 거 아
니겠어? –

선배는 담배에 불을 붙여 물고 키득키득 웃어댔습니다.

나는 그 순간 왜 마두금(馬頭琴)을 떠올렸는지 모르겠어요.

– 왜 저 말이 수컷인지 아니? –

– ……. –

– 원래 말이란 건 수컷의 상징이거든. –

- 말도 안 돼. -

- 저게 물건이 얼마나 큰지 알아? 우리 팔뚝보다 더 크고 길다. 그런데 사실 교미시간은 싱겁게도 몇 초면 그만이거든. -

- 별 희한한 이야기를 다 한다, 선배는……. -

- 그래서 넌 '석기시대'야. 것두 앞뒤 꽉 막힌 '구석기시대'. -

가끔 선배는 나더러 '석기시대'라고 합니다.

섬 안에 말을 기르는 목장이 있었지만 마을 앞 도로를 어슬렁거리며 돌아다니는 말을 몇 마리 본 기억이 났습니다. 말뿐 아니라 숙소 앞 골목과 차가 다니는 도로에서 목줄 없는 개들이 이방인에게도 꼬리를 치면서 가까이 오기도 했었어요.

주소를 쓰지 않은 편지를 우체통에 넣으면 어떻게 될까요?

편지 봉투를 풀로 야무지게 붙이고, 우표는 침을 발라 꼭꼭 붙여서 우체통에 넣는 상상을 합니다.

그러다가 가슴이 먹먹해집니다.

주소를 쓸 수 없다는 것, 주소가 있다고 해도 지상의 문자로는 쓸 수 없는 주소, 주소를 쓸 수 있었을 옛날에도 편지를 부치겠다는 것을 상상도 해보지 않았는데 새삼 주소조차 쓸 수 없는 편지를 저는 지금 쓰고 있습니다.

선생님을 실은 영구차가 그 가을날, 화장터를 향해 병원 문을 빠져나가고 있었을 때 나는 병원 후문 전신주 뒤에서 자동차가 사라질 때까지 서 있었어요.

딱 한 번, 입원실 복도의 열린 문 틈 사이로 선생님의 환자복 자락을 보고 돌아선 날부터 한 달이 채 되지 않아 선생님은 그렇게 떠나셨어요.

살아계실 때도, 누구와 헤어지는 일은 내게 항상 타의에 의해서만 이루어진 듯싶어요. 살아오면서 내 의지로 사람이나, 사물에 대해서도 내가 앞서 떠나온 적은 한 번도 없었습니다.

이번의 엉뚱한 이 편지가 내 생애를 통해 유일하게 스스로 선택해서 한 일일 거예요.

그날 병원 후문 전신주에 기대서서 선생님께도 마음속으로 두 번 절을 올렸습니다.

초등학교 5학년, 눈이 빨갛게 부은 엄마가 흰 옷으로 챙겨 입으시고, 내 손목을 쥐고 읍내로 가는 버스에 올라 작은 소리로 훌쩍이는 까닭을 알기에는 제가 너무 늦되었는지 몰라요.

멀리로 꽃상여 하나가 지나갔고, 쭈그리고 앉은 엄마가 내 손을 쥐고 흐느끼고 계셨는데도, 내 선물을 사 오시는 아빠가 다시는 내 겨드랑이에 큰 손을 넣어 빙빙 비행기를 태워주지 않을 것이란 것을 깨닫지 못했으니까요.

탱자나무 울타리

   ● ● ● 그날 늦은 오후, 종로5가에서 동대문 쪽, 꽃시장 길에 들어선 것은 친구, 백만금(白萬金)의 전화 탓도 있었을 것이다. 내가 수화기를 들자마자, 백만금은 금년 12월 대통령 선거야말로 민족 장래의 분기점이 될 것이라고 웅변조의 큰소리로 떠들어서 나는 수화기를 귀에서 거리를 두고 띄워야 했다……

  "웃기지도 않은 친구들이 어느 날 줄 한번 잘 서 있다가 국회의원이 되고, 장·차관에 국장을 하고 하는 거여. 자리가 사람 만들지. 처음부터 그 자리 딱 맞는 사람이 있는 것이 아니라는 것은 자네도 알 거여."

  이 나라 정치풍토를 바꾸는 데, 이번 한 목숨을 내던지겠다고 한참 떠들던 그는 내 사무실에 일간 들르겠다며 워낙 바빠

전화를 끊겠다고 했다.

그러더니 한 마디를 덧붙인 뒤 전화를 끊었다.

"옛날 시골 과수원집 있었지 않어? 그 영감네도 여러 해 전 서울로 온 모양이더라고……"

얼마나 가난이 사무쳐서 자식 이름을 '백만금(白萬金)'이라고 지어주었을까.

햇볕에 탄 볼과 손등에 돼지 비곗덩어리를 문지르고 학교에 나온 탓에 '돼지기름'이라는 별명이 하나 더 붙었던 친구 전화에 갑자기 동대문 꽃시장 생각이 났다.

신작로 등성이 너머 엎디어 있던 세 칸짜리 초가집 두 채.

우리 둘은 초등학교 때 별명이 '까마구 형제'였다. 얼굴과 손등의 때 때문이었다. 그런 어느 날 그가 손등과 양쪽 볼에 돼지기름을 문지르고 나타난 뒤부터 그는 '왕까마구'가 되고, 나는 '새끼까마구'로 강등이 되었다. 손뿐 아니라 양쪽 볼까지 얼어 터져 피가 배어나자 제 어머니가 정육점에서 돼지기름을 얻어다 문질러 주었다는 거였다.

그 시절의 기억들은 한동안 내게 봉인된 퇴색한 흑백사진이었다. 5학년 때 시골을 떠나온 후, 나는 그곳에 가보지도 않았고, 그리워해 본 일 역시 없었다. '까마구 형제'로 불리던 유년이 싫었고, 부끄러웠다.

10여 년 저쪽 어느 날, 동대문 뒷골목 싸구려 소주집에서 생각지도 않게 그를 만났고, 그와의 재회 때문에, 색바랜 유년의 조각들이 기억의 틈새를 비집고 떠올라왔다.

"생각나지? 그 과수원집 어른…… '험험험'…… 그 헛기침 소리, 나는 지금도 생생하다. 그 헛기침 소리. 장진수, 자네가 그때 얼마나 비겁했는지, 거 알아? 기껏 같이 복숭아 서리하자고 맹세한 것은 언제고, 탱자나무 베어낼 톱 가지러 간 사이, 자네 혼자 도망간 거 생각이나 나는 거야? 그건 비열한 배신이었어……. 그것만이 아녀. 단백질 보충 사건, 그때도 자네는 배신자였다고. 그때 왜 우리들이 그리 시커멓고, 비쩍 말랐는가 하는 거, 그거 다 단백질 부족이었거든. 요새 아이들 봐. 너무 잘 먹여서 둥글둥글 풍선들이 되어가는데……. 생각하면 그때는 다 불쌍했지. 비아프라 난민들이 따로 있겠나? 못 먹으니 비쩍 말라 퀭하게 까마귀를 닮아간 것인데……. 나, 지금도 형편이 과히 펴지 못했지만 아프리카 어린애들 굶어 죽어가는 사진 보고 나서는 매달 유니세프에 돈을 보내. 자네도 얼마씩 보내주라구."

갑자기 백만금이 술잔을 내려놓고 어깨까지 들썩이며 껄껄대자 옆자리의 노동자들 둘이 우리를 힐끔거렸었다…….

"그때 꿩알 스무 개를 주워다가 삶아 먹으면서 모처럼 단백질 보충을 한 것까지는 좋지 않았나? 그 다음에 내가 다시 꿩알이라고 주워다 삶은 것은 조금 문제가 있기는 했던 것 나도 인정하네……."

"그래, 알아. 나도 그 기억만은 너무 생생해."

내가 그의 말을 끊었다.

플라스틱 바가지에 반 남아 무슨 알을 구해온 것은 좋았다. 또 알을 삶는 것까지도. 그 애네 집 풍로에서 솔가지로 불로 익혔는데 꺼내 놓고 보니 껍질이 좀 이상했던 것이다. 달걀이나 꿩알은 껍데기가 바삭바삭 벗겨지는데 웬걸, 이건 가죽 같아서 가위로 잘라내듯 껍질을 잘라내야 했다. 껍질을 벗겨내자 속은 꿩알이나 다름이 없었다. 내가 한 개를 먹었고, 훨씬 빠른 속도로 입 속으로 알을 가져가던 '돼지기름'이 얼굴을 찡그리면서 입 속에서 무엇인가를 꺼냈던 것이다……

"무슨 알 속에 뼈다귀가 다 들었냐?"

그가 알을 씹다가 이물감이 들어 손바닥에 뱉어 올려놓은 것을 본 순간, 나는 꺄악, 비명을 지르면서 그 자리를 뛰어 일어났다……

"그때도 자네는 비겁했다, 이거여. 뱀이란 게 영양가로 보아서 얼마나 사람한테 좋은 건데……. 알 속에 새끼가 생긴 것은 그러니께 살모사(殺母蛇)였을 것이여. 그러니 그건 보통 뱀보다도 한 수 위지. 그런 것을 우리 처지에 어디서 구해다 먹어?"

그는 20년이나 지난 첫 만남에서부터 내 비겁함을 조목조목 깨우쳐 주려는 듯 따졌다.

그후 전화 통화도 하고, 틈을 내어 싸구려 선술집에서 소주 잔을 놓고 그가 살아온 나름대로의 영웅적인 삶의 갈피들에 대한 이야기를 들었다. 그는 20여 년 전, K시에서 일어났던 민주항쟁 와중에 허벅지에 총상을 입어 다리 하나가 부실해졌다는 이야기도 했다.

"장진수, 자네는 말여. 그때 자네가 K시에 있었다고 해도 방문 걸어 잠그고 이불 뒤집어쓰고 있었을 것이구먼."

그때 그가 건넨 명함에는 '무슨민주화동지회 사무차장'이라는 직함이 찍혀 있었다.

5년 전 대통령선거 임박해서는 어느 후보자 선거요원이라는 명함을 건넸다.

"······ 자네 알지? 이번에는 다 바꾸어야 하네. 마누라와 자식만 빼고는 다 뒤집어엎어야 해. 물이 고이면 썩듯이 이 사회가 안 썩은 곳이 어디 있는지 둘러보라고······. 그의 말대로 그해 12월, 대통령 선거에서 그가 지지했던 후보가 당선되었으면 그 역시 어떤 식이든 포상을 받았을지도 몰랐다. 무슨 감투를 썼을지도 모르는 일이다.

감투라는 단어가 떠오르자 가슴 한가운데를 견딜 수 없는 웃음이 밀고 올라왔다. 감투라니······. 비가 부슬거리던 늦여름 한낮, 동네 고물상 앞에서 무쇠솥을 모자처럼 뒤집어쓰고 앉아 있던 그의 모습이 떠올랐기 때문이다.

여름방학이 끝나면서 방학 동안 모은 폐품을 모두 학교에 가져가야 되는 날, 동네 고물상에서 구멍 뚫린 무쇠솥 한 개를 슬쩍해 나오려다 벙어리 주인에게 덜컥 덜미를 잡혔던 것이다. 훔치려던 무쇠솥을 모자처럼 머리에 얹고 한낮 동안 고물상 앞 한길가에 앉아 있어야 하는 벌을 받았던 모양이었다.

"야, 그래도 덕택에 비는 안 맞았다."

그는 내게 그렇게 말했지만 뒷날 그 이야기를 꺼내면 벌컥 화를 내었다.

태풍에 엄청난 홍수가 나서 저수지와 바닷물까지 솟구쳐 올랐던 어느 해 여름, 아버지도 그와 비슷한 소리를 했다.

"…… 더러 큰물도 지고, 태풍이 불어 물속도 휘저어서 물을 뒤집어 주어야 물이 안 썩고 고기도 살지, 그대로 두면 물도 썩어 고기도 못 산다."

아버지의 그 말이, 됫병 소주를 대접에 따라 비우면서 '송곳 꽂을 땅 한 뙈기도 없는 신세에 고향은 무엇이고, 선산이 뭣이여?' 라고 웅얼거리던 말과 어떻게 다른지 나는 짐작이 가지 않았다. 아버지가 밤새 됫병 소주를 거덜낸 며칠 후, 우리는 세간을 꾸려 북적이는 서울 변두리로 시궁창물처럼 스며들어 왔던 것이다.

오늘도 그의 전화를 끊고 나자 머릿속을 헤집으며 과수원집 탱자나무 울타리가 떠올라왔다. 우리가 살던 등성이 너머 신작로를 건너면 탱자나무 울타리에 싸인 과수원이 있었다. 울타리는 불가침 혹은 경계, 전유와 차단의 의미, 무언의 관습적 약속일 터였다.

집과 집의 확실한 경계선, 사유와 공유의 구획, 국경, 교도소 높다란 벽돌담이 가진 일반 사회와의 차단, 포로수용소의 전기

철조망, 생 울타리, 돌담, 중세의 성(城)을 싸고 있는 인공의 해자(垓子)……. 그런데 그 많은 구획의 명징한 상징들 속에서도 내게는 그 과수원을 둘러싸고 있던 탱자나무 울타리만큼의 완강한 경계를 떠올려 볼 수가 없었다.

먹거리가 부족했던 시골아이들이 복숭아, 배, 참외나 수박에 접근하지 못하도록 과수원 둘레에 탱자나무를 심었겠지만 그 울타리는 돌담이나 벽돌담과는 성격이 다른 경계였다. 탱자나무들은 살아 움직였고, 바람이 심하게 불 때는 물결치듯 출렁거리기까지 했다. 그 탱자나무 울타리는 돌이나 벽돌담같이 사다리를 걸치고 넘어갈 수도 없는 연성(軟性)이었다. 그러면서도 촘촘하게 그물처럼 얽힌 날카로운 가시들 사이로 바람과 연기가 드나들었고, 작은 산새들의 왕래가 허락되었다.

참고서를 살 수 없었고, 학교 보충수업비와 수학여행비도 못내 과외는 상상해 보지도 못한 채, 날마다 파김치가 된 아르바이트가 한때의 내 생활 전부였지만 대학졸업장은 받았다. 그러나 이력서를 받아주는 곳은 드물었다. 나는 3류 대학 출신이었고 토플 점수도 낮았다. 지금의 작은 출판사가 그래도 내 이력서를 받아주었다. 그 탱자나무 울타리의 견고한 차단과 배척은 취업과 사회생활에서도 여전히 반복되어 나는 친구 말마따나 도전보다 체념, 모험보다 수용 쪽에 기울어졌을지도 모른다.

날개까지 절반 정도가 새빨갛던 고추잠자리를 잡은 적이 있었다. 보통 고추잠자리는 꼬리만 빨갛고 날개는 투명한데 그날 오후, 그 탱자나무 울타리에서 조심스럽게 엄지와 검지로 꼬리를 쥐었던 녀석은 날개 끝부분만 빼고 짙은 빨간색이어서 꼬리를 잡는 순간 얼마나 가슴이 쿵쾅대었는지 그 소리가 내 귀에까지 들릴 지경이었다.

야호! 소리라도 지르려던 참이었는데 그때 뒤통수 쪽이 이상하게 따가워져 목을 움츠리며 고개를 돌렸다. 수림이었나, 서림이었나, 그 애 이름이 확실하지 않지만 과수원집 딸아이였다.

"무지 이쁘다. 그거. 나 줄래?"

여자아이는 나를 전혀 경계하지 않고 내게로 다가왔다. 나보다 한 학년 아래에 그 애 오빠로 김중혁이라는 아이가 있었고, 여자아이는 두어 해 더 아래 2학년쯤이었을까.

"그림책에 있는 것하고 똑같다."

나는 얼떨결에 고추잠자리를 전해주면서 그 아이의 희고 깨끗한 손을 본 순간 슬그머니 내 손을 뒤로 감추었다.

"이거 너 가져라."

그 애가 뜯지 않은 캐러멜 갑을 내게 내밀었다. 나는 고개를 저었다. 갖고 싶었다. 정말 그 캐러멜 갑을 받고 싶었는데 손을 내밀 수가 없었다.

"…… 가져. 맛있어. 이거."

그 애는 내 발 밑에 캐러멜을 내려놓고, 고추잠자리 날개를 접어 손가락 사이에 끼우고 깡충거리며 탱자나무 울타리 안으로 사라져 버렸다. 그날 나는 해가 질 때까지 졸졸거리는 시냇물 가에 앉아 차가운 물에 손을 담그고 작은 돌멩이로 손등이

푸르딩딩해질 때까지 문질러 댔다. 터진 손등에서 피가 배어 나왔지만 나는 그때 어금니를 물면서 아픔을 참았다.

남의 집 일을 나간 아버지와 어머니가 늦게까지 돌아오지 않은 냉기 어린 방구석에 엎디어 나는 그 애가 준 캐러멜 한 개를 꺼내 오래오래 아끼면서 녹여 먹었다.

백만금을 만나고 나서 엉뚱하게도 '서울에서도 탱자나무가 살 수 있을까' 라는 생각이 들었다. 기온 상승으로 서울에서도 대나무를 정원에 심은 것을 보았으니까, 탱자나무도 서울에서 겨울을 날 수 있을지 몰랐다.

나는 꽃시장을 지날 때면 묘목이 아니더라도 화분에 심어진 탱자나무가 있는지 살피는 버릇이 생겼지만 화분에 탱자나무를 심어 파는 것은 발견하지를 못했다.

종로5가에서 동대문 가까이까지 인도 한쪽으로 오래전부터 서민적인 꽃시장이 형성되어 있는 것을 시민들은 대개 알고 있을 것이다. 리어카나 좌판, 때로 길 한쪽 바닥에 할미꽃이나 채송화, 붓꽃, 상사화, 원추리, 금낭화, 제비꽃 등속 야생화들이 자리를 잡기도 하고, 수선화나 아마릴리스 같은 여러 종류 구근, 분재, 동·서양의 난, 관엽식물, 각종 과일나무들이 왕래하는 인파에 섞여 있어 한가한 사람들에게는 꽤 눈요기가 되는 거리이다.

봄철같이 과일묘목이나 온실에서 꺼내온 꽃망울 붙은 동백,

빨갛게 싹이 올라오기 시작한 작약, 붉은 잎이 돋기 시작한 단풍 분재, 남쪽 산골짜기에서 무더기로 채취해 온 춘란 들은 없지만 여름에도 관엽식물과 중국 난, 잎이 무성해진 분재들이 여전히 리어카나 길 한쪽 좌판을 차지해서 왕래가 불편하지만 오가는 사람들은 여전히 나무나 꽃 들 앞에 발걸음을 멈추거나 천천히 걸어갔다.

'화분에 탱자나무가 심어진 게 있을까', 또 그 생각을 했지만 탱자나무는 역시 없었다.

꽃시장이 거의 끝나는 지점에서 나는 잠시 멈칫거리다가 지나온 길을 되돌아 내려왔다. 지나면서 보았던 빳빳하게 풀 먹인 흰 모시 두루마기에 눈썹이 하얗게 센 노인 때문이었다.

노인은 분재 몇 개를 앞에 두고 낚시의자에 앉아 눈을 내려감고 있었는데 행인 몇 사람이 자기 앞에 서 있어도 눈을 뜨지 않은 채였다.

소나무, 단풍나무, 모과, 소사나무 등속의 열 개나 될까, 분재를 앞에 두고 눈을 감고 앉아 있는 모습이 영 그 바닥에 어울리지 않았다. 중년 남자 한 사람이 말을 걸었어도 노인은 대꾸할 기미가 없었다.

"이건 얼마요?"

다른 손님이 소나무 분재를 가리켰다.

노인은 눈을 떴지만 대꾸가 없었다.

"저 해송(海松)은 얼마짜리요?"

"파는 것 아니오."

노인의 입에서 퉁명스러운 대답이 나왔다.

그러더니 사과 궤짝에 분재들을 옮겨 넣기 시작했다. 중년 남자가 투덜거리며 그 앞을 떠나자 노인은 '어흠흠흠……' 헛기침을 했는데, 그 소리가 무척 크게 들렸다. 그 헛기침 소리에서 나는 '아……', 하고 짧게 신음을 했다. 열 살 전후에 들었던 헛기침 소리가 생각나서였다. 낡았지만 정갈하게 손질한 모시두루마기에서 온 막연한 기시감(旣視感) 같은 것이었을까.

노인이 사과 궤짝에 분재들을 차곡차곡 넣은 뒤 앉아 있던 자리 뒤편 화분가게 안으로 궤짝을 다 옮기고 허리를 펼 때까지 나는 그 자리를 떠나지 못했다.

30년이면 강산이 세 번 변한다는 긴 시간이고, 공간적으로도 국토의 남쪽 끝자락과 서울을 연관 짓는 것이 무리였지만 나는 노인이 물건을 맡기고 인파 속으로 사라질 때까지 그 자리에 그대로 서 있었다.

오늘 '돼지기름'의 전화 탓도 있었을 것이다. '돼지기름'과 통화가 있거나 술잔을 기울인 뒤에는 잊혔던 시골에 대한 기억들 사이로 과수원집 탱자나무 가시울타리가 자주 떠올랐다.

우리로는 앞으로 내딛을 수 없는 경계선이었고, 범접할 수 없는 벽이었던 그 가시울타리. 그 울타리를 사이로 울타리 안에 사는 사람과 우리는 전혀 별종의 인간이었다.

어느날, 학급운영비를 못내 변소 청소 당번이 되어 혼자 늦게야 학교에서 돌아온 일이 있었다.

집으로 가려면 신작로를 건너야 하는데 나는 뉘엿거리는 저녁노을을 보면서 뒷산과 이어진 과수원집 탱자나무 울타리 위쪽으로 올라갔다. 잠자리들이 잠을 자러 올 시간이었기 때문이었다. 해가 질 때쯤 잠자리들은 떼로 날아와 대개 울타리 마른 가지 끝에 앉아 날개에 이슬을 적시며 밤을 지냈다. 같은 곳에서 밤을 지내는 왕잠자리가 어디에 자주 모여 자는지 전에 보아둔 곳이 있었다. 보통 잠자리는 어깨높이쯤의 나뭇가지에서 많이 잠이 들지만 왕잠자리는 훨씬 높은 나무의 마른 가지를 자리로 정하는 일이 많았다.

그날 나는 왕잠자리를 다섯 마리나 잡았는데 한꺼번에 왕잠자리를 그렇게 여러 마리 잡아본 것은 처음이었다. 나는 녀석들의 날개를 가지런히 접어서 손가락 사이에 끼고 과수원집 대문 쪽으로 조심스럽게 걸음을 옮겼다.

빨간 꽃무늬 원피스가 대문 밖에서 팔랑거리고 있었다. 그애는 대문 밖 빈 터, 나무 밑동에 양쪽으로 고무줄을 묶어 놓고 혼자 팔딱팔딱 고무줄놀이를 자주 했다. 아이는 그날도 해가 질 때까지 고무줄놀이에 빠져 있었다. 귀밑에서 자른 단발머리가 그 아이의 원피스에 새겨진 꽃들과 함께 고무줄 위에서 출렁거렸다. 놀이가 끝날 때까지 나는 키 작은 참나무 뒤에 쭈그리고 앉아 팔랑거리는 원피스 자락과 찰랑거리는 머리카락이 뒤섞이는 것을 오래오래 지켜보았다. 옷에 수놓인 꽃과 어울려 찰랑거리는 단발머리가 나비 같다는 생각이 잠시 들었다.

꽃 사이를 바쁘게 움직이는 나비 생각에 빠져 있는데 갑자기 '어흐흠……' 하는 과수원집 어른의 기침 소리가 들렸다.

아마 외출에서 돌아오는 양, 중절모를 쓴 어른은 고무줄놀이에 빠져 있는 딸아이를 한 손으로 번쩍 안아들더니 고무줄을 그대로 둔 채 곧장 울타리 안쪽으로 사라져 버렸다.

얌전하게 날개를 접어 손가락 사이에 끼어 있던 왕잠자리들을 하늘로 내던져 올린 것은 삐끄덕 닫히는 대문 소리를 들은 직후였다.

서쪽 하늘에 노을이 벌겋게 타들어 가고 있었다.

해가 저물어서인지 왕잠자리는 멀리 날아가지 않고 울타리의 꼭대기 쪽을 맴돌다가 그대로 탱자나무 가지 끝에 내려앉았고 고추잠자리는 붉은 꼬리를 흔들면서 저녁노을 속에 섞여 버렸다.

집에서는 좀체 술을 마시는 일이 드문 아버지가 그날 밤 늦게 들어와 마루에서 한 되들이 소주병을 기울여 대접에 따라 마시는 것을 보았다…….

"송곳 하나 꽂을 내 땅만 있어도 말이여……. 송곳 한 개 꽂을 땅도 없는데 어쩔 것이여? 그래, 어쩔 것이여……."

겨울이면 검게 염색한 군복에 방한모를 눌러 쓰고 백만금네 아버지와 남의 집 인분 통을 나르던 아버지를 담벼락에 기대어 바라보던 유년은 늘 배가 고팠던 기억밖에 없다.

겨울철 골목 담벼락에서 해바라기를 하다가도 우리는 과수원집 어른의 헛기침 소리가 나면 한쪽으로 비켜서서 절을 했다. 아이들만이 아니라 동네 어른들도 과수원집 어른에게는 두 손을 앞으로 모아 쥐고 고개를 숙였다.

"…… 큰일이고 작은 일이고 뭣 좀 할라 하면 이것이 다 권력하고 상관이 있다, 그거여. 그런디 그 권력이란 것을 가질라믄 돈이 있어야 하거든. 고 돈을 또 손에 쥘라고 허믄 권력이 있어야 허고……. 그 아래위가 확 한 번 뒤집어지는 기회가 바로 선거판이여. 그 판세에 잘만 끼면 어저께 똥구멍 시꺼먼 것들도 언제 그랬느냐, 외제차에 비서가 딸리는 것이여. 국회의원들 봐. 당선만 되고 나면 그날부터 다른 세상이지. 좃도 아닌 것들이 선거 때 줄 잘 서 있다가 한 자리씩 하는 것 못 봤어? 하기사 자네는 어려서도 도전정신이 없었고, 샌님이어서 지금도 종이 펴놓고 연필 쥐고, 그리 사는 것 아닌가? 그래, 요새는 컴퓨터가 있으니 쪼매 달라지긴 했나? 그래 봤자, 자네는 혁명과 도전에는 소질이 없는 것을 내 안다, 이거지. 말하자면 이런 선거판이나 투쟁에는 안 맞는다, 이거여. 그리 살아온 몸이니 거 뭔가? 예술계통…… 문화…… 그래 문화관광부 그런 쪽에 한 자리 잡아주면 되겠네."

소주잔을 앞에 놓고 그가 입에 거품을 물고 떠드는 모습을 멀겋게 바라보다가 갑자기 '도깨비감투' 생각이 나서 쿡 웃었다.

어느 때였던지 유난히 검은 얼굴에 손톱으로 할퀸 자국이 그득한 채로 그가 학교에 온 적이 있었다. 살아 있는 고양이 수염을 뽑다가 고양이 발톱에 할퀴었다고 했다.

'도깨비감투' 이야기를 담임선생님이 들려 준 며칠 후였을 것이다.

살아 있는 호랑이 수염을 뽑아 그 수염으로 모자를 만들어 쓰면 투명인간이 된다는 이야기에 호랑이야 실물을 본 적도 없었지만 호랑이가 고양이과라는 말은 수업시간에 들은 적이 있어서 우선 고양이 수염으로 모자를 만들려고 했다고 했다…….

"그걸 쓰고 맨 처음 무얼 하려고 했는디?"

내가 그렇게 묻자, 그는 '과수원집에 투명인간으로 들어가 과일을 따오려고 했다고 피식 웃었다. 도깨비감투가 아니라도 옛날에 쓰고 앉았던 그 무쇠 솥단지를 쓰고 있으면 밤에는 까맣게 보여 다른 사람 눈에 안 보일 것이라고 했더니 그날은 몹시 화를 냈다.

사실 그 역시 탱자나무 가시울타리 안쪽에 들어가 보고 싶었던 모양이었다.

그러나 우리는 그 탱자가시 울타리 안으로는 들어갈 수가 없었다. 바람이나 연기, 굴뚝새나 들쥐로 변신하지 않는 한 우리에게 그곳은 접근 차단의 공간이었다.

굴뚝새들이 떼를 지어 탱자나무 가시 사이를 깡충대다가 후르륵 밖으로 날아오르고 다시 울타리 안으로 연기같이 빨려들어가 콩콩 돌아다니는 모습을 자주 보았던 것 같다. 굴뚝새만이 아니었다. 작은 몸집의 들쥐도 이쪽에서 안쪽으로, 안에서 바깥으로 드나들었고, 벌겋게 서쪽 하늘이 물들어 갈 때 안마당 굴뚝에서 올라가던 연기 한 가닥도 탱자나무가시 사이를 스쳐 내 앞에서 흔들리다가 공중으로 흩어지기도 했다. 뱁새, 박새, 곤줄박이들도 드나들고, 바람과 연기도 왕래했지만 우리는 그 탱자가시 울타리 앞에서 단 한 걸음도 앞으로 나갈 수가 없었다.

장마가 잠시 소강 상태가 될 것 같다는 일기예보를 듣고 난 참이었는데, 여러 날만에 그가 전화를 걸어왔다……

"모처럼 내가 자네한테 술값 좀 쓰겄다, 했는디, 사태가 여의치 않아 작전상 당분간 국외에 나가 엎어져 있다가 들어와야겠구먼. 그래서 일부러 전화도 지금 공중전화여. 자네 참. 뭘 몰라도 많이 몰라. 요새 우리 쓰는 전화들 말여, 집 전화고, 휴대폰이고 수화기에 다 확성기가 붙었다, 그리 알면 될 것이네……. 나, 이장인디 동네사람들 들으시오. 지난밤에 눈이 무지하게 와 부렀소. 우리 동네가 인자 잘못허면 완전 좆 되야 불겄소. 싸게싸게 골목 치우고, 큰 길 치우고, 비니루 지붕 무너지기 전에 눈 치워야 쓰께 삽하고 당글개, 비찌락 다 들고 식구대로 다 어서 나오시오……. 바로 이런 이장 확성기다, 이거여. 벽에도 귀가 있는 것이 아니고 요새는 벽에 전봇대에 다 눈이 있다, 이 말일세. 지금 요 공중전화도 도청이 되고……. 아마 내 말하는 쌍판때기도 동영상으로다 다 찍힐 것이구먼. 하기사 새옹지마여. 이번 12월 선거만 잘 끝나고 나면 훗날 요것도 증거가 되어서 우리 동지들 앞에서 내 투쟁 경력증명이 될 수도 있지 않컷

냐? 그런 말이거등, 그냥 끊어야 쓰겠네. 선거 임박해서 들어와 가지고 우르르 표 몰아가게 딱 한 껀 그때 터뜨릴라고 잠시 잠수한다, 이걸세."

한동안 연락이 없던 친구가 밑도끝도 없는 소리를 제 혼자 떠들다가 전화가 끊긴 후 나는 사무실 복도에 나가 그동안 거의 잊고 있었던 담배에 불을 붙였다.

온몸이 나른해 왔다. 장마가 한풀 꺾였나 했는데 아직 비가 남았는지 여전히 하늘이 잔뜩 흐려 있었다.

호랑이 수염으로 만든 모자를 쓰고 싶었던 친구, 백만금은 구멍 뚫린 무쇠솥 모자라도 쓰고 싶은 모양이었다. 아마 쓰게 될지도 몰랐다.

새끼가 부화를 시작한 살모사 알이라도 삶아 먹고 단백질 보충을 할 수 있는 사람은 뱀 알이라고 안 순간, 뛰어 일어나 흰 햇볕이 바늘처럼 정수리로 쏟아져 내리는 신작로 길을 혼자 내달리며 눈물이 고였던 아이와는 다른 사람이었다. 울타리까지는 아니라고 해도 그와 나 사이 역시 투명한 그물망이나 벽이 있었다. 사실 '왕까마구'와 '새끼까마구'의 간극, 탱자 울타리 밑동을 톱으로 잘라내어 울타리 안으로 들어가려던 그의 용기와 왕잠자리를 저녁노을 속에 날려 버린 내 소심함 사이의 거리는 어쩔 수 없다는 생각이 들었다. 나는 하던 일을 책상 안에 쓸어 담아 버리고 거리로 나섰다.

흰 모시두루마기의 노인이 혹시 그 옛날 과수원집 어른인지 물어보고 싶었다.

아니 송곳 꽂을 땅 한 뼘도 못 가졌던 아버지 영정 앞에 화분에 심어진 분재를 보여주고 싶었다.

　'아버지, 보세요. 나무 심을 땅이 없을 때는 이렇게라도 나무를 키운답니다.'

　내려앉은 하늘에 후덥지근한 날씨 탓인지 꽃 시장은 다른 때보다 한산했다.

　나는 분재 몇 개를 앞에 놓고 노인이 낚시의자에 앉아 있던 장소를 향해 곧장 걸어갔다. 그런데 그 자리에 앉아 있어야 할 두루마기에 파나마모자의 노인 모습이 보이지 않았다.

　두리번거리다 보니 같은 자리에 노인 대신 허리가 완전히 90도로 꺾인 할머니가 정물처럼 앉아 있었다. 열 개 정도 놓였던 분재 역시 보이지 않았다. 가까이 가서야 벽 쪽에 바짝 붙여 놓은 해송 한 그루와 모과나무 분재 한 개가 보였다.

　"며칠 전에 분재가 많았는데 다 파신 모양이지요?"

　"내가 다 팔아치웠수. 꽃집하는 사람한테 한꺼번에……. 영감이 치매가 심해져서 숫제 팔 생각을 해야지. 이것 두 개도 영감이 내 눈에 안 띄게 감추어 둔 걸 내가 들고 나와 버렸수."

　"어디 가신 모양이지요? 영감님이 오늘은……."

　"가고 안 가고가 어딨수? 반송장인데 뭐…… 고집만 아직 남아가지고."

　"자제 분들은……."

　"팔자 사나와서 일찍 새끼들 둘, 한꺼번에 망월동으로 보냈

수……. 망할 영감탱이 뭐 할라고 지집애까지 대처로 내보낼 것이요? 일찍 농사나 가르쳐 시집, 장가보냈으면 늙은 것들 가슴에 대못은 안 박았지. 참 하느님도 무심하시고 부처님도 무심하시고…….”

순간 머릿속으로 잠시 회오리가 일면서 갑자기 하얀 공동이 생겨 버렸다. 뒤이어 그 하얀 공간 속에서 나풀거리는 단발머리가 나비로 변해 여자애의 원피스 자락을 빠져나와 여기저기 다투어 자태를 뽐내는 꽃 사이를 어지럽게 날았다.

혹시 옛날 저 남쪽 시골에서 과수 농사를 지은 적이 있느냐고 묻고 싶었는데 나는 입을 다물었다. 수건으로 짓물러진 눈가를 훔치는 노파 앞에 그 말을 꺼낼 수가 없었다.

“저 소나무나 모과나무 중에 제가 한 개 가져갔으면 해서요. 얼마나 드려야 되는지 모르겠습니다.”

“모르겠수. 소나무는 쌀 칠, 팔 가마 폭은 된다고 하고, 모개나무도 쌀로 따져 서너 가마 폭은 된다고 하든디.”

“제가 20만 원을 드리고 저 모과나무를 가져가겠습니다. 괜찮으시겠습니까?”

그 분재화분을 사서 어떻게 하겠다는 계획도 없이 나는 10만 원 권 수표 두 장을 노파 손에 쥐어주고 모과나무 분을 안아 들었다.

몸통의 묵은 껍질이 떨어져 나가면서 만든 얼룩무늬가 예비군 군복과 위장막을 떠올리게 했다. 일종의 그물, 가시로 뒤덮인 가지와 잎들 사이의 공간으로 드나들던 바람과 저녁연기,

굴뚝새 무리들. 나는 내 유년의 어느 한때 나를 가로막아서던 과수원집 탱자나무 울타리를 모과나무의 굵은 밑동과 뒤틀린 가지에서 발견하고 있었을까……

"송곳 꽂을 땅뙈기도 없는 놈이다."

됫병 소주 한 병을 안주도 없이 다 비우면서 같은 소리를 여러 번 하던 아버지 영정 앞에 이 화분을 놓을까.

'…… 보세요. 송곳 꽂을 땅이 없으면 이렇게 화분에다가 나무를 심으면 됩니다.'

네모난 푸른색 자기화분을 거의 채운 굵은 밑동과 뒤틀려 뻗어 오른 가지에는 앙증스럽게도 파란 열매까지 두 개가 달려 있었다.

"영감이 30년도 더 들여다보던 것이었수."

택시라도 잡아 집으로 화분을 옮겨야겠다고 생각할 즈음, 귀에 익은 '어흐흠……' 하는 헛기침 소리에 나는 그만 발을 움직일 수가 없었다.

"아녀자가 체통 없이 어디 시장바닥에 나와 앉았어?"

언제 나타났는지 흰 모시두루마기 위의 형형한 눈빛이 노파를 쏘아보는가 하더니 노인은 내 손에서 잡아채듯 화분을 빼앗아 원래의 자리에 내려놓았다.

"이건 파는 게 아닌데 할망구가 치매가 와서 그렇소."

아내 손에서 수표를 빼내 내 양복 호주머니에 찔러 넣고 노인은 다시 헛기침을 하며 뒷짐을 졌다.

노인의 모습이 갑자기 거인으로 변하는 것 같았다. 그뿐 아니라 두 개의 분재를 배경으로 선 노인의 그 흰 눈썹과 나 사이에 새 울타리가 생긴 기분이었다.

"이거라도 팔아야지. 참말로 영감도……."

"허허, 거 체통 없이……."

마침 낮게 깔려 드는 저녁 어스름 속에 연기와 바람을 통과시키면서도 나에게만은 범접을 허락하지 않던 견고한 탱자가시 울타리를 나는 다시 보고 있었다.

세 남자

● ● ● 남들하고는 색다르게 개성적인 삶을 산, 남자 세 사람 이야기를 하려고 한다.

일본 생태사진작가 호시노 미치오[星野道夫]와 내 초등학교 동기생 김달수, 이 두 사람은 고인이 되었지만, 캄차카 여행에서 만난 이규열 씨는 현재도 그곳 화산지대에 머물고 있다.

내가 캄차카 반도 여행 이야기를 꺼냈을 때, 가깝게 지내던 여행사 김사장이 '호치노 미시오' 이야기를 하면서, 책 한 권을 건넸던 것이다.

거기에 캄차카 반도에 머물고 있는 이규열 씨를 소개했다.

"이규열 씨 만나면 통하는 데가 많을 겁니다. 그 친구, 거기 자연에 반해가지고 귀국을 포기한 친구거든요."

EBS 다큐멘터리 제작팀에 참가해서 시베리아와 연해주 지역에서 사진 작업을 하던 사진작가가 캄차카 반도의 자연에 반해 귀국을 포기하고 머물고 있다는 거였다.

김사장이 의미심장하게 두 사람 이야기를 꺼냈을 때까지도 나는 두 사람에 대한 예비지식을 전혀 가지고 있지 않았다.

《나는 알래스카에서 죽었다》

'호시노 미치오'의 저서라는 책을 선물 받고, 책 제목이 이상하다고 생각하면서 잠시 자료를 찾았다.

'호시노 미치오'라는 이름은 누구라도 인터넷 검색창에서 찾아보면 쉽게 인적 사항이 떠오르는 인물이었다.

일본의 생태사진작가(1952~1996).

알래스카 원시 자연과 동물 사진을 주로 찍어오다가 1996년 캄차카 반도의 쿠릴 호수에서 야영 중 8월 8일 불곰 습격으로 사망.

저서로 사진 에세이집 《나는 알래스카에서 죽었다》.

책 제목이 어떻게 과거형의 '죽었다'일 수 있는가가 궁금했는데, 그 문제는 곧 이해되었다.

원래 일본의 월간지 『가정화보(家政畵報)』에 〈숲과 빙하와 고래〉라는 제목으로 17회 사진 에세이 연재 약속이 되었다가 14회로 중단되고, 한국어판이 출간되면서, '나는 알래스카에서 죽었다'로 책 제목이 변신한 것이었다. 대단한 장삿속이라니……

말하자면 책 내용은 그가 캄차카 반도에 건너오기 전, 알래스카 원주민들과의 생활에서 얻은 원주민들의 풍습과 전설을 다루고 있었다.

알래스카 원주민들의 전설 속에 공통적으로 등장하는 '곰'에 대한 일종의 집착이랄까, '곰'에 대한 유별난 관심이 결국 그를 곰에게 물려죽게 한 듯싶었다.

아무튼 44세의 젊은 나이에 불곰에 물려 죽은 그 사진작가의 생각이 여행을 계획하고 있는 동안 내내 내 뇌리를 차지하고 있었다.

그러다 텐트 출입문을 앞발로 밀어젖히며 텐트 안으로 들어오려는 사나운 표정의 불곰 사진 한 장이 인터넷에 떠도는 것을 확인하였다.

주인공이 곰 습격으로 죽은 후, 그의 텐트 안의 카메라에 찍혀 있었다는 사진이었다.

진위는 알 수 없지만 앞발로 텐트 출구를 열어젖히며 울부짖는 곰 사진은 몹시 강렬했다.

초등학교 동창생, 김달수의 부음은 '캄차카 반도' 여행을 위해 '블라디보스토크'행 비행기 탑승을 기다리던 시간이었다.

"군자불기(君子不器)."

그가 늘 입에 달고 살던 말처럼 그의 부음도 유달랐다.

엉뚱하게 남태평양 섬나라, 피지(Piji)라니.

그것도 시신은 이미 화장하여 그곳 바다에 뿌린 뒤, 열흘이나 지난 후였다.

서툰 한국어로 그의 부음을 알려온 사람은 그와 동거 관계에 있던 현지 여인 같았다.

일반적으로 부음이란 충격과 명치를 치밀어 오르는 열기를 느끼기 마련인데, 솔직히 그의 부음을 듣고도 나는 별로 마음에 동요가 일지 않았다.

처음 그의 부음에서 떠오른 것은 놀라움이나 슬픔이 아니라 그와 동거 관계에 있었을 그곳 여자의 모습이었다.

여러 해 전 나도 그곳 피지를 여행한 적이 있어서 그곳 여인들의 유별나게 새카맣던 코밑수염 생각이 났던 것이다. 남자들은 면도를 해서 못 느끼는데 그곳 여인네들은 종족의 특징인지 모든 여인들의 코 밑에 검은 수염이 나 있었던 것이다.

그의 부음에 충격이 오지 않았던 것은 특별히 친한 사이도 아니었지만 초등학교 때부터 40여 년, 그가 워낙 엉뚱한 친구여서 그의 죽음 역시 특별한 사건으로 여겨지지가 않았기 때문이었을 것이다.

'블라디보스토크'항공을 이용한 것은 나름대로의 계산이 있었다.

러시아 국적 비행기여서 '블라디보스토크'까지 북한 땅을 그대로 통과해 간다는 것이 상상력을 자극했던 것이다.

하늘 높이에서라도 북한 땅을 지날 수 있다는 기묘한 흥분이었다. 그러나 막상 창 밖은 깊은 구름으로 뒤덮여 북한 땅을 날고 있다는 생각을 하기에는 무리였다. 창 밖 풍경을 전혀 볼 수 없다는 것이 확인된 뒤에야 김달수의 부음을 제대로 떠올렸고, 단편적인 그의 기억이 되살아왔다.

　그를 가장 최근에 본 것이 1년 여 전.
　언제나처럼 그는 예고 없이 내 학교 연구실로 찾아왔고, 한 시간 여 머물다가 올 때처럼 그렇게 사라져 버렸다.
　그는 그때 호주에서 귀국한 지 며칠 되지 않았다고 했다.
　"사람이 죽으면 누구나 장례를 치루지 않나? 옛날에야 명당 찾아 다 땅에 매장이었지. 하지만 지금은 많이들 화장을 하지 않나? 그런데 문제는 죽은 사람이나 그 가족들이 남다른 장례를 치루고 싶어하는 사람들이 많다 이거야. 수목장(樹木葬)도 요새야 일반화되지 않았나? 불심 깊은 불교 신자들은 자기 뼛가루를 인도 갠지스 강에 뿌려지기를 원하고 말야……. 태평양 넓은 바다를 떠돌고 싶은 사람도 있고, 아프리카 '마사이 마라' 초원에 뿌려지기를 바라는 사람도 있을 수 있고……. 특별한 사람 중에는 티베트 조장(鳥葬)을 하고 싶어하는 사람도 있을 거거든……. 내가 그걸 대행하는 사업을 할 생각일세. 히말라야 만년설 속에 묻히기 바라는 산악인도 있을 수 있으니까……. 활화산 용암 속에 섞이기를 바라기도 하고 말이야……."
　워낙 엉뚱한 친구라, 그의 이야기를 나는 귓등으로 흘려들었지 싶었다.

　그는 항상 엉뚱했다.

그보다 앞서 나타났을 때는 호주에서 번식 과잉이 되고 있는 캥거루꼬리곰탕 사업을 하겠다고 떠들다가 갔다.

캥거루 수가 불어나서 교통사고가 많이 난다는 거였다. 숲이나 초원에서 잠들었던 캥거루들이 새벽 포장된 고속도로로 나와 계속 잠을 잔다고 했다. 낮에 햇볕을 받은 포장도로는 새벽까지 열기를 품고 있어 새벽 기온이 내려가면 이 녀석들이 포장도로로 나오는 바람에 교통사고가 불어나자 정부에서 일정 수를 도살하여 그 고기를 처분하는데, 백인들은 꼬리나 내장을 버리니까 그 꼬리를 이용해서 한국사람들이 좋아하는 보신용 꼬리곰탕 사업을 계획하고 있다는 거였다.

내가 워낙 심드렁해 하자 그는 혼잣말을 중얼거리면서 일어섰다.

"자네 같은 훈장은……. 자네말고도 틀에 꼭 갇혀 있는 사람들은 내 이야기가 잘 안 들어올 걸세."

그는 아마 입속으로 그가 잘 쓰는 '군자불기(君子不器)……' 그렇게 중얼거렸을 터였다.

'큰 제목의 사람은 작은 규율 따위에 얽매이지 않는다' 라는 뜻을 가진 이 논어 글귀를 그는 어렸을 때도 썼던 것으로 기억된다.

초등학교 졸업 무렵, 작은 어선을 플라스틱 주물로 만드는 제 아버지의 배 만드는 바닷가까지 함께 간 적이 있었는데, 그때 그가 바닷가 바위에 앉아 갈매기들에게 과자를 주던 기억이 난다.

해질녘 서쪽 하늘이 노을로 물들었는데, 그는 파도가 밀려오는 바위에 앉아 비스킷 조각을 갈매기들에게 나누어 주었다. 갈매기들은 계속 그의 머리통을 쪼아댈 것처럼 날아와서 손바닥 위 과자를 집어갔다. 그가 내게도 비스킷을 몇 알 주었지만 나는 고개를 저었다. 나는 사실 가까이 날아오르는 갈매기들의 빨간 눈 테두리가 싫었다. 그는 계속 갈매기들과 이야기하듯 중얼거렸는데, 내가 '지금 너, 갈매기하고 말을 하는 거냐?' 고 묻자, 고개를 끄덕이며 싱긋 웃었다.

"…… 갈매기하고도 말을 하고, 물고기와도 말을 하지……. 그게 바로 군자불기야……."

그럴지도 몰랐다.

그에게 있어 세상 규칙이나 질서라는 게 하찮을지도 몰랐다.

내가 도시로 중학교에 진학한 후, 그 역시 지방 중학교에 들어갔다는 이야기는 들었지만 얼마 안 가 자퇴를 했다는 소문이었다.

그러나 몇 해 후, 그는 대입 검정고시를 보아 대학생이 되어 있었고, 또 다시 대학을 그만두고 외항선을 탄다는 이야기가 풍문에 들려왔다.

그러나 정작 충격적인 소식은 20대 후반, 그가 동네 젊은 미망인과 함께 종적을 감추었다는 소식이었다.

그때 뒤통수를 한 대 얻어맞은 것처럼 왜 그렇게 뜨거운 것이 목구멍을 치밀어 올랐는지 몰랐다. 웃을 때면 드러나는 그의 잇몸에 주먹을 한 대 내지르고 싶었던 충동은…….

"여자는 우선 속옷부터 벗겨놓고 보는 게라. 코피 터지게 일을 치루고 난 다음, 그 뒤에 생각해 보는 게야. 이 여자를 내가 좋아하고 있나? 이 여자, 앞으로 다시 만날 것인가, ……사랑, 영원…… 웃기지도 말라고 해……."

그가 내뱉었던 말들이 실지렁이처럼 살아서 내 속살에 스멀대는 것 같은 불쾌감……. 생각하면 말도 안 되는 소리였다. 내가 잘 알지도 못한 젊은 과부를 그가 꿰차고 마을을 떴다고 해도 나하고는 상관없는 일이었다. 그러나 제대 말년 마지막 휴가는 그 김달수에 대한 소문 때문에 완전히 망쳐 버렸다.

군자불기. 그가 중얼거리며 내보일 벌건 잇몸을 갈겨주고 싶었던 충동은 그 후로도 한동안 가시지 않았다.

그에게는 사회의 질서나 과정이라는 게 다 하찮게 보였을지도 모른다.

우선 교육제도나 연애, 결혼, 그런 사회 관습들이 그에게는 모두 시시했을 것이다.

학교를 팽개치고 원양어선을 탄 것이나, 검정고시로 대학에 들어간 일, 또 대학도 그만두고 호주며, 뉴질랜드, 피지로 떠돌며 살았던 것은 세상 규율이나 질서가 시시해서일 수도 있었을 것이다.

몇 해만에 나타나서 꿈같은 이야기만 떠들고 사라지는 그의 말에 별로 귀 기울여 본 적이 없고, 헤어지고 나면 잊고 말았지만 훗날 그의 말에 대한 진정성에 미안한 생각이 들었던 적은 있었다.

그가 한번은 인도네시아 커피 농장에 관심이 있다고 하면서 커피 '루왁(Kopi Luwak)' 이야기를 한 적이 있었다. '사향고양이'가 잘 익은 커피 원두를 골라 먹고, 배설한 배설물 속에 남겨진 커피 원두를 추출하여 만드는 최고급 커피 농장을 운영했으면 한다는 이야기였다. 워낙 실없는 친구여서 대꾸도 하지 않았는데, 훗날 세계에서 가장 비싼 커피라는 그 '커피 루왁'이 실재한다는 것을 알고 미안한 생각이 들었다.

그와의 대화에서 잠시 공유했던 부분이 그가 '특수장례회사' 이야기를 꺼냈을 때, 죽은 자에 대한 장례절차였을까 싶다.

그가 한국에서 '특수장례회사' 설립 계획을 추진한다고 했을 때, 세계의 독특한 몇 가지 장례문화가 머리를 스쳤던 것은 확실했다.

티베트의 조장(鳥葬) 풍습에서 사자(死者)의 시신을 조각내어 독수리가 먹게 하는 것이나, 인도네시아 일부 오지 종족들의 식인습속, 마을 어른이 죽었을 때, 그 죽은 자의 지혜를 물려받기 위해 사자(死者)의 뇌수를 종족 여인네들이 나누어 시식한다는 자료는 나도 읽은 적이 있었기 때문이었을 것이다.

시베리아 동부, 툰드라 지역의 순록을 기르는 축치족 장례에서도 조장(鳥葬)과 비슷하게 시신을 들짐승이 먹어치우도록 눈 위에 조각내어 던져준다는 자료를 본 적도 있었다.

그때 사자(死者)의 시신을 조각내어 눈밭 위에 던지는 마을

장로의 엄숙한 표정을 상상해 보는 것은 어렵지 않았다.

페트로파블롭스크캄차스키.

발음하기도 힘든 캄차카 주도까지의 여정은 블라디보스토크를 떠나 세 시간 남짓.

7월인데도 기온은 우리 나라 5월 정도.

짧은 셔츠 위에 얇은 겉옷을 걸쳐 입었다.

정리 안 된 시골 도시의 기차역 느낌의 어수선한 공항 청사를 빠져나오자 푸른 하늘을 배경으로 연기를 품고 있는 활화산의 모습이 우선 눈에 들어왔다.

"한국에서 오신 장선생님, 맞으시지요?"

그곳 원주민으로 착각이 들만큼 짧게 자른 흰 머리칼에 검게 그을린 사내가 주차장 쪽에서 내게 다가왔다.

방송국에 근무했던 사람으로 여겨지지 않을 만큼 그곳 시골 아저씨 같은 풍모였다.

"이규열 씨인가요?"

그가 생각보다 나이가 훨씬 더 들어보였던 것은 흰 머리칼 색깔 때문인 듯했다.

일본과 러시아가 영토문제로 껄끄러운 사할린의 북쪽, 한때 러시아 국토였다가 미국에 팔아 버린 알래스카와 마주보고 있는 반도.

서쪽 오호츠크 해와 동쪽 베링 해 사이의 남북 길이는 약

1,200km, 최대 너비는 약 480km. 면적은 약 37만km²의 황막한 툰드라의 땅.

20여 년 전 조사에서 그곳 거주자 35만 8,801명 인구 중 29만 108명이 러시아인, 우크라이나인이 2만 870명, 코랴크족 7,328명, 에벤크인, 축치족, 이텔멘족, 알류트족, 아이누족, 중국인 순이라고 했다. 북쪽 코랴크 자치구에서 코랴크족들이 6,700명이 거주하는데 거기에 에벤족 소수그룹이 거주한다고 했다.

스레딘니 산맥과 보스토츠니 산맥이 반도를 따라 뻗어 있고, 4,750m의 '클류체프스카야' 화산은 여전히 활동중이고 127개의 화산 중 22개가 아직 활동이어서, 여러 군데 간헐천과 온천 덕분에 영하 20도에서 30도의 한겨울에도 일부 지역은 상온이 유지되어 생물들이 살아가는 땅.

블라디보스토크 역시 기껏 항공편으로 서울에서 2시간이면 도착할 수 있는 거리인데, 일제 치하 조국을 떠난 선조들이 어렵게 찾아들었던 곳이라서 그곳 연해주 주도에서도 많은 감상이 왔다.

블라디보스토크에서 하루를 지내고 나서 국내선 비행기로 3시간 여.

페트로파블롭스크캄차스키 공항.

전 세계 언어의 20%가 돌아오고, 엄청난 양의 지하자원이 묻혀 있는 화산지역.

주민 거의가 어업에 종사하는 이곳 주도 인구는 27만 명.

그 캄차카 반도에 거주하는 한국 국적 주민이 총 여섯 명이라는 점이 흥미로웠다. 그 중 아이들 둘을 포함한 가족이 4명, 한 사람은 불법 체류자로 법망을 피해가며 벌써 7년째라나, 나머지 한 명이 내가 만난 이규열 씨였다.

한때 EBS '황새 복원 프로그램' 촬영을 위해 '아무르 강' 주변을 카메라에 담았던 촬영 기자였던 그가 캄차카 반도의 자연을 카메라에 담다가 급기야 이곳 자연에 반해서 가족들을 한국에 둔 채 혼자 살고 있다는 거였다. 그 이야기를 들어서인지 그에게서는 야생의 곰 냄새에 화산재 냄새가 났다.

"여행사 김사장님이 여러 번 전화를 하셨어요. 불편하지 않게 모시라고요."

"아, 그랬군요."

김사장이 여러 번 그 말을 했던 것이다.

관광지다운 서비스는 아무것도 기대하지 말라는 것. 척박한 원시 세계에 잠시 발을 딛고 있다고 생각하라는 것.

그 말을 이해한 것은 그곳 주도에서 제일 좋은 숙소라는 아바차(AVACHA) 호텔 방안에 들어서면서부터였다.

욕실안의 냉·온수는 제대로 나오지 않았고, 시내 중심가 공기는 석탄 연기와 자동차 매연으로 탁하기 그지없었다.

시내 중심가 거리에는 구소련연방시대에 세워진 것으로 보이는 '레닌 동상'이 여전히 버티어 서 있고, 작은 가게들은 아침

10시 이전에는 문을 열지 않았다.

첫날 저녁 보드카 병을 들고 숙소로 찾아온 이규열 씨와는 꽤 많은 이야기를 나누었다.

그는 염장 연어고기와 도시 외곽에 흔하다는 '들쭉' 열매를 안주로 가지고 왔다.

북한에서 상당히 귀하게 친다는 그 보라색 작은 열매는 단맛보다는 시고 떫은맛이어서 별로 내키지 않았지만 우리는 함께 이야기에 취해 보드카 한 병을 쉽게 비워 버렸다.

"전 세계 불곰 중 이곳에 서식하는 불곰 수효가 5분의 1이라는데 곰에게 희생되는 사람들도 많은가요?"

"가끔 있다고 그래요. 나는 직접 만나지 못했습니다만."

내가 '호시노 미치오' 얘기를 꺼내자 그는 심상한 일이라는 듯,

"아마 그 친구, 곰들하고 연어잡이 하면서 잘 지내고 있을 겁니다."

하면서 킬킬 웃었다.

둘째 날 아침부터 그와 함께 동행해서 도시 근교 몇 군데를 둘러보았다.

시가지를 조금 벗어나자 시가지를 감싸 돌던 매캐하고 역한 냄새가 사라졌다.

이곳 사람들은 지열을 이용해 난방을 하기 때문에 난방 걱정을 하지 않는다고 했다.

넓은 초지가 많이 눈에 띄었지만 과거 '집단농장'으로 유지되

었던 이 들판들은 모두 버려진 채였다.

눈이 1, 2m씩 쌓이는 긴 겨울과 매서운 바람으로 농사 자체가 불가능하다고 한다. 흥미로운 것은 곳곳에서 솟아오르는 온천수들로 해서 계곡들은 한겨울도 온도를 유지한다는 것. 덕택에 습지 쪽은 버드나무 종류가, 구릉에는 오리나무와 뒤틀린 자작나무와 낙엽송들이 빽빽했다.

숲에는 원추리꽃들이 보였는데 한국에서 보는 것을 10분 1로 축소해 놓은 듯. 대륙 쪽에서 보았던 쭉쭉 뻗어올라간 자작나무숲은 이곳에서는 볼 수가 없었다.

숲을 빠져나가자 화산재 덮인 황막한 미지의 행성 같은 풍경이 펼쳐졌다.

고지 바로 아래로 수만 평 드넓은 초원에는 끝없는 야생화 군락이었다.

클로버를 닮은 붉은 색 꽃들은 시내에서도 많이 보았는데 고지로 올라오면서 점점 그 수효가 줄어들고, 수만 평 초지 위를 흰 꽃과 붉은 여러 종류 꽃무리들이 휘덮고 있었다.

도라지꽃을 닮은 붉은 꽃들 속에 간간이 섞인 흰 색의 꽃들이 청초했다.

그와 도시 근교 몇 곳을 둘러보면서, 이 친구가 직장과 가족들까지 다 팽개치고 이 지역에 남게 되었는가를 혼자 생각했다.

시가지를 벗어나면 서늘한 기온에 공기가 맑았다.

그러나 1991년 분출한 아바친스키(2,741m) 화산은 여전히 연기를 내뿜고 있어서, 산을 조금 오르자 해발 8,900m 산자락에는 한여름인데도 곳곳에 눈이 쌓여 있고, 공기중에는 달걀 썩는 냄새나 연탄가스 냄새 같은 역한 냄새를 풍겨댔다.

200m 깊이에 오디 모양으로 굳은 용암과 유황 결정체가 겹겹이 쌓여 있는 모습을 보면서 왜 이곳이 빙하지대의 화산지옥으로 불리는지 조금씩 이해가 되었다.

'로노츠키 생태보호구역'을 구경하고, 페트로파블롭스크에서 북동쪽으로 180km 떨어져 있는 '가이저 계곡'에서는 시도 때도 없이 뜨거운 물줄기를 뿜어 올리는 간헐천만도 40여 개, 그 뜨거운 물기둥이 만들어 내는 폭포수와 강물은 한겨울에도 20℃의 온도를 유지한다고 했다.

그 '가이저 계곡'에서 12km 떨어져 있는 우존(Uzon) 지역은 사방 100km의 지반이 침하를 이룬 함몰지였다.

툰드라 습지 외에도 뜨거운 작은 호수와 진흙이 부글거리며 끓는 작은 연못, 증기와 가스를 뿜는 분출구들이 밀집해 있어 겨울이면 눈이 1, 2m씩 쌓인다는 그곳은 그 열기들로 지면은 푸른 벨벳을 깔아 놓은 듯이 보였다.

자작나무, 버드나무, 전나무, 어른 키를 훨씬 넘는 습지식물들.

그곳의 절대 강자는 불곰이어서 불곰의 영역이라고 했다.

전 세계 불곰 5만 8,000마리 가운데 1만 마리가 캄차카 반도에 살고 있다니 캄차카는 불곰의 땅이기도 했다.

이규열 씨는 허리에 찬 가스분사기-베어 리펠런트(bear repellent)-를 자랑스럽게 만지면서 이곳에서 살기 위해서는 곰과 함께 사이좋게 산다고 생각해야 한다고 했다.

6륜구동의 구 소련제 트럭을 개조한 탱크 같은 차를 타고 숙소에서 북쪽으로 300km나 떨어져 있는 작은 마을 '밀코프'로 향한 것이 캄차카에 도착한 사흘 후였다.

초가을부터 돌아오기 시작하는 연어들로 여름이 지나면 캄차카 강으로 흘러드는 작은 강 지류들이 붉게 변한 연어 떼로 벌겋게 물든다고 했다.

작은 마을 '밀코프'에 차를 세워두고 뗏목으로 강을 건너자 언덕 위에 작은 마을이 나타났다.

'축치족' 마을이라고 했다.

원래 '축치족'들은 대부분 시베리아 툰드라를 배경으로 순록을 기르면서 유목생활을 하지만 일부가 반도 쪽으로 이주하여 연어잡이로 생계를 유지한다고 했다.

집단농장으로 쓰였던 들판이 방치되어 있어서 짧은 여름 동안 약간의 농사를 짓기도 하지만 겨우 자가소비라고 했다.

나는 마을 어귀에서 본 마을사람들의 얼굴을 보면서 상당히 놀랐다. 내가 나고 자랐던 한국의 시골사람들 모습과 너무 흡사했기 때문이었다.

이규열 씨는 러시아어를 할 수 있는 마을 청년을 찾아내어 어렵게 2중 통역으로 그곳 무당에게 굿을 청했다.

"여기서는 죽은 사람과 말을 하는 것이 어렵지 않아요. 여기서는 사람들이 죽으면 남자는 자작나무로, 여자는 버드나무로 다시 태어나 늘 우리 곁에 머문다고 생각해요."

이규열 씨는 내게 곰에게 물려죽은 '호시노 미치오'를 만나보자고 했다.

호텔에서 보드카에 취해 떠들었던 내 말을 진지하게 기억하고 있었던 모양이었다.

마을 앞을 흐르는 작은 강가 모래밭 한쪽에 차일이 쳐지고, 차일 한쪽으로 통나무 모닥불이 지펴졌다.

염장연어 살코기와 햄을 안주로 이규열 씨는 무당에게도 여러 잔 보드카를 권했다.

"취해 있는 상태나 죽은 자들과 소통하는 길이 서로 통하지 싶거든요."

온몸을 넝마 같은 무복(巫服)으로 치장한 늙은 무당의 손에서 방울 소리가 들리기 시작했다.

그녀가 내뱉는 말은 전혀 알아들을 수 없었지만 그 내뱉는 말이 주는 리듬때문에 귓속으로 윙윙거리며 바람 소리가 들렸다.

"몇 잔 더 드세요. 그게 그 친구를 만나는데 도움이 될 성싶어서요."

강물 위에서 반짝이던 작은 물결들이 저녁노을을 받으면서 조금씩 붉은 색으로 변해갔다.

어느 사이, 하늘을 향해 위로 뻗어올라가던 강 건너편 화산 연기 뒤쪽으로 서쪽 하늘이 붉게 물들어가기 시작했다.

처음 황금색으로, 붉은 색으로, 보랏빛으로 변해가는 하늘 색깔 앞쪽에서 피어올라가는 흰 색 화산 연기가 저녁노을에 섞여들면서 서쪽 하늘은 더 신비롭게 변해갔다.

그러다 눈을 강물 쪽으로 돌렸을 때 강을 거슬러 올라오는 연어 떼가 느껴졌고, 연어들의 붉은 색이 일렁임으로 바뀌고 있었다.

저녁노을이 강 한켠으로 내려앉으면서 연어 떼의 붉은 색과 어울려 한순간으로 하늘과 호수가 하나로 뒤섞이는 환영이 왔다.

강변 한쪽의 텐트 하나.

한 사내가 텐트 안쪽에서 카메라를 든 채 밖으로 나오는 모습이 보인다.

망연히 강물을 응시하는 젊은 사내의 실루엣이 노을의 붉은 빛 속에 섞여져 가는 것 같은 느낌이 잠깐, '호시노 미치오다.' 나는 본능적으로 중얼거렸고, 그가 나를 향해 잠시 싱긋 미소를 보이는 것으로 느꼈다.

하늘과 강물과 사내의 실루엣이 하나로 붉게 섞여가고 있었을 때 텐트 쪽으로 다가오는 육중한 불곰의 형체를 보았다.

"조심해요."

아마 내가 그렇게 소리친 듯했다.

그러자 사내가 내 쪽으로 고개를 돌리며 히죽 웃었다.

곰이 강가에서 물속의 연어 떼를 향하는가 하더니 몸을 돌려 앞발을 치켜든 채 텐트 쪽을 향했다. 그러나 사내는 곰이 다가오고 있는데도 그 자리에서 움직이지 않고 서 있었다.

"빨리 피해요."

내가 그렇게 소리 질렀을 것이다.

붉은 노을빛과 강을 거슬러 오르는 연어 떼의 붉은 색깔이 뒤섞이며 시야가 갑자기 몽롱한 붉은 안개 속에 휘감겨 버렸다.

그리고 뒤이어 안개 속에서 내가 본 것은 열 살 전후의 한 소년과 그를 향해 다가오고 있는 기모노 차림의 젊은 여성이었다. 여자가 팔을 벌리며 '미치오, 미치오……' 그렇게 부르고 있었다.

뒤이어 소년이 '오까상…… 오까상……' 소리를 지르며 여인의 품속으로 뛰어들었다.

젊은 여인이 팔을 벌린 채 텐트 쪽으로 가까이 다가왔고, 소년이 기모노 차림의 여인의 품속으로 뛰어드는 광경까지를 보고 나서 내 눈이 잠시 연어들이 떼지어 물살을 거슬러 오르는 강물 쪽을 향했다. 황혼과 저녁노을이 내려앉으면서 만들어 내는 부연 안개 속, 분명 한 남자가 강물 위에 서서 나를 향해 히죽 웃는 모습을 보았다.

"달수가……, 김달수……."

그렇게 중얼거리며 나는 그대로 모래바닥에 얼굴을 묻어 버렸다.

"괜찮으세요?"

이규열 씨가 내 어깨를 흔들면서 말했다.

"'호시노 미치오'가 혹시 어렸을 때 자기 어머니와 일찌감치 사별했을까요?"

내가 간신히 중얼거렸다.

"누가요?"

"아니오. 그냥."

타오르는 모닥불 빛을 받은 이글거리는 무녀의 눈이 나를 향하자 나는 얼른 고개를 저었다.

밤 기온이 차가웠는데도 이마가 끈적거리는 땀으로 젖어 있었다.

이규열 씨가 건네 준 생수병 물을 반 남아 들이켰을 때는 강가의 모닥불도 거의 사위어 갔다.

"이형이 캄차카를 떠나지 못하는 것, 이해가 됩니다."

"보드카 마시느라고 그렇지요."

그가 쓸쓸하게 웃었다.

…… 무당을 만나기 전, 그가 내게 했던 말들 …… 우리가 알고 있다고 믿는 지식의 허구, 우리의 상식, 때로 우리가 쓰는 말이라는 것 역시 참 하찮은 것일 수도 있어요. 때로는 나무나 풀, 곰과 연어들도 말을 나누고, 오래 전 죽은 사람들, 앞으로 태어날 사람들도 서로 만나요. 눈앞에 없어도, 소리 내어 말하지 않아도 서로 통하는 그런 세계가 있거든요.

나무꾼과 선녀

● ● ● 참 답답하기도 하요. 그 '선녀탕'이 세상에 어디 딱 한 곳만 있는 줄로 아시오? 팔도강산 곳곳, 산 깊고 인적 드문 골짜기에는 '선녀탕'이 한 군데씩은 다 있을 것이요. 산세 좋고 물 맑아서 사람이 지 몸뚱이 담그기에 미안헌 그런 계곡물이 있으면 선녀가 목간하고 간 곳이다, 그리 되지라. 하기사 요새는 그런 우스갯소리도 있습디다. 선녀가 목간을 하면서 아무리 기다려도 지 옷보따리 감출 나무꾼이 안 오니 덜덜 떨면서 기다리던 선녀가 성질이 나서 옷을 찾아 입고 나무꾼 집으로 찾아갔다고 합디다. 낮잠 자는 나무꾼을 깨와서 어째서 시방까지 옷 감추러 안 오고 낮잠만 퍼 자느냐고, 윽박질렀더니 나무꾼이 그랬답디다. 나는 '그 나무꾼이 아니고, 이 도끼가 니 도끼냐? 하는 그 나무꾼'이라고 그러더란 말이요. 우스

갯소리제라.

토끼든 사슴이든 고것이 머 중요하겠소? 쫓기는 목숨 구해 준 것으로 된 것이제라. 그 뒷이야기야 어디서나 다 같을 것이 요. 그 이야기 모르먼 다른 나라에서 온 간첩이것지라. 선녀가 저 앞 선녀탕에 몇 월 며칠에 목간하러 하늘에서 내려올 것이 다, 그러니 소리내지 말고 가만히 숨어 있다가 옷 한 벌을 얼릉 숨카버래라. 목간 끝내고 나와 보믄 지 옷만 없으니 어쩔 것이 요? 아무리 하늘나라에서 온 선녀라 해도 옷이 없는디 뺄개벗 고사 지가 어디로 갈 것이요? 날은 어두워지고 혼자 울고 앉었 으면 그때 나가서 우선 지 적삼이라도 벗어 대강 덮어준 뒤 살 살 달래가지고 집으로 데리고 가서 데불고 살아불먼 된다, 이 것이제라. 헌디 애기가 셋이 생길 때꺼정은 절대로 그 하늘나 라 옷을 주먼 안 된다, 이것이 요점이거등요. 애기가 둘이믄 고 선녀가 애기를 양쪽 겨드랑이에다가 한나씩 낑가갖고 날러 불 먼 그때부터는 나뭇꾼 고생이 시작되거등이라. 우리 이남(二男) 이도 어벙벙 팔삭동이라 해도 고 이치야 알고 있었제라.

저 골짜구 우로 한 20분 쭉 올라가먼 폭포 밑으로 선녀탕이 있거등요. 옛날 그 옛날부터 선녀들이 내려와서 거그서 목간을 했응께 그런 이름이 생겼겠지라. 3년 전 삼복이었을 것이요. 우 리 이남이가 밭둑 끝에다가 경운기를 세워 놓고 낫 하나에 지 게만 지고 죽은 나뭇가지 모을라고 선녀탕 옆으로 올라갔던 모 양이어라. 날은 덥고 땀은 나고 허니께 고 선녀탕에 가서 지도

훌렁 벗고 한바탕 씻을라고 안 했겠소? 서른 넘은 노총각이 어째 여자 생각을 안 하겠소? 반귀머거리 어미에다가 반벙어리 지 신세를 아닝깨 참고 살어온 것이제라. 지 위로 성이 하나 있어서 그 놈이 일남(一男)이었제라. 지 에미 안 닮고 똘똘하고 밤톨겉었는디, 사주가 안 좋았든지 군대 가서 사고로 죽고 나서 팔삭동이에 반벙어리 이남이만 쳐다보는 늙은 어미 속이사 날이면 날마다 꺼멓게 녹이 안 슬었겠소?

이 더덕막걸리가 우리 동네 특산술이여라. 서울 양반도 쭈욱 잔을 비와 뿌리쏘. 맛이 괜찮지라? 나는 배가 불러붕께 여그다 쏘주를 한 잔씩 섞어 마시는구만요. 우리 동네에서는 다 이리 마시구만이오. 이리 마시면 아랫배 냉한 사람도 여름 배탈이 안 난단 말이요. 배가 냉한 사람은 여름날 덥다고 막걸리나 맥주를 차게 해서 마셔 불면 배가 부글거려 갖고 잘못허면 설사가 나고 한단 말이요. 옛날에사 새참에 시장기 면헐라고 막걸리를 마셨제만은 요새는 촌에서도 그리 배고프고 하지는 않소.

우리 촌에서는 서울 소식 같은 거는 통 귀 막고 살고 그려요. 테레비야 심심허니께 더러 보제라. 그런디 요새 축구중계 보고 있다가 속에서 열불이 나서 테레비 코드를 뽑아내 버렸단께요. 돈도 억시게 들어갔을 텐디 어째 축구라는 것이 점점 그 모양이 되가는가 모르겠습디다. 그러다가 혹시나 가뭄에 단비 온다는 그런 소식이라도 있겠거니, 또 테레비 뉴스 틀었다가 이건

원. 친아들놈이 생명보험 넣어 놓고 지 애비, 에미를 때려죽였다는 소리가 나오질 않나, 택시 한번 잘못 탔다가 몸 뺏기고 돈 뺏기고, 목숨까지 뺏겨서 한강 물에 집어던져졌다는 젊은 여자들 소식에는 에라 이놈의 세상, 어디까지 갈라고 이런다냐? 목침으로 죄 없는 테레비를 박살내고 나서 뭐 할 것이요? 그냥 술이라도 벌컥거려야재.

말도 마시오. 아들놈이 서울 가서 좋은 직장 다닌다고 아랫동네 이장, 나오지도 않은 아랫배에 힘주고 다니드만 그 아들놈이 애비, 에미 세계일주 효도관광 보낼 돈 만든다고 전세금 빼내고 은행에서 마이나스 통장인가 그것 만들어서 주식인가 펀드라든가, 그런 거를 했다, 안하요? 며칠만에 그 돈 몽땅 다 날리고 넥타이 끈으로 목을 매서 죽어가는 것을 옆집 사람이 119에 신고해서 살려 놓았다고 안하요? 그런 소리 들으면 이 산골에서 귀 막고, 눈 감고, 뻐꾹새 울고 소쩍새 우는 것 들으면서 한 세상 도토리묵에 한 잔 마시는 것이 신선놀음이라 그 말이요.

우리 이남이같은 어벙벙한 팔삭동이야 지가 축구를 하겠소? 무슨 증권을 하겠소? 지 반귀머거리 에미 이름으로 생명보험 들겠소? 해가 뜨면 일어나고 해가 지면 어두워지니께 잠자고……. 헌디 사람이고 짐승이고 물 오른 나이가 되면 누가 안 가르쳐줘도 천지만물 음양지도라는 게 있어 가지고 싱숭생숭 잠이 안 오고 하는 것이제라. 우리 이남이도 딱 그런 나이가 넘어가고 있던 참이었고만요.

맞소. 우리 이남이가 후다닥 옷을 벗고 선녀탕으로 뛰어들어 갈라던 참이었는디, 진짜로 그 선녀탕에 미리 내려온 선녀 하나가 목간을 하고 있었단 말이요. 목간꺼정은 아니고 한쪽에 쭈그리고 앉어서 허푸허푸 낯을 씻고, 팔다리도 씻고 있더란 말이요. 나가 시방 꿈을 꾸는 것이냐 싶어 이남이가 지 손등을 한번 깨물어보고 꿈이 아닌 것을 알고는 그 선녀가 벗어 놓은 옷이 어디 있는가 찾았제라. 그런디 옷을 훌러덩 안 벗었으니께 옷은 없고 옷이 있어야 할 자리에 보따리 한 개가 있더라 그 말이구만요. 맞다, 저 속에 하늘나라 날개옷이 들었는갑다, 살금살금 무릎으로 기어가서 후다닥 보따리를 집어들고 대여섯 걸음 물러섰는디, 그때사 지 보따리를 든 떡대같은 이남이를 그 선녀가 보았을 거 아니요? 그 선녀가 얼굴이 벌개져서 손발 다 저서가면서 지 보따리 내놓으라고 했을 거 아니요? 그런디요, 선녀 하는 말소리가 통 못 알어 묵는 소리를 하더라 그 말이요. 하늘나라 말하고 인간 세상 말이 틀릴 것이다, 하는 이치는 이남이도 짐작을 하고 지게 작대기로 저희 집 쪽을 가리킴서, '우리 집으로 가자. 우리 집으로……' 그렇게 떠뜸거렸겄제라. 말을 더듬기는 해도 어깨가 떡 벌어진 젊은 총각이 그 자리에서 저를 당장 해치지지는 않을 거 같으니께 선녀도 정신을 차리고 앞뒤 생각을 했을 거 아니요? 아, 인적 없는 깊은 산속에 두 사람뿐이니, 그 자리에서 멧도야지같은 젊은 놈이 바로 요절을 낼라고 하면 꼼짝없이 당할 수밖에 없는디 집으로 데리고 갈라고 하는 것만 해도 쪼깨 맘이 놓였는지 어쩐지 모르제라.

어찌했건 경운기에다가 그 선녀를 태와 갖고 저 산골 외딴집 마당으로 들어섰으니 허리 굽은 반귀머거리 어무니가 어떻겠소? 앞뒤야 모르겠지만 젊은 여자를 떡 하니 경운기에다 태와 왔으니 꿈인지 생시인지 지 어미도 한참은 눈을 비볐을 거 아니요? 아들놈이 벌건 얼굴을 하고 어버버대면서 이 선녀를 저기 폭포 밑에 선녀탕에서 데불고 왔다고 하니 저희 늙은 어무니야, 다 큰 아들 잘 하면 몽달구신 면하겠구나, 얼씨구, 우선 고 생각밖에 없었겠지라. 늙은 눈에도 어째 하늘나라 선녀치고는 인물이 좀 빠진다, 그런 생각을 쪼깨 했을지도 모르고, 하늘나라 선녀라는 것이 낯바닥이 거무죽죽하고 콧날도 너부죽죽 내려앉았다, 싶었기는 해도 고것이사 한참 후에 생각한 것이겠제라. 워낙 귀가 어두워서 말귀를 못 알아들으니 젊은 여자가 뭐라뭐라 하는 말이 귀에 설어도 그것이 그것이었지라. 아마도 인자 짐작이 좀 되는가 모르겠소.

고 선녀의 정체가 멋이냐 하면……; 요새 우리 농촌에서는 토종 젊은 여자란 것은 씨가 안 말라 부렀소? 애기 울음소리 듣는 것이 전설의 고향이 되었구만요. 여그서 얼마 안되요마는 옆 면에서 20년만에 딸 쌍둥이를 낳은 새댁이 있어 갖고, 되야지 잡고 송아지꺼정 잡어 동네잔치에 군수꺼정 금일봉 들고 안 찾아왔소? 인자는 단일민족이고 백의민족이고 그런 말도 다 없어진 말이어라. 보시요마는 동네 들어오면서 허연 옷 입은 사람 하나나 봤소? 늙은이고 젊은이고 인자 흰 옷을 안 입제라.

그러니 백의민족도 다 옛날 소리고, 우리 촌에서는 인자 토종 여자도 40이나 50 넘은 나이 든 사람이나 남아 있을 것이요. 어느 집 며느리 봤다 해도 저 연변서 오는 조선 여자는 그래도 낫제라. 삘리핀이다, 태국, 월남, 저 머시냐, 옛날 쏘련 땅, 우즈베키스탄인가 그런 디서 신부를 구해오는 것이 우리 시골서는 당연지사로 아는디 무슨 단일민족이겠소?

맞소. 이 청양고추가 진짜 고추제라. 말이 한참 옆으로 갔구만이요. 이남이가 선녀탕에서 경운기에다 실고 온 여자가 그러니께 월남 큰애기였다, 이렇게 되는고만이라. 물설고 낯설은 땅에 와서 아들 낳고 딸 낳아서 잘 사는 사람도 많이 있제만도 도야지 새끼 씨받는 것도 아니고 그래도 사람이란 것이 그리 쉽게 인연이 안 되기도 안 하겠소? 잘은 몰라도 결혼회사 하는 사람들 중에서는 못된 사람들도 있어 갖고는 농촌 늙은 총각들 돈만 뜯어가고 신부는 오자마자 도망을 가서 실성한 총각들도 있다고 하더라니께요.

그런디 그것이 여자 쪽으로 생각하면 또 그렇제라. 한국으로 시집가면 친정 식구들도 다 잘 살게 해주고 한국 남자들은 테레비에 나온 것맨키로 잘 생기고 그런 줄로만 알았다가 어찌어찌 낯선 땅에 와서 보니 신랑이란 것이 고향집 지 애비보다 더 늙은 디다 몸조차 성치 못한 반송장이다 해보시오. 아이고, 내일 죽는 일이 있다고 해도 그것은 내일 일이고, 우선 이 밤을 이대로는 안 되겠다 싶어 앞뒤 안 돌아보고 뒷문 박차고 뛰어

나가는 일도 안 생기겠소? 처음부터 도망갈 그런 계산하고 오는 여자도 있다고 하고, 어찌어찌 속아서 오는 사람도 있고 워낙 여러 일이 있다 보니 아예 그렇게 도망부터 치고 보는 여자도 있는 갑디다.

선녀는 하늘나라로 갈라면 날개옷이 있어야 하는디, 이 여자들도 도망을 가더라도 여권이 있어야 안 하겠소? 우리 이남이가 선녀탕에서 저것이다, 싶어서 딱 채서 반귀머거리 지 어미한테 농짝 밑에 꼭꼭 잘 숨카두라고 준 보퉁이 속에 그 여자 그런 것들이 들어 있었지라.

나가 이 동네 이장이고 청년회 회장이랑께요. 환갑 나이에 청년회 회장하는 놈은 대한민국에 나 말고 몇 없을 것이요. 촌이란 디가 다들 70, 80, 90객들이어서 손등이고 얼굴이고 저승꽃이 훤하게 핀 사람들뿐인디, 60이면 우리 동네에서는 아직 젊은 축이지라. 그래도 이 말을 할라면 명치끝이 묵지근하고 울화가 치밀어 오요. 군대갔다 온 몇몇 젊은 것들은 군대라는 디가 그것도 바깥세상이라고 바깥바람 쐬고 보니, 우선 촌에 묻혀 있으면 장가부터 못가 몽달귀신이 될 성하니 대처로 다 튀어나가고, 기집아이들이사 엉덩이도 벌어지기 전에 더 일찍 후다닥 도회지로 다들 나가 부리니 이 촌이라는 곳이 이남이같이 얼벙벙한 총각놈들이나 몇 하고, 기운 없는 늙은이들밖에 안 남어 있거등요. 그래도 아무리 얼벙벙이 총각놈이라 해도 저희 부모 보기로는 귀한 자식이니 종자나 받아볼라고 남

양군도면 어떻고, 월남이면 어떻겄소? 종자 받을 밭만 빌려줘도 쓰겄다 싶으니 논마지기 팔어서 무슨 혼인회사에다 돈을 갖다 주지라. 맞소. 어디라고 안 그러겄소만 그 혼인회사라는 디도 다 나쁜 거는 아니겄지라. 그래도 여자 하나를 어찌 데불고 와서는 여차여차 도망을 나오그라, 그래 가지고 또 다른 홀애비한테 돈만 받고 보냈다가 또 빼 내어오는 그런 불한당도 있다던디요.

천지만물 조화 중에 음양의 조화맨치 이상한 것이 또 있을까, 이번 우리 이남이하고 고 샥씨하고 간에 일어난 일을 가만히 보믄서 그 생각이 들드만요. 가방 끈 좀 있는 사람들은 사주팔자에 궁합이 어쩌고저쩌고 해쌓고, 성격이 안 맞고 피차 대화가 어쩌고 해쌓제, 실상은 말이요, 그런 것은 다 배가 부르고 할 일 별로 없는 사람들이 맨들어 내놓은 것이제, 천지만물 음양조화라는 것은 양이 있으면 음이 있고, 하늘이 있으면 땅이 있는 것이다, 이 말이구만요. 생각해 보시오. 아, 교회 다니는 사람들도 그 소리 합디다. 옛날 그 옛날, 사람이라고는 천지간에 거 머시냐, 맞소 그 '아담'이라는 사내하고 '이브'라는 샥씨 딱 음양이 하나씩밖에 없는디 즈그들이 어디서 궁합보고, 요샛말로 대화하고 삘이 꽃히고 하겄소? 이 산골짜기도 마찬가지여라. 더구나 아랫동네도 아니고 저 골짜구 끄트머리에 사람이라고는 하늘 아래 우리 이남이하고, 샥씨하고, 귀머거리 할망구밖에 없는디 따지고 자시고가 어디 있겄소? 옛말에 시장이 반찬이라고 배가 참말 고파보쑈. 무슨 입에 맞는 밥 찾고 반찬 찾고 하겠소? 옛날부터 어른들이 한 말들이 다 빈 말이 아니여라. 깊은 산속, 젊은 음양이 딱 하나씩만 있는디, 거그서 뭐가 더 보탤 것이 있겠소? 자세한 사정이사 댁같이 가방끈 있는 사람들이 생각할 일이고라, 산짐승 한 쌍이라고 하는 것이 맞겠지라. 세상이 말이라는 것이 맨들어져 갖고 여러 가지로 복잡해졌제, 옛날 그 옛날, 말이라는 것이 없었을 때사 산짐승들맹키로 쿵쿵 피차 냄새 맡아보고, 어루어보고 그러다가 한 몸이 되고 하제라.

아무튼 이 두 젊은 것들이 처음에는 한동안 해가 지고 깜깜해지믄 할 일도 없고 하니 누가 안 가르쳐줘도 그 음양지도라는 것을 알게 되는 것인께 같이 붙어 있고 했던 것 겉은디, 낮에도 인적이라고는 없는 골짜기다 보니 밤은 밤이고 또 낮에도 누가 말릴 것이요? 그걸 누가 못하게 할 것이요? 노상 음양지도에 빠져 있었지 싶당게요. 그러면서도 샥씨는 샥씨대로 더러는 월남말로 씨부렁대기도 했겠지라. 씨부렁대 봐야 들어줄 사람이 없으니 혼자 씨부렁대다가 말았을 것이고 또 우리 이남이도 뭐라뭐라 혓바닥 짧은 소리로 어벙벙 소리를 냈겠지라, 할망구야 귀가 어두우니 아들이나 샥씨가 내는 소리나, 도야지가 꿀꿀거리고 닭이 꼬꼬댁대는 것이나 다를 것이 뭐 있겠소? 생각해 보믄 이 말이란 것이 맹글어져 가지고 세상이 성가시고 불량하게 되고 그런 생각이 들드만요. 피차 말이라는 것이 지나고 보면 해도 그만, 안 해도 그만 그런 것인디, 그 말로 해서 우리 사는 것이 더 복잡하고 어렵게 되어 부렀을 것이요. 그 젊은 것들이야 한창들 몸이 더울 나이니 말이 없어도 눈으로 서로 속을 다 들여다보는디 말이 무슨 소용이 있겠소?

동네 들어서면서 보았을 것이요만, 우리 동네가 옛날부터 하우스 오이 농사를 많이 짓소. 오래 되었제라. 매일매일 오이를 골라 따서 밭둑에 내놓으면 아침에 추럭으로 모아다가 서울 가락동 시장으로 내고 하제라. 이남이네도 하우스가 큰 것이 두 동이거등요. 고 샥씨 눈치가 있어서 이남이 하는 것 보고 저도 같이 오이를 따고 했겠지라. 그런디 산속에서 저희들만 살다 보니 대낮에 오이를 따다가 샥씨가 큼직한 오이를 따들고는 얼굴이 벌개지고, 벌개진 샥씨 얼굴을 옆에서 보다가 금방 이남이 제 놈도 해불죽하게 입을 벌리고 하우스 흙바닥에 그대로 자빠지고 했던 모양이어라. 오이 실러 아침에 추럭 몰고 올라간 장씨 아저씨도 몇 번 그 꼴을 보고 민망해서 오이도 못 싣고 내려오고 했다믄 할 말이 없었지라. 그렇다고 딱히 그것들 하는 짓거리가 깊은 산속 지들 둘 일인디 누가 탓을 할 일도 아니제라.

어찌되었건 여름이 다 가고 가을이 되야 부렀지라.
멀고 먼 남쪽 나라 더운 곳에서 살던 샥씨라 초가을부터 덜덜 떨기 시작했던 것 같습디다. 우리가 인자 징상스러운 여름도 갔는 게비다, 모기도 입 삐뚤어졌고 그러니 좀 살겄다, 하는 때부터 이남이 샥씨는 슬슬 추웠던 모양입디다. 이남이는 어떻게 하든 지 샥시 안 춥게 할라고 초가을부터 온돌방이 절절 끓게 군불을 때고는 지도 샥씨 곁에 붙어서 할 일이 있겄서요? 또 낮이나 밤이나 방에서 같이 궁글었지 싶구만요.

그렇게 해갖고 이듬해 봄날에 드디어 애기가 태어났지라.

고것도 쌍둥이 아들이 나왔으니, 혹시 자조 남녀가 교합하면 쌍둥이가 생기는 것인가, 아니다, 그건 낮에 고추밭에서 고추 따다가 흙바닥에서 교접을 해야 건강한 쌍둥이 사내가 생긴다, 어짜고 그런 술자리 헛소리들도 우리 동네에서는 농으로 하고 그러구만요.

떡대걸은 고추를 그것도 한꺼번에 둘을 놓아주었시니 늙은 시어미와 우리 이남이가 얼매나 좋았겄소? 메누리 들어온 것도 하늘에서 내린 복인디 1년만에 인자 손자꺼정 둘이나 한꺼번에 생겼으니 세상이 다 자기 것들 같았겄제라.

이 시어미가 굽은 허리도 몰라라, 하고 사방팔방 다니면서, 우리 메누리가 손주를 고것도 쌍둥이로 낳았네. 자랑하면서 미역이다, 찹쌀이다, 구해서 며느리 구완에 정신이 없고 이남이란 놈도, 앉으나 서나 입을 반이나 헤벌쭉 벌리고 좋아했을 거 아니요? 거그다 우리 면장님 귀에꺼정 쌍둥이 사내가 태어났다는 소리가 들어갔으니 공사다망하신데 손수 미역을 사 가지고 이 산골 꼭대기까지 들어오셨다니께요. 참 그 말을 빼 먹었네. 우리 호적계 정주사. 참 사람이 그리 반듯하고 영리하고 인정 많은 젊은이도 없을 것이요. 면 내에서 그 정주사 모르면 간첩이제라. 인사성 밝고 남 사정 다 잘 봐주고, 면 내 사람들 그 누구나 부부송사꺼정도 정주사가 들면 풀릴 것이라고 하요. 나도 참말 막둥이 딸만 하나 있었으면 그 정주사를 홀렁 보쌈을 해 와서라도 사위삼어 내 식구 맨들었으면 하는 젊은 사람이 있어라우. 참말로 나라에서 이런 촌구석에도 그리 똑똑하고 참한 공무원이 있다는 것을 알면 위로 데려다가 큰일을 시켜도 될 것이랑게요. 그런디 다 지나놓고 생각이제만 우리 정주사같이 경우 밝고 똑똑하고 좋은 사람, 옳은 일만 골라서 하는디, 그 좋은 일이 세상사람한테 다 좋은 일인가, 그 생각이 무식하게 들 때가 있당께요.

아무튼 우리 정주사 그 사람이 면장님을 모시고 이 깊은 산골짜기로 찾어왔제라. 나도 명색이 이장인디 면장님이 오셨으니 같이 동석이 되었구만요.

그런디 세상만사라는 것이 해가 비치다 보면 그림자가 생기고, 호사에 다마라, 인생사가 다 그렇지 싶구만요. 아까도 그 이야기 했구만도 사람이란 것이 말이라는 것이 애초에 없었시면 세상살이가 더 편했을 것이다, 했소만 어찌 보믄 세상 목숨 있는 것들 다 지 사는 대로 두는 것이 제일 좋은 일일 것이다, 그 생각이 자주 드는만요. 골짜기 한쪽에 피고지는 꽃이나 풀을 캐다가 마당에다 심과 놓고 날마다 물주고 거름 주어서 잘 살게 해주겄다, 그런 생각이 틀린 것이다, 그 말이제라. 암요. 한 잔 더 들어 부시오. 이 술이 곡주로 담가서 아무 탈이 없당게요. 나는 쐬주를 한 잔씩 타 묵든 버릇이 되야 놓아서 나 묵던 대로 묵을라요.

이 골짜구까지 찾어온 면장님도 사람이 원래 호인이고 경우 바른 사람이어라. 인제 애기까지 둘을 낳았으니 늦기는 했어도 호적 정리를 해야 할 것이라고 정주사가 좀 도와줘야겄다고 그리 말씀이 계셨지라. 당연한 이야기제라. 나도 그때꺼정 선녀탕에서 샥씨를 데려다 같이 사는 것은 알았어도 고 샥씨에 대해서 깊은 속은 몰랐구만요. 말하자면 이장으로서 청년회 회장으로서 나가 그 일에 대해서 쪼께 직무유기를 한 셈이제라. 나가 그 무렵 집사람이 병원을 들락거려 갖고 통 다른 일에 신경을 못 썼던 것도 이장 직무유기 조건이 될 것이구만요. 정주사가 그러드만요. 하늘에서 내려온 선녀라 해도 그 선녀 하늘 주소가 있을 것이라고요. 나는 하늘나라 주소, 어째 고 생각을 안 해봤는디 똑똑한 사람들은 말을 해도 돌려서 그리 알어듣게 하드만요. 그런디 서로 말이 통해야제라. 여자는 여자대로 뭐라고뭐라고 그러고, 이남이는 원래 혀가 짧아 놓으니 어버버만 하고, 늙은 시어미야 귀가 잘 안 들리니 누가 듣든 말든 혼자서만, 우리 메누리가 쌍둥이를 놓았당께. 그것도 아들 쌍둥이란 말이여……. 그래서 그날 그 선녀탕에서 집어온 뒤로 어미 쓰는 안방 장롱 받침이 되야서 감추어 두었던 보따리가 등장한 것이제라. 애기 셋 낳을 때꺼정은 절대로 내놓으면 안 된다는 그 보따리를 정주사가 풀렀구만요. 그 보따리 말이 나오자 이남이는 두 팔을 흔들면서 지금 내놓으면 안 된다고 고개를 젓고, 시어미도 계속 도리도리를 했는디, 그래도 나가 이장인디 알아듣게 천천히 그 보따리 속을 보아야 며느리고 손자고 면사무소 호적에다 정식으로 올린다고 간신히 간신히 뜻을 전했지라.

아짐씨, 도토리묵 한 접시 더 무쳐보실라요? 이 산속에서는 도토리묵만한 안주도 없당께요. 한 점 들어 보시오. 서울서 잡숫던 거하고는 다를 것이요. 서울 도토리묵이 다 도토리묵인 줄 아시오? 그러제라, 텁텁 쌉쓰레한 이 맛이 진짜제라. 생각하면 서울사람들이 가방끈도 길고 해서 뭘 잘 알 것 같아도 멍청한 것은 더 멍청합디다. 자연산 산더덕이라고 비싸게 주고 서울사람들이 사는 산더덕말이요. 그것도 열 중 아홉은 중국 것이구만요. 국산이라 해도 도라지고 더덕이고 깨끗하고 허연 것은 다 하이타이에다 담가 놓은 것이요. 요새 서울에 친척 없는 사람이 없응께 서울나들이야 다 하제라. 서울 갔다 온 사람들 다 그 소리하고 웃소. 서울사람들 미련한 것은 약으로도 못 고친다고 말이요.

튀밥 알제라, 아 저 깡냉이 튀밥 말이요. 여그 촌에서도 펑하고 튀겨 묵제라. 우리 촌 튀밥은 누리끼리하고 서울 것은 백설같이 허영단 말이요. 그것이 어째 그러냐, 서울서는 허영게 해야 팔리니께 강냉이 튀길 때 거그다 표백제를 한 숟가락 넣어서 펑 부린단 말이요. 우리 면에서도 강냉이 튀기던 사람 서울

가서 시방도 장사하요.

여자 이름이 꺼이 푸옹(Cay phuong). 쫌 어렵제라? 나이는 스물셋, 월남 북쪽 하노이에서 한참 들어간 깡촌이 고향이라고 합디다.

그 다음부터는 모든 것을 우리 정주사가 알아서 다 처리했구 만요. 무허가 엉터리 결혼회사 소개로 속아서 한국으로 왔던 모양인디, 와서 보니 신랑이란 사람이 저희 할아부지만하게 늙 은 디다가 언제 죽을지 쿨룩쿨룩 하는 것을 보고는 첫날밤에 도망을 해서 산속에서 이틀을 헤매고 다니다가 우연히 우리 이 남이를 만나 애기까지 낳은 사연이 대강 밝혀졌구만요.

그 늙은 홀애비도 늦장가 간다고 회사에 돈을 안 뜯겼겠소? 그 모든 것을 정주사가 중간에 서서 이남이네 논 한 마지기를 팔아서 그 돈을 건네주고, 엉터리 결혼회사는 고발을 하고 다 그렇게 한 다음에 호적에다가 그 선녀하고 애기들까지 올려주 고 했제라.

여그까지는 좋았어라. 훗날 여유가 생기면 각시하고 애기들 도 데불고 월남 어딘가 그 촌에 있는 처갓집도 다녀오고 그리 하라고 모든 것을 해결했구만이라.

그때부터 여자도 전보다 얼굴에 화색이 더 돌고, 우리말도 몇 마디는 배와서는 동네 아짐씨들하고도 말을 하고 지내고 그 리되었구만요.

사단이 일어난 것은 나라에서 외국며느리들을 모아다가 공 부시키는 일에서 시작되었구만요. 원래 생각은 옳았지라. 그런디 그것이 그리 사단이 날 것을 누가 알았을 것이요?

쌍둥이 아들 둘을 양 옆구리에다 낑가 갖고 하늘로 날러가 부렀다, 그래서 나무꾼이 하늘로 그 선녀를 찾으러 가서 안죽 안 돌아온다, 이야기가 그리 되불면 너무 간단하제라. 선녀가 애기 둘을 그냥 놔두고 혼자만 날러가 부렀다, 그러니 문제가 되는 것이지라. 이틀을 밤낮없이 울기만 하다가 우리 이남이가 새벽참에 잠시 눈을 붙이고 있는 사이에 선녀가 날러가 부렀다, 그 말이오.

사형(死刑)을 없이해야 된다, 어쩌고 하는 사람들, 나는 넋 나간 사람들이라 생각허요. 사람이 사람이어야 사람이제, 사람이 아닌 것들은 법이고 뭐고 바로 그 자리에서 탕탕 죽여 부러야 한다, 그 말이랑께요. 생각해 보시오. 지가 사람인 것을 포기한 것들은 사람대우를 할 필요가 없다, 그것이구만요. 친 애비, 어미 죽인 것들, 살인강도에다 강간에다가 그런 것들은 빨리 없애 부러야 한다, 그 말이요.

그대로 둬도 다 살어갈 것인디 우리나라 말에, 예절에, 음식에 그런 걸 가르친다고 한 생각도 날넘었다 그런 생각이요. 말이 안 통해도 그대로도 잘들 살아라우. 법 한 줄도 몰라도, 호적 그런 거 없어도 말이요, 산속에서 같은 식구끼리 말이 안 통해도 탈 없이 사는 사람들을 뭐한다고 데려다가 이것저것 가리칠라고 할 것이요?

쉽게 말해서 면사무소에서 다른 나라에서 얻어온 메누리들을 여럿 데려다가 한글도 가르치고, 절하고, 제사지내는 것, 김치 담그는 것 가르치는 일이야 기본적으로 좋은 일이제라. 그 여자들도 낯설고 물설은 데 와서 한숨에 눈물에 여러 밤 괴로웠을 것인디 과부 속 과부가 안다고 피차 신세타령도 나누고 좋은 일이제라.

그런디 이 촌구석에 마을버스가 시간마다 다닐 것이요? 그렇다고 비싼 택시 타고 집에 갈 처지도 못되고…… 공부 마치고 늦은 밤에 달 보고 걸어가고, 별 보고 걸어가고 그리 집으로 갈 것 아니요? 그런디 당장 목을 쳐죽여도 시원찮을 못된 놈들이 달도 없이 어두운 밤, 집으로 가는 여자를 밭둑에다 눕혀 놓고 요절을 내 놓았으니, …… 암 그런 놈들은 잡은 즉시 바로 그 자리에서 쏴 죽여야 한다니께요. 그날 밤도 이남이가 이제나 저제나 지 각시 돌아오는가 큰길까지 여러 번 나와봤다가, 지도 무슨 낌새가 있었든지 경운기를 몰고 면사무소 자치회관 쪽으로 지 샥씨를 찾아나섰는 갑디다. 그러다가는 길가 으슥한 밭둑 귀퉁이에 엎어져서 통곡을 하는 지 샥씨를 알어보고 어찌어찌 경운기에다 태와서 집꺼정 갔던 것이지라. 그런디 뭐라, 뭐라, 못 알어 묵을 소리만 하다가 울고, 잠도 안자고 밥도 안 묵고 또 울고, 이틀을 그러다가 지 서방 잠시 코고는 사이에 첨 들고 온 보따리 찾어 들고 하늘로 올라가 버렸단께요. 인자 짐작이 가시오?

시골 출장길에 알뜰하게 밭에서 직접 국산 참깨를 사신 모양인디 잘 하셨소. 그런디 그것이 국산 참깨다 하는 것을 어찌 알

겄는가, 그 소리요. 맞소. 촌 토종 할마이가 밭둑에 쭈끄리고 앉어서, 털고 난 깻대 옆에 몸뻬에 수건 쓰고 팔고 있었응께 이 것은 진짜다, 그리 믿으면 되었제라. 서울 가시면 사모님한테 칭찬 들을 것이요. 그런디 말이요. 소금 알제라? 요것도 중국 것이 하도 많이 들어온께 사람들이 천일염 직접하는 염전까지 가서 진짜 국산을 산다, 그 말이요. 그런디 사실은 바로 그 전날 밤에 중국서 수입한 소금 푸대를 염전에다가 부서 놓고는 이튿날 손님들 보는 앞에서 그 소금을 걷어 새 푸대에다 담아준다, 이런 일도 있다 이 말이여라. 하기사 그 바닷물이 그 바닷물잉께 그것이 그것이것구만요. 직접 천일염하는 염전까지 가서 사온 것이다, 하고 기분 좋으면 되었제라.

아니 그 참깨도 '그럴 것이다'는 것이 아니고 '그럴 수도 있다' 그 말이구만요.

서울사람들 바보노릇 한 가지만 더 가르쳐 드릴게라. 서울사람들 4, 50년 전만 해도 생선회를 안 묵었소. 그런디 요새 서울에 횟집이 많이 생겨가지고 살도 안 찌고 영양가 높다고 서울 양반들 생선회를 많이들 묵는 모양입디다. 그 생선들 100이면 90이 양식인 것은 다 알제라? 하기야 그건 상관이 없는디, 동해바다로 밤차 타고 생선회를 묵으로 가요. 밤내 달려서 동해바다 해 뜨는 것도 보고, 바닷물 소리 들음서 아침에 잡어온 회 두어 접시 묵고 오면 멋진 일이지라. 헌디 오징어야 동해바다에서 잡히니 상관이 없제마는 서울 가락시장에서 밤 10시면 산소통 달고 동해로 떠나는 생선차가 많다, 이 말이요. 그 차가

해뜰 때 동해 쪽에 도착해서 고기를 풀어 놓으면 그 고기가 동해바다에서 금방 잡아올린 고기로 둔갑을 한다 이 말이요. 아, 그 생선차 고기야 다 양식이지라. 그런디 그것이 국산만 있는 것이 아니고, 중국 것, 일본 것도 같이 있다 그 말이요. 일본 애들은 기술이 좋아 때깔을 곱게 키우고 중국 것은 가격도 떨어지고 생긴 것도 미끈하지 못한디, 웃기는 일은 손님 중에 누가 좀 아는 척 나서서, 이거 양식 고기지요? 하면 횟집 주인이 맞소. 양식 아니면 날마다 어떻게 물량을 대겠소? 해놓고는 중국서 들어온 못난 놈들을 가리키면서, 여기 자연산이 있기는 헌디 쬐끔 비싸지라, 나가 시방 뭔 이야기 하는지 짐작이 가제라. 이런 소리 잘못 내었다가 횟집 주인들한테 맞어 죽을지도 모르겄소마는 때깔이 덜 깨끗한 중국 것이 자연산으로 더 비싸게 팔리기도 한단 말이요. 손님이야 이왕 자연산이다, 생각하고 돈 좀 더 쓰고 가도 기분 좋으면 그만이제라. 헌디 키우는 동안 중국 것은 독한 항생제를 사료에다 물에다 사정없이 집어넣어 놓는다니 그걸 많이 먹으면 어떻게 되겠소?

나 하는 말은 이 세상에 진짜하고 가짜하고가 통 구별이 안되는 세상이 되었다, 이것이구만요. 돈만 주고 받은 엉터리 박사들도 요새 참 많이도 나옵디다. 그런디 그 가짜들이 설치기는 더 설치고 시끄럽게 사는 것이 문제다, 이 말이요.

시방까지 나가 한 이야기, 반은 진짜고 반은 보태서 말했다고 생각하고 잘 챙겨서 들어 부시오. 나사 가방끈 짧어서 어디까지 진짜고 어디까지 보태고 그것도 늘 잊어불고 그래라. 나가 내년이면 환갑인디 뭐 정신이 얼마나 맑것소? 그래도 나가 청년회 회장이고 이장이어라. 이장이야 그렇다 쳐도 이 나이에 아직꺼정 청년회 회장인 걸 보면 이 동네 사정을 대강 집작하겠지라. 이런 걸로 책 맨들어 먹고 사신담서 잘 챙겨서 들어야 할 것이구만이라우.

이남이 이야기 마저 끝낼라요. 각시 없어지고 나서 이남이가 두 눈에 시퍼런 불을 켜 가지고, 퍼렇게 잘 갈은 낫 한 자루 들고는 날이면 날마다 며칠을 지 마누라 엎어져 있던 밭둑에 나가서 앉어 있는디 감히 누가 그 옆에 범접도 못했다니께요. 여차하면 누구라도 찍어 후빌 것 같았제라. 우리 정주사가 소식을 듣고 어찌어찌 말을 붙여서, 그 나쁜 놈들은 경찰에서 책임지고 잡어서 감옥에 처넣었다가 목 졸라 쥑일 것이니 진정해라, 진정해라, 해가지고 월남 가는 비행기에 태웠다니께요. 주소 하나 달랑 들고, 수천 리 이국땅에 가서 이남이가 지 마누라를 찾기는 찾을런지, 찾는다 해도 데불고 올 수 있을지는 아무도 모르제라.

우리 이남(二男)이가 시방 월남 어디 가 있는지, 지 어무이 말마따나 하늘나라 은하수 옆에 가서 기웃기웃 지 각시를 찾고 다니다가 만났는지는 시방 나도 확실히 모르겄소만 월남가는 비행기 탄 것은 확실허요. 그것도 우리 정주사가 이것저것 알어서 표를 끊어주고 했응께 무슨 결말이 나긴 나겄지만 그 삭씨가 아무리 지 새끼가 둘 있다고 해도 한국 땅, 더러워서 다시 안 밟을란다, 그리 될지는 나도 모르겄구만요.

지도 찾기 놀이

● ● ● 이현지(李炫智).

아마추어 화가. 미술학원 강사.

40대 초반의 눈썹 윤곽이 강했던 여자.

그 여자와 관계되는 특별한 기억에 대한 이야기를 털어놓아야 할 것인지 사실은 조금 망설였다.

일반적인 남녀 관계나 은밀한 기억의 파편과 관계되는 그런 사이가 아니기 때문이다.

더구나 현재로는 그 여자의 소재나 앞으로의 대면 기회 역시 예단할 수가 없다.

그러나 내 친구, K박사의 진료실 벽에 붙어 있는 한 폭 그림 속 어느 틈바구니에서 시간에 관계없이 그녀가 샐쭉 웃으며 뛰어나올 것 같아 그 여자의 이야기를 하려고 한다.

그 여자를 처음 본 것이 계절답지 않게 장마 같은 겨울비가 계속되던 오후였다.

나는 회사에서 무급휴직 상태였지만 약국경영의 아내 덕에 시간 여유를 핑계 삼아 여행에서 막 돌아온 참이었다.

'파푸아 뉴기니'의 잔상이 채 가시지 않고 있던 때 K박사의 전화가 있었다.

환자도 끊겼고, 비도 내려 일찍 병원 문을 닫겠다는 K의 전화에 그를 찾아갔고, K에게 등을 떠밀려 계단을 내려서면서 그 여자 이름을 처음 들었다.

"나하고 잠깐 같이 갈 데가 있어."

택시를 세워 나를 밀어넣은 뒤에야 그는 동네 문화회관에서 아는 사람의 그림전이 있으니까 동행하자고 했다.

"알려진 화가가 아니고 그냥……."

"그런데?"

"예술한다는 사람들, 의사 입장에서 보면 어느 정도는 다들 사이코 패스거든. 자네같이 엉뚱한 곳 여행하기 좋아하고, 한때 소설 쓴다고 하는 사람하고는 통할 데가 있을 것 같기도 하고, 해서……."

문학에 흥미를 끊은 지 오래인 내게 이 친구가 무슨 이야기를 하나 싶었지만, 나는 대꾸를 하지 않았다.

"우리 병원에 가끔 오는 두통 환자인데……."

환자의 사적 공간에 왜 관심을 가지나 싶었지만, 한 여자의 그림 전시회에 그렇게 동행을 했다.

계절 끝자락에 비가 내리는 늦은 오후의 전시실 분위기는 입구에서부터 황량한 느낌이 들었다. 중학생으로 보이는 여자아이들을 주인공이 배웅하고 돌아서자 전시실의 손님은 우리 둘뿐이었다.

설핏 우리를 향해 흰 이를 드러낸 여자 어깨 뒤로 그림 배경들이 모자이크처럼 흩어져 시야를 채워 왔다. 한옥 창살 배경의 여인상들이었다.

조명 탓이었는지 한옥 창살 앞의 여자 얼굴들이 유령 같다는 생각을 잠깐 했다.

우선 그림의 구도가 독특했다. 사실적으로 터치된 여인들 얼굴 아래쪽에 네모난 프레임을 놓고 그 안에 여자의 나신들이 배치되어 있었기 때문이다. 뽀얀 살결의 상반신에 허리 아래쪽 다리 사이의 지나치게 무성한 치모(恥毛)들이 얼굴과 어울리지 않게 이질적이어서 화면 전체가 기괴한 느낌을 주었다.

강렬한 인상이 나신들의 치모들 때문이란 생각도 들었다.

한쪽 벽 전체를 차지한 다른 그림들 역시 비슷한 구도의 여성상들이었다. 다소곳하게 보이는 여자 얼굴 아래쪽 사각 프레임을 통해 나신을 송두리째 드러내고 있는 그림들 앞에서 여자는 상기된 얼굴이었다.

"어머니 1, 2, 3……. 엄마에 대한 이해, 엄마에 대한 헌사(獻辭)…… 쉽게 설명이 안 되네요."

"어머니라고요?"

극히 사실적으로 터치된 그림 부분들을 추상적 모자이크를 통해 빚어내는 이상한 섬뜩함, 괴기스러움.

중년 여인의 얼굴에 젊은 여성의 나체를 병치시켜 의도적 혼란을 유도한 것일까. 나는 '천경자'의 뱀 그림이나 '뭉크'나 '달리' 류의 몽환적인 화폭의 충격과도 다른 이물감 앞에서 잠시 당황했다.

다른 두 면 벽은 꽃을 주제로 한 소품들이었다. 꽃 그림들은 터치 방법이 달랐지만 모두 엉겅퀴꽃 한 종류였다.

친구도 그림들의 소재 앞에 당황한 듯 내 눈으로 시선을 보내왔다.

"그림들이 독특하네요."

K박사도 적절한 말을 찾지 못했을 것이다.

그가 서둘러 나와 여자에 대해 소개를 하고 탁자 앞 길게 놓인 의자 쪽으로 옮겨갔다.

"이 친구, 여행 좋아하고 소설 쓰니까 현지씨와 이야기가 통할 겁니다. 며칠 전에도 '파푸아 뉴기니' 원시종족들과 어울리다 온 친구예요."

"소설은 무슨……?"

나는 손사래를 쳤다. 흥미를 느낀 적은 있었지만 신경을 완전히 끊었노라고 나는 서둘러 변명부터 했다.

몇 해 전 내 글을 보여주었다가 가능성이 없다는 평을 받은 적이 있었기 때문이었다. …… 소설이 상상력의 소산이지만 그 허구 역시 현실에 기반을 둔 상상력이거든요. 삶과 유리된 망상이나 공상세계를 허구로 생각하면 안 됩니다. 그림 역시 고도의 추상적 작업 이전에 기본 데생 과정을 겪어서 변형을 이루는 거거든요. 특히 습작 시기의 과대포장은 피해야 한다고 생각합니다……

여자가 벽 한쪽 자판기에서 종이컵에 커피 한 잔씩을 뽑아왔고, 우리는 맛없는 커피를 마시면서 어색한 침묵을 메우고 있었다.

창 밖으로 겨울비답지 않은 빗줄기가 그칠 생각 없이 계속되었다.

킬리만자로 산정의 만년설이 스카이라인을 이루고 있는 하늘과 사바나의 지평선을 덮은 검붉은 황혼의 풍경이 그 시간 왜 생각났는지 모르겠다.

아마 그 여자, 현지가

"여행 좋아하시면 혹시 어렸을 때 '지도 찾기 놀이'를 해보셨어요?"

엉뚱한 질문을 했기 때문인지도 모른다.

"'지도 찾기 놀이'라는 것을 아실지 모르겠네요. 세계지도를 펴놓고 지명을 말하면, 나머지 사람들이 지도 위에서 그곳을 찾아요. 맨 먼저 찾는 사람이 새로운 지명을 내고요……. 장난감이 없던 시절, 후다닥 숙제를 해치우고 아이들과 '지도 찾기 놀이'를 했어요. 나라 이름이나 수도는 많이 알고 있으니까 지도 귀퉁이에 있는 지명을 문제로 내요. 작은 글씨로 쓰인 지도 귀퉁이나 지도책이 접혀 잘 안 보이는 지명을 내는 경우도 있고요.

'암마살리크', '이백투트', '에타'…… 그린란드의 이런 지명이나, '데무코', '콘셉시온', '펠로타스', '우스아니아' 같은 남미 쪽의 궁벽진 지명, 아프리카에서도 '비터폰테인', '벵갈라', '추메브' 이런 지명은 생소하거든요. 북유럽의 '칸달락샤', '예테보리', '낭트', '웁살라', '글레스고', '그단스크'……. 그때쯤은 지도 위에서 수많은 작은 지명들이 제 이름을 불러달라고 보채요."

그녀 입에서 튀어나온 생경한 지명들에 잠시 당황해서 K박사와 내 시선이 마주쳤다.

"주꾸미 먹으러 가요."

갑자기 여자가 핸드백을 집어 들면서 말했다.

주꾸미집이라니, 그녀의 갑작스러운 제안이 황당하기는 했지만 어두워지고 있었고, 비도 그칠 것 같지 않아 어정쩡하게 그 술자리에 동행을 했다.

택시는 우리를 시장통, 땅이 질척거리는 수산시장 앞에 내려놓았다.

여자는 익숙하게 백열등이 켜진 생선 좌판 사이를 앞섰고, 우리 둘은 습도 속에 농밀해진 생선 비린내 사이를 뒤쫓았다.

생선 좌판들 안쪽으로 즉석 생선회를 파는 공간에 사람들이 소주잔을 기울이고 있었다. 빈자리 몇 개가 먹이를 기다리는 생선 아가리들 같이 우리를 노려보았다. 손님들이 자리잡은 좌판 앞에서 한 여주인이 우리에게 손짓을 했다. 주꾸미가 한창 살이 오르고 알 낳을 준비를 하는 철이라서 맛이 1년 중 최고라고 손가락을 치켜세우는 여주인을 비켜서 그 여자는 그 곁 작은 좌판에 자리를 잡았다.

"이현지 화백의 그림전시회를 축하하면서…… 자요."

K박사가 꿈틀대는 주꾸미 발을 뜨거운 냄비 물에 집어넣고 소주잔 세 개를 채웠다.

"우리 엄마도 감사할 거예요. 두 분 선생님께……. 우리 아줌마도 한 잔만 하세요."

몇 순배 그렇게 소주잔을 비우고 나서 그녀가, 여기 주인아주머니, 어디서 본 것 같지 않나요? 하고 물었다.

그때야 주인아주머니 얼굴에 대한 기시감(旣視感)이 전시회 그림 속 얼굴들과 닮았다는 생각이 났다. 닮았다기보다 곤고한 생활 현장에서 표정 없이 자기 일에만 열중하고 있는 많은 한국의 중년 여성의 모습이었다.

"엄마에게서도 생선 비린내가 났지 싶어요. 밥상 위에 생선을 올린 적이 별로 없던 엄마였는데…… 늘 바느질감을 끼고 지냈던 그 엄마에게서 생선 비린내가 났다고 생각한 게 이 아주머니 얼굴을 보면서였을까, 싶어요."

"'지도 찾기 놀이' 이야기 했었지요? 어렸을 때 아빠가 한 달에 한두 번, 그렇게 우리에게 오셨거든요. 아빠가 집에 없는 것은 아빠가 늘 세계여행 중이었다고 그랬어요. 그래서 지도 속

모든 장소에 아빠가 계실 것 같았어요. 한 달에 한두 번밖에 볼 수 없던 아빠는 지도 속 여러 곳을 돌아다니실 것 같았거든요. 아빠가 오시면 늘 물었어요. '마가스카르'의 '돌리아라'에 가 보셨어요? '짐바브웨'의 '하라레'와 '루사카'에는요? '크레타 섬'과 '사르데나 섬'에는요? 내가 끝도 없이 졸알대면 아빠는 내 볼에 턱을 비벼 대셨어요. 그 무렵에는 세상 많은 나라들이 다른 말을 쓰고 음식도 다르게 먹는다는 것을 상상해 보지 않았어요."

그날 여자와 헤어지고 집 가까운 커피집에서 나는 K박사에게 이번 '파푸아 뉴기니' 여행에 대한 이야기를 했다.

위도상, 적도 아래여서 더울 것 같지만 중부 쪽 하일랜드는 고도가 높아서 덥지 않다는 것. 그곳 스콜은 늘 밤에만 쏟아져 아침 공기가 얼마나 상쾌했던지……. 지상에 마지막 남은 낙원……. 대나무 삿자리에 코코넛잎 지붕, 사방에 널린 야생바나나에 고구마……. 그리고 두 세대 전만 해도 서로 잡아먹었던 사람고기를 어떻게 요리해 먹었나, 내 상상력까지 겹쳐 여행지 이야기를 했다.

"두 세대 전만 해도 서로 잡아먹어서 지금도 해골들이 오두막 앞에 걸려 있어. 저희 할아버지 때 이야기라지만 누가 알아? 지금도 몰래 잡아먹는지……. 원래 그곳 유명한 '무무'라는 요리도 사람고기 요리 때 쓰던 방법이었던 것 같아……."

나는 그곳 원주민들이 아프리카 '기니'에서 조상이 왔다는 것, 밀림이 무성해서 마을과 마을이 고립 상태여서 부족과 마을마다 말이 안 통하니까, 서로 적의를 가지고 잡아먹게 되었을 것이라고 혼자 흥분해서 이야기했다.

내 이야기에 별로 흥미가 없었는지 그는 갑자기 엉뚱한 정신 신경과 용어를 늘어놓았다.

"'아스퍼스 신드롬'이란 게 있어. 영화 〈레인맨〉 알지? 거기서 '더스틴 호프만'이 연기하는 비상한 머리의 자폐 장애인 말이야……. 그런 범주를 '아스퍼거'라고 그래. '뉴턴'의 괴팍한 행적 역시 '아스퍼거'에 가깝다는 연구도 있고…….

자폐증 장애를 가진 사람들의 천재적 현상을 '서번트 신드롬(savant syndrome)'이라고도 하는데 통상적으로 좌뇌 손상과 관련이 있다는 정신과적 소견이야. 나야 그쪽 전공이 아니지만……. 일반적 지능은 떨어지는데 음악 연주나 달력계산, 암기, 암산 등에 뛰어난 재능을 나타내는 사람들이 있거든. 발달 장애나 자폐증 등, 뇌기능 장애를 가진 사람이 엉뚱하게 다른 쪽에서 천재성이 나타나는 현상, 그것이 '서번트 신드롬(savant syndrome)'이야."

"그런데 그건 왜?"

"그 여자 그림을 보면서 혹시 이 여자도 '서번트 신드롬'이 아닐까, 그 생각을 했거든……. 그건 자네에게도 해당될 수 있고 말이야."

초원의 끝 부분, 톰슨가젤 무리와 우산아카시아 몇 그루가 검은 윤곽을 드러내고 있는 초원 한가운데에서 잠깐 고개를 돌린 마사이족 여인이 한 사람. 검은 피부색이 어둠에 묻혀 가고 있는데, 여자의 흰 눈자위가 이쪽을 향하고 있었다. 황혼의 어두운 색조를 배경으로 뒤돌아보는 여자의 방심한 듯 반쯤 벌린 입술 사이 이빨의 흰색과 눈자위가 사뭇 도전적이었던 엽서의 사진 한 장. 벌겋게 물들었던 하늘이 밤의 어둠 속으로 잠겨 가는 시간, 고개를 돌려 이쪽을 향한 여인의 흰 눈자위가 소름 돋도록 강렬하게 다가왔던 그림엽서 생각을 나는 하고 있었다.

아프리카 여행에서 돌아오면서 사 온 그림 엽서 가운데 한 장이었다.

나는 그 엽서를 3년째 내 책상 앞에 붙여 놓고 가끔 아프리카를 회상하곤 했다.

아내가 그 엽서를 치워 버리라고 했지만 평소 같지 않게 내가 화를 냈고, 그후로 아내는 다시 그 엽서에 대한 이야기를 하지 않았다.

그 사진을 바라보고 있으면 한순간 나는 시간과 공간을 넘어서서 그곳 암보셀리 초원에 서 있는 느낌이 되고 한다.

먼지가 풀썩이는 메마른 초원 위 원색 망토에 긴 막대를 들고 소 떼를 몰고 지나고 있는 마사이족 소년들 모습……. 사슴 좀 봐요, 사슴…… 쟤 이름이 '톰슨가젤'이에요. 아프리카 초원에 가장 많이 사는 동물이어서 육식동물 식량 역할을 하죠. 엉덩이에서 앞다리 쪽으로 옆구리에 까만 무늬 보이지요? 무늬 없이 조금 큰 것이 '그랜트 가젤', 꼬리와 양쪽 엉덩이에 검은 줄이 있는 놈들이 '임팔라', 조금 더 큰 '토피', '클립스프링거'……

다 친척들인데요. '나밍가' 게이트를 지나 국립공원 안에 들어가면 큰 동물도 보실 수 있어요⋯⋯. '마사이 기린', '제브라', '버팔로', '코끼리', '표범', '사자'⋯⋯. 사자는 내일 마사이 마라에 가면 많은데요, 운이 좋으면 이곳에서도 사자를 볼 수 있을지 모르겠어요.

그 여자, 이현지를 다시 만난 것은 계절이 바뀌고 초여름이 될 무렵이었다.

병원에 다녀오는 길이라면서 집 가까운 곳에서 전화를 해왔기 때문이었다.

"내내 두통이 가시지 않아서 K박사님이 신경정신과를 소개해 주셔서요."

"지금도 주꾸미가 맛있는가요?"

"보리 거둘 무렵에는 '숭어'가 제철이에요."

여자는 지난번 들렀던 시장 안의 작은 횟집으로 나를 다시 안내했다.

지금도 그림 작업을 하느냐고 했더니, 그녀가 후드득 웃음을 터뜨렸다.

"엄마에게는 지난번 그림들로 인사가 되었거든요. 조신해 보이는 엄마 표정 뒤에서 시들어가는 여자의 욕망을 이해하게 된 것이 엄마가 죽고 난 후였으니까 둔감했다고 해야겠지요? 짐작은 했어요⋯⋯. 고갯마루를 넘어가는 상여쪽을 향해 두 번 절을 하고 난 후였을 거예요. 절을 하고 난 후, 세상에 대해 조숙해졌어요. 늘 조용한 엄마 얼굴, 바느질감을 앞에 놓고 앉은 엄마의 안쪽에 원망과 자학으로 시들어가던 한 젊은 여성이 있었다는 것을 확실하게 알게 된 것은 더 나이 먹고 이성감정이 생기게 된 후였지만요. 이제 지난번 제 그림이 왜 엄마에 대한 헌사인지 이해되시지요? …… '아빠가 여기쯤 계실까? 지금.' 세계지도 위에 멋대로 정한 장소에 내가 동그라미를 그려도 엄마는 항상 고개를 끄덕이셨어요. 그날, 꽃상여가 사라진 고갯길에 대고 절을 두 번 하라고 시켰던 그 전까지 나는 내 맘대로 아빠가 계신 곳을 정해놓고 했어요."

"……."

"그날 이후, 어느날, 지도 위 남태평양 작은 섬에 동그라미를 치고 있었을 때 엄마가 색연필을 쥔 내 손을 가만히 쥐어 지도 밖 방바닥으로 내려놓았어요.

지도 위 어느 곳에도 아빠가 안 계시다는 것을 느낀 순간 아빠가 계시는 다른 세계, 우리가 살고 있는 세계와 층위가 다른 또 다른 세계에 대한 공상이 늘었어요."

한동안 그 여자에 대한 일들을 나는 잊고 있었다.

초여름 장마가 시작되면서 매일 흐리고 비가 자주 왔다. 그날도, K박사의 전화가 있었던 날도, 오전에 잠시 해가 나오는가 하더니 다시 비가 내리기 시작했다.

내가 병원 현관문을 밀고 들어가자 그가 앞서 병원 건물의

지하 커피숍으로 나를 데리고 내려갔다.

"환자가 행방불명이야."

"그게 무슨 말이야?"

"그림 그리던 그 이현지……."

계속 두통을 호소해 와서 잘 아는 신경정신과에 소개를 했고, 그 병원에서 입원치료 중이었는데 며칠 전 병상에서 감쪽같이 증발을 했다고 했다.

"의사라는 게 뭘 할 수 있다고 생각하나? 기껏 두통에 아스피린 처방을 해주고, 상처에 소독약 발라주는 거야. 어차피 병은 환자 스스로의 재생력으로 치료되는 거야."

K박사에게서 항상 느껴온 잘 손질된 메스 같은 느낌이 그날따라 희뿌연하게 흐려 있는 것을 보았다. 깨끗이 면도한 얼굴 위에 후로마린으로 소독을 한 것 같은 그 친구의 얼굴 피부 안쪽에 깊은 납빛의 외로움.

K가 항공봉투 하나에서 편지를 꺼내 내게 내밀었다.

얌전한 여학생처럼 깨끗하게 쓰인 몇 장의 편지였다.

'바라나시에 와 있습니다'로 시작된 편지는 정성스럽고 또박또박 얌전한 글씨로 쓰여 있었다.

…… 며칠 묵은 숙소 앞에 무성하게 잎을 드리운 고목을 올려다보다가 하마터면 비명을 지를 뻔했습니다. '멀구슬나무'였

어요. 우리나라 남쪽 지방 동구 밖에 흔하게 서 있는 나무. 가을이면 포도송이같이 노란 열매들이 익어가고, 아이들이 열매를 입에 넣었다가 달착지근하면서도 아린맛 때문에 뱉어 버리고 하는 그 나무 열매들이 초록빛으로 잎 사이에 주렁주렁 매달려 있었어요.

그 나무에 대한 기억은 초등학교 때 대문 밖 골목에 서 있던 나무밑동과 대문 손잡이를 고무줄로 묶어 놓고 혼자 고무줄놀이를 자주 했던 기억 때문이었을 거예요.

학교에서 돌아오면 곧잘 혼자서 그런 식으로 고무줄놀이를 했거든요.

그러다 어느 해질녘 혼자 정신없이 고무줄을 넘나들고 있는데 등 뒤에서 커다란 손이 내 겨드랑이를 들어올렸어요.

"아……, 아빠."

나는 담배냄새로 아빠인 것을 알아 버리지요.

"우리 이쁜 공주 많이 컸네……."

그리고 아빠는 내 몸을 들어올려 어지러울 때까지 빙빙 돌렸어요. 공중으로 붕 떠오른 나는 어지러움 속에서도 깔깔거리며 눈앞을 지나는 그 열매들을 보곤 했어요.

아빠는 한 달에 한 번, 때로는 그보다 더 늦게 엄마와 나를 보러 오셨어요.

"아빠 이번에는 어느 나라 다녀오신 거예요?"

"아, 이번에는 우리 공주님이 상상도 못하는 곳, 토인들이 벌거벗고 긴 창으로 사냥을 하는 아프리카에 다녀왔지. 그 사람들은 싸움터에서 적군을 잡으면 잡아먹거든. 무섭지?"

아빠는 어느 때는 미국, 어느 때는 일본, 어느 때는 그 당시 상상 속에서만 있던 인디언이 사는 곳, 사자가 우글거리는 곳, 때로는 펭귄이 사는 남극에도 다녀오셨다고 했어요. 나는 아빠가 가 본 그 이상한 나라들에 대해서 이야기해 달라고 잠이 쏟아지는 눈을 부비고 했는데, 그때 엄마가 내는 나지막한 한숨 소리의 의미를 알아차릴 수가 없었어요.

아빠는 시골아이들이 가지지 못한 빨간 가죽으로 된 책가방도 사다주시고, 시골 가게에서는 볼 수 없는 껌과 젤리과자, 12가지 색의 크레파스도 사 가지고 오셨어요.

"그래, 이거는 일본에서 샀고, 이것은 영국에서 샀지, 우리 공주님 주려고……."

다른 집 아이들처럼 아빠가 집에서 같이 살았으면 좋겠다고 생각하다가도, 시골 아이들이 구경도 못했을 선물을 받으면 우리 아빠가 외국으로 돌아다니시는 게 은근히 자랑스러웠어요.

혼자 엎드려 지도책을 펴놓고 아빠가 다녀오셨다는 나라들에 빨간 연필로 표시를 하는 것도 제 놀이 중의 하나였어요. 영국, 프랑스, 일본, 때로는 아프리카의 어느 나라, 남아공, 수단……. 내 색연필은 세계 곳곳을 돌아다니면서 남아메리카 콜롬비아며, 코스타리카, 칠레 등을 헤매기도 했어요.

초등학교 졸업 무렵, 아침 일찍 눈이 빨갛게 부은 엄마가 아래위로 흰 옷으로 챙겨 입으시고, 내 손목을 쥐고 읍내로 가는 버스에 올라 내내 작은 소리로 훌쩍이는 까닭을 알기에는 제가 너무 늦되었는지 몰라요.

멀리로 꽃상여 하나가 지나가고 있었고, 밭둑에 쭈그리고 앉은 엄마가 으스러지게 내 손을 쥐면서 흐느끼고 계셨는데도, 외국에 가서 내 선물을 사 오시는 아빠가 다시는 고무줄놀이를 하는 내 겨드랑이에 큰 손을 넣어 빙빙 비행기를 태워주지 않을 것이란 것을 깨닫지 못했어요. 엄마는 산기슭이 시작되는 밭둑에 앉아 내게 사라져가는 꽃상여 쪽에 대고 절을 두 번 시켰어요.

그때 그 밭에 콩 포기들이 한창 자라고 있었고, 그 콩밭 군데군데 키가 큰 수수들이 고개를 숙이고 바람이 불 때마다 꺼덕거리고 있었던 것도 생각이 납니다.

이별이 어떤 것인지, 이승과 저승의 거리가 얼마나 되는지 짐작도 상상도 못해보던 열두 살, 그렇게 나는 아빠를 보내드렸어요. 보내드린 게 아니고 아빠가 나를 떠나셨어요.

늘 외국에 나가 계신다는 아빠가 그후 오래오래 찾아오시지 않았을 때도 나는 지도책을 펴놓고 지구의 끝자락 어디에 아버지가 가 계실 것이라는 생각을 했어요. 내 색연필이 지도의 맨 아래쪽이나 위쪽 어디를 헤매면서 엄마 눈치를 살폈을 때 엄마가 내 연필 쥔 손을 지도책 밖, 방바닥으로 옮기더니 무릎에 고개를 묻고 흐느끼기 시작했어요.

아빠가 돌아가셨는데도 가까이에서 왜 절을 할 수 없는지, 제삿날이나 명절에 산소에 찾아가 술 한잔을 따라 올릴 수 없는지를 이해하게 될 무렵, 저는 생각했어요.

나는 자식을 낳지 않을 거다. 남자를 사랑하는 일 같은 것은 절대로 하지 않을 것이다. 더구나 엄마처럼 가정 있는 남자를 사랑해서 아이를 낳는 일 같은 것은 절대 없을 것이라는 결심, 남편을 싣고 가는 상여 가까이 가지도 못하고 밭둑에 앉아 소리를 크게 내고 울 수도 없던 엄마의 삶이 사춘기 내내 나를 얼마나 괴롭혔겠어요?

그런데 숙명이라고 그러나요? 자식은 부모를 닮는다는 말, 비슷한 유전자 문제인가요? 어느 날, 사랑하는 남자가 생긴 거예요. 그러나 엄마처럼은 안 된다. 그 결심으로 나 혼자만 남자를 사랑하는 어처구니없는 짝사랑이 된 거예요.

그러나 이를 악물고 지내면 그 혼자의 약속이 지켜질 것 같았어요. 그런데 거짓말처럼 그 약속이 쉽게 지켜지게 되었어요. 내가 결정한 것이 아니고 타의에 의해서요. 자궁이 없는 여자. 자궁을 들어내 버린 여자. 상상이 가세요? 한 번도 생명의 씨앗을 심어보지도 않은, 생명을 키워내는 것을 거부한 기관이라면 들어내 버리는 것이 신이 생각하기에는 더 경제적인 것이었을까요?

아이를 가질 수 없는 몸이 되었다는 사실, 엄격한 의미, 여성도 남성도 아닌 중성의 몸……. 엄마처럼 가정 있는 남자를 사랑해서 아이를 낳는 일 같은 것은 절대 없을 것이라는 결심을 머지않아 더 확실하게 지키게 만든 사건이 생겼어요. 나 혼자 사랑하던 남자의 죽음을 들었어요. 심장마비였다고 그래요.

그 남자의 부음을 들으면서 현세의 내 삶이 탈색되고 있었어요. 이곳 '시바'가 사는 티베트 '카일리스 산'에서 시작된 갠지스의 성스러운 물 가까이 가서 엄마 때부터 시작된 내 윤회의 사슬을 풀고 자유로울 수 있을까, 엉뚱한 생각에 이곳을 찾아왔습니다.

해가 질 무렵 나룻배를 타고 강물을 따라가면서 강기슭에서 벌어지고 있는 풍경을 바라보았습니다.

몸을 씻는 사람, 기도를 드리는 사두들, 강둑에서 몸이 태워지고 있는 시체들……. 그런데 그렇게 성스럽게 여기는 강물에서 빨래꾼들이 빨래를 해요……. 그런가 하면 나뭇잎 위에 촛불을 올려놓고 강물에 띄우는 사람들 모습도 보이고 그 촛불이 꺼질 듯 꺼질 듯 흘러가는 모습도 보이고, 강 한쪽에서 연기가 되어 장작더미 속에서 사라지는 시체들도 보였어요…….

화장터 잿가루가 섞여 든 물에서 자신의 의무에 충실한 빨래꾼들. 병자들이 강변에 누워 죽어가고 있는데 짐승 구경하듯 구경하는 아이들도 있고 멀리서 바라보이는 강의 풍경과 관념 속 철학은 머리로 동의하면서도, 현실적으로 너무 끔찍했습니다.

그 현장에서 생의 집착을 버리라는 말 같은 것은 넌센스로 느껴져요. 시간이 훨씬 지난 후에야 관념 속에서 나오는 말이겠지요. 사실 이곳 '바라나시'에서는 공간과 시간의 사슬이 스르르 풀려 나가는 묘한 혼돈의 기운이 서려 있어요. 돌아가신 아버지와 어머니가 함께 있기도 하고 가정을 가졌던 그 남자 역시 살아 있는 나와 가까운 거리에 같이 있기도 해요. 무심하게 강물을 바라보면 삶이 꿈 같고 자신이 환영 속에 있는 묘한 느낌을 갖게 되어요.

강변 이쪽, 이승에서 죽음이 연기로 피어오르고, 강 건너에서 떠오른 해가 다시 어둠을 밝히고, 삶과 죽음이 순환되는 순간, 관념들 역시 뒤섞여 소멸되면서 세상이 그대로 성스럽게 느껴지기도 하는 것 같았어요.

타인과의 기억이나 감정의 이식(移植)이 가능할까. 집단무의식 같은 기억의 공유, 환상의 공유나 소통이 가능한가.

"파푸아 뉴기니의 친구들 있지? 그 친구들 섹스를 어떻게 하는지 알아? 집이 완전 원룸이잖아? 식구들이 같이 지내다 보니 불편할 것 같더라구. 그런데 그게 아주 간단해. 사방이 숲이잖아. 벗고 사는 사람들이니 옷 벗고 입고 할 것도 없이 가만히 빠져나가서 만만하게 생긴 나무에 기대서서 교합을 하는 거야. 그런데 밤마다 비가 와서 나뭇잎들이 젖어 있다가 나무 밑둥에 쿵쿵 몸통을 부딪치다 보니까, 한참 달아오르고 있는데 후드득 나무에서 목으로 등으로 물방울이 떨어져. 어이구, 차가워, 하면서 잠시 쉬고, 다시 열을 내다가 아이구, 차가워, 또 쉬고……. 그렇게 천천히 하는 것 같더라고……."

왜 그런 어처구니없는 엉뚱한 이야기들을 지껄였을까. 어차피 사람은 다 자기세계에 갇혀 있어서 잠시의 소통에 대한 착각, 그것을 우리는 사랑이나 우정이라는 말로 포장하는 것은 아닐까. 소통되지 않는 화제들에 묻혀 그날 두 사람은 꽤 많이 퍼 마셨다. 아내의 약사들 모임으로 귀가가 늦는다는 전화가 더 마실 핑계를 만들어 주었을 것이다.

K박사는 직업에 자주 회의가 온다는 이야기, 생활책임을 아내에게 떠맡기고 사는 내 처지가 부럽다는 이야기, 다시 이현지의 그림 속 인물들에 대해 두서없이 떠들기도 했다.

"의사들이 많이 쓰는 말이 뭔 줄 알아? …… 최선을 다했으니까, 좀 기다려 봅시다, 야. 거기까지가 의사의 한계지. …… 한 번은 위장 쪽이 손댈 수 없게 망가진 환자를 진찰한 적이 있어. 위뿐 아니라 다른 장기에도 전이가 된 것으로 보이는……. 그 지경까지 통증 없이 지내왔다는 것이 신기하더라고. 큰 병원에 가서 하루라도 빨리 수술을 받으라고 소개서까지 써 주었는데, 소식이 없다가 1년인가 지나 멀쩡한 얼굴로 우리 병원으로 찾아왔어. 수술을 바로 했느냐고 물었더니 히죽히죽 웃어요. 우리 병원에서 나가는 길로 소화제 몇 봉지 사들고 산골에 가서 지내다 왔다는 거야…….

당장 의사 노릇 집어치울까, 고민한 적도 있어. 의사가 최선을 다한다고 하지만 결과는 신의 영역이거나 환자 자신의 재생력이랄까."

어떻게 집으로 돌아왔을까, 텅빈 집 책상 앞에 앉아 나는 여러 해 벽에 붙어 있는 아프리카 엽서사진을 응시하고 있었다.

한순간 그림의 상하가 뒤바뀌기도 하고, 확대되기도 하는 착시 속에 나는 한순간 암보셀리 초원 속에 있는 내 자신의 모습을 또 다른 내가 보고 있는 것을 알았다.

　마사이족 노인 집 마당에 말린 소똥 모닥불이 타고 있고, 그 소똥 모닥불 앞에 앉아 있는 내 모습이 보였다. '나록(Narok)' 출신이라는 주인노인은 앞니가 다 빠진 주름진 얼굴에 가득 웃음을 머금고 있었다.

　마사이족들은 거의 깡마른데 내 곁에 앉은 사파리 기사, '에파타'는 살집이 붙어 다른 종족 사람 같았다.

　노인의 젊은 셋째아내, '에트하'가 모닥불에 익힌 악어고기꼬챙이를 내게 내밀었다.

　"청년들이 밀렵해 온 악어예요."

　언제부터였을까, 내 곁에 현지가 앉아 있었다.

　"선생님도 이제 범법자가 되어 출국을 못하실 걸요."

　현지가 노인과 기사에게 소주를 종이컵에 채워주고, 그네들 말로 내가 마사이들과 같이 살고 싶어한다고 한 모양이었다.

　"시카모 (존경의 뜻)…… 마라하바(대단히 기쁩니다)!

　노인이 술잔을 내 잔에 부딪쳐 왔다…….

　"잘 되었네요. 이곳에서 사시래요. 받아준대요."

　여자가 큭큭거리면서 내 귓불에 입김을 보냈다.

　"아흐산데 음제(좋습니다)!

　"잠보!! 잠보 사나!!"

　귀에 구멍을 뚫어 길게 늘어뜨린 노인이 두 손을 마주 쥐고 흔들었다. 주인의 셋째아내가 악어고기를 계속 쇠꼬챙이에 꿰어 모닥불 위에 올려놓았다.

등뒤로 사바나원숭이 몇 마리가 계속 우리 곁을 서성거렸다.

모닥불을 가운데로 둘러앉은 채 내가 한국에서 가져간 소주
와 카사바를 발효시켰다는 그곳 토속주를 우리는 번갈아 마셨
다. 토속주는 막걸리 맛과 비슷하면서도 도수가 높아 금방 취
기가 돌았다.

"마사이들은 세상을 처음 만든 '렝가이' 신이 세상 모든 가축
을 마사이족에게 주었다고 믿지요. 다른 부족들이 가축을 가
지고 있어도 잠시 우리 재산을 보관하고 있는 것이어서 필요할
때 언제든 마사이들이 가져올 수 있는 것이라 믿어요……. 수천
년 동안 그렇게 살아왔으니까 마사이 청년들이 다른 부족 가
축들을 끌어오고, 와이코마, 와쿠리아, 수쿠마 족 같이 유목생
활을 하는 다른 종족들이 우리 마을을 기습해서 가축을 빼앗
고……. 그래서 마사이 남자는 모두가 전사가 되는 거지요, 남
자가 부족하니까 일부다처가 되고……."

어떻게 내가 노인의 토막진 영어와 원주민 말을 다 알아들을
수가 있었을까. 모닥불이 타면서 내는 투투둑거리는 소리가 점
점 음험한 깊고 검은 밤 그림자에 묻혀가기 시작했다. 원주민
들이 '로꼬니'라고 부르는 '우산아카시아' 나무들이 형체만 보일
만큼 밤이 깊어지면서 그 검은 윤곽들 사이로 붉은여우와 하
이에나의 푸른 빛을 품은 눈들이 나타났다가 사라지는 것이 보
였다.

여러 순배 술이 돌았을 때 노인과 사파리 기사가 일어서서

마사이 춤을 추기 시작했다. 어깨를 좌우로 움직이다가 한 사람씩 높이뛰기를 하는 그들 춤이 톰슨가젤이나 임팔라와 닮았다는 생각이 들었다.

모닥불을 사이에 두고, 나와 현지가 나란히 주인의 셋째아내와 마주 바라보는 자세가 되었다. 불빛의 열기로 현지 얼굴이 원주민처럼 윤기를 내었다.

순간 '에트하'의 모습이 그녀를 둘러싼 검은 공간을 배경으로 눈 흰자위와 반쯤 벌린 입술 사이로 드러난 이빨만으로 허공 중에 떠 있는 느낌이 왔다.

기억과 환상이 뒤섞인 공간에서 아프리카 사바나가 깊어지고 있었고, 토착어와 토막 영어가 뒤섞인 대화 속에 어느 부분인가가 꿈이라는 생각이 들기도 했다.

밤이 깊어지자 어둠 속으로 길고 긴장된 수사자의 신음 소리가 울려 퍼지기 시작했다. 차갑고, 불분명한 녹색 대지 위로 사자의 울음이 들려온 것이다.

"우우우웅, 우우우웅 우우우우웅……."

처음의 저음이 점차 높아지다가, 다시 낮아지면서 깊고도 단조로운 으르렁 소리가 짧게, 다시 짧게 이어지다가 마지막 지친 듯한 한숨을 길게 내쉬는 모든 과정이 30초 가량. 조용한 밤이면 8km 밖에까지 그 사자의 포효 소리는 퍼져 나간다고 했다.

현지가 언제부터인지 내 어깨에 고개를 기대고 있었을까, 야행성 몽구스 한 마리가 바로 눈앞에서 우리를 빤히 올려다보고 있었다.

빈 항아리

　●　●　●　내시(內侍)들도 족보(族譜)가 있는 거, 알고 있을 것일세. 내시란 것이 어렸을 때 양물(陽物)을 잘라 사내구실을 못하게 하는 것인디, 그 내시들도 궁 밖에 사가(私家)가 있어 처자식을 거느렸다면 이상허지 않는가? 그 내시 사가에는 본래 뒷문을 안 만들었네. 젊은 여자가 병신 신랑과 한방 거처하는 것이 어디 쉽겠는가. 어찌했건 내시한테도 처가 있고, 양자 들인 아들이 있어서 족보가 맹글어지는 이치란 말일세.

많이 망설였네만 낼모레 내 나이, 90. 어느 조석에 깜박할지 모른다 싶어 자네한테는 이 말을 하고 가야 할 것 같아 공사다망하실 줄 알면서도 만나자고 하였네. 내가 눈을 감으면 내 세대가 끝나는데, 사람이 죽을 때꺼지도 그냥 혼자 가슴에 묻고 가야 하는 것들도 많제. 혼자 아는 것으로 족한 것을 괜시리 입을 놀려 풍파를 만드는 일이 좀 많은가. 이 이야기도 사실 그냥 묻어두는 것이 좋겠다, 주욱 그리 생각해 왔는디, 또 한편 내 세대에 묻히고 마는 것이 옳은 일인지 판단이 안 서서 그래도 조카님에게만 이 이야기를 털어놓고 가야겠다, 그런 생각이 들었네.

여러 해만에 대면한 집안당숙은 퍽 노쇠해 있었다.

움푹 파인 눈자위와 검버섯 뒤덮인 얼굴 피부도 그렇지만 가래 섞인 목소리가 옛날 당당하고 범접하기 힘든 위엄이 가시고 없었다.

살아오면서 나를 자주 회의에 빠뜨렸던 것 중 하나가 '관계'의 문제였다. 공직생활로 만들어진 상하관계, 동료, 학연, 지연, 혈연, 상하좌우로 얽힌 그 인연들에 얽힌 자신을 발견하면서 느끼는 불편함, 그 하나를 벗어나려 해도 또 다른 관계의 늪에 빠져들고…….

사람이 혼자 살아갈 수는 없지만 나를 되돌아보다가 켜켜이 얽힌 인연과 관계를 발견하고 놀라는 경우가 많았다. 훌훌 털어 버릴 수 없을까, 혼자이고 싶은데……. 독자적인 존재로의 나, 그런데도 여전히 관계의 포승에서 자유롭지 못하다는 인식이 나를 괴롭혔다.

퇴직을 앞두고 생각했던 것이 잠시 엉뚱한 곳으로의 여행이었다. 직장과 관련된 인연에서 풀려나왔으니 나 자신만을 만나보는 계기를 만들어 보고 싶었다.

세상에서 가장 고립되어 있다는 '이스터 섬'으로의 여행은 그렇게 계획되었다.

내게 인연이 될 어떤 것도 존재하지 않은 곳, 굳어진 습관과 의식 일부에라도 연결되는 어떤 것도 없는 곳, 겪고 쌓아왔던 어떤 것과도 얽히지 않은 공간.

그리고 그 여행은 대체로 만족스러웠다.

그러면서 또 하나의 심리 상태, 오랜 세월 고향, 혹은 혈연의 외면에 대한 한 가닥 죄의식이었다. 살아오면서 혈연 쪽만이라도 자유롭고 싶었을 것이다. 족보(族譜)를 증보한다거나, 제각(祭閣)과 산소를 보수한다는 그런 연락에 나는 꼬박꼬박 배당된 부담금에 얼마간 넉넉하게 얹어 보냄으로써 한 발자국 비켜서 있었다.

사실 그동안은 시간을 내기가 어려웠다. 그러나 부모님의 산소 이장(移葬) 때도 참석하지 못했던 나는 오늘 깔끔하게 단장된 부모 산소 앞에 술 한잔을 따르면서 마음이 착잡했다.

문중 일에 늘 무심한 내게 문중 어른인 당숙이 새삼스럽게 문중 이야기를 꺼내는 것 자체가 사실 의외의 일이었다.

오래 몸담았던 공직 퇴직과 함께 외면해 왔던 문중사(門中事)들에 대해서 이제부터라도 관심을 유도하기 위해서인지도 몰랐다.

고의는 아니었지만 시간을 낼 수 없어 산소 이장 같은 일에 직접 참여하지 못해 마음 한쪽에 얼마간 마음의 부채를 지고 있기는 했다. 그동안 친부모 산소 벌초도 친척들에게 의존해

왔던 나로서는 친척들에게 미안했다. 1년 두세 번의 문중 행사는 대개 직장 행사들과 겹쳐 참여할 엄두가 안 났지만 사실 마음 한편으로는 참석 회피의 핑계도 되었다. 솔직히 문중 어른들과 둘러앉아 결론도 없는 오래된 문중사나 산소 이장 문제 같은 일의 되풀이되는 논쟁에 애당초 흥미가 없었다. 오랜만에 집안 어른들과 동석하면 빠짐없이 독립운동을 하다 모진 고문으로 옥사했다는 자랑스러운 고조할아버지가 등장했고, 그 어른 산소와 제각(祭閣) 신축, 우리 동복(同福)오씨 가문, 중시조로 떠받들어야 할 그 어른을 기리는 행사들에 대한 이야기가 빠지지 않았다. 나는 처음부터 그런 화제에 관심이 없었고 내가 할 수 있는 일도 없었다. 솔직히 며칠 휴가가 주어진다면 밖으로 나가 머리를 좀 식히고 오겠다는 생각이 우선이었다. 관광객들이 몰려다니는 관광지가 아닌 외딴 곳에 며칠이라도 머물면서 생활전선에서 오염된 머릿속을 얼마나마 비운 다음 돌아오고 싶었다.

오랫동안의 그 바람은 직장 퇴임과 함께 지구에서 가장 외따로 떨어져 있다는 이번 '이스터 섬' 여행으로 조금 달성한 셈이었다.

칠레에서 서쪽으로 3,600km. 가장 가까운 다른 섬까지도 2,092km라는 세상에서 가장 고립된 공간으로 알려진 이스터 섬에 발을 디디면서, 삶의 대부분을 기계 부속품처럼 살아왔던 지난 시간에 대한 나름의 반추를 한 셈이었다. 그곳은 참 엉뚱한 곳이었다.

'아후'라고 불리는 돌 석좌가 섬 전체에 260여 곳, 그 '아후' 위에 긴 귀에 뚫린 코를 가진 거대한 석상들이 서 있는 그 섬은 '항가로아' 마을에 3,600여 명 주민이 살 뿐, 그 외 지역은 '모아이'와 화산석 자갈 벌판 위에 엉겅퀴꽃 무리들만 뿌리를 내리고 있었다.

1722년 네덜란드 제독 '야코브 로헤벤'이 부활절 날(Easter day) 상륙하면서 서방세계에 알려지기 시작했다는 그 섬의 영어식 이름은 '이스터 섬'이지만 원래 원주민들이 부르는 이름은 '라파 누이(Rapa nui), 1888년 칠레에 합병되면서 더해진 스페인 식의 '이스라 데 파수쿠아(Isla de Pascua)'라는 이름이 하나 더 있었다.

노예사냥과 전염병으로 한때 섬 인구가 불과 111명까지 줄어들었다는 비극의 땅에 서 있는 거대한 '모아이' 축조에 대한 전설 같은 학설이 많았지만 내가 직접 올라가 본 '라노라라크' 산정, 응회암 돌산에는 주민들이 만들다 버린 미완성 석상들이 현재도 굴러다니고 있었다.

15개의 모아이가 모여 있는 'Tongariki'에서 갑자기 흩뿌리는 비를 그대로 흠뻑 맞기도 했다. 한때 쓰나미에 휩쓸린 그 '모아이'들을 일본 건설회사, '타다노'에서 복구해 주고, 그 인연으로 모아이 한 개를 오사카박람회에까지 빌려갔다 되돌려 왔다고 했다. 외국에 다녀왔다고 '바람난 모아이'라고 부른다는 그 한 개는 다른 14개와 떨어져 혼자 언덕에 서 있었다.

채석장의 미완성 '모아이'들을 확인할 무렵에는 완전히 옷이 젖었는데 통나무를 받쳐 모아이를 굴러내렸던 미끄럼의 흔적이 현재도 많이 남아 있었다. 멀게는 20km까지 거대한 '모아이'를 옮기느라 계속된 벌목으로 섬은 미지의 혹성처럼 황막한 느낌이었다. 주민들이 산정에서 직접 돌을 쪼아 만들어 세운 그 석상들의 흔적이 확실하게 남아 있는데도 왜 사람들은 축조에 수많은 공상을 덧붙였을까. 그 엉뚱한 공상에 대해 생각을 많이 하게 한 여행이었다.

그러다 문득 공항에서 맨 먼저 눈에 들어오던 '조인상(Bird man)' 조각들, 큰 눈에 새의 머리를 한 창조의 신, '마케마케(Makemake)'를 바라보면서 절대 고독의 섬에서 원주민들이 새를 통한 일탈과 자유 의지를 꿈꾸었을지 모른다는 생각을 해보기도 했다.

섬 남서쪽 끝 '라노카오(Rano kao)' 화산 분화구 곁에는 축제 때의 임시 거처로 쓰던 바위굴이 있고, 그 바위에도 그 '마케마케'의 조인상이 새겨져 있는데 절벽 아래로 모투 누이(Motu Nui), 모투 이티(Motu Iti), 모투 카오(Motu Kao)라 불리는 섬 세 개가 파도에 씻기고 있었다.

그 중 가장 큰 '모투 누이' 섬은 봄이면 검은제비갈매기가 알을 낳기 위해 날아오는데, 축제 때 그 섬까지 헤엄쳐 새 알을 깨뜨리지 않고 맨 처음 찾아온 용사가 조인(鳥人, Bird man)의 위치에 올라 1년 동안 족장과 같은 권위를 가졌다고 하는 전설을 들으면서 그 제한된 공간에서의 비상을 꿈꾸었을 원주민에 대해 고개를 끄덕였다.

여행에서 돌아온 여독이 풀리기도 전, 나는 곧장 고향 부모
님 산소를 찾았고, 그간 불효에 대해 나름대로 사죄를 했다.

얼마 전 문중에서는 흩어져 있던 조상 산소를 5대조부터 차
례로 정리하고, 석물을 세워 후손들이 찾기 쉽게 선산 일을 마
무리해 놓았다. 필요한 비용을 보내는 것 이외에 의무를 못해
온 나는 고향 친척들에게 상당한 빚을 진 셈이 되었다.

여러 해만에 나는 내 아버지와 어머니를 합장한 산소 앞에
술 한 잔을 따르고 오래 눈을 감고 있었다.

그런데 산을 내려오면서 갑자기 내가 태어났던, 지금은 주인
이 바뀐 시골집, 대나무밭 생각을 했다.

태(胎)를 묻었다는 자리. 대밭 한 귀퉁이. 아름드리 적송 한
그루 아래, 아버지는 그랬었다. 여기가 니 태(胎), 묻힌 곳이다.
고향. 근원. 거기 묻혀 있을 작은 항아리 속에 수십 년 전의 탯
줄 한 조각 흔적이 남아 있을까. 설령 그 속에 나를 낳은 생모
와 나 사이를 연결했던 육신의 끄나풀 한 조각이 담겨 있었다
고 해도, 세월 속에 그 흔적은 이미 풍화되어 사라졌을 것이다.
그러면 그 빈 항아리는 무엇인가. 하나의 증거인가. 아버지가
내 손을 잡고 그 대밭 속에 들어가서 '여기에 니 태가 묻혀 있
다' 라고 이야기했던 그 기억은 사실일까. 아니면 스스로 만들
어 낸 조작된 기억인가.

나는 산을 내려와 마을을 지나면서 그 대밭 곁에 잠시 걸음

을 멈추었지만 그 대밭에 들어가 볼 생각은 하지 않았다. 실제 그 커다란 적송 그루터기 어디쯤 내 태를 묻었던 항아리가 있을지도 몰랐다. 그러나 내용물은 오래전 풍화되어 흙에 섞이고 빈 그릇이 묻혀 있다고 해도 그 그릇을 찾아서 무엇을 할 수 있다는 것일까.

신라 지중왕 원년, 중국 제나라 사람 오첨(吳瞻)이 신라에 귀화해서 그 후손으로 고려 때 병부전서를 지낸 수권(守權)이 슬하에 현보(賢輔), 현좌(賢左), 현필(賢弼) 3형제를 두었는데 이들 삼형제가 고려 고종 3년, 거란족을 몰아낸 훈공으로 현보는 해주군, 현좌는 동복군, 현필은 보선군에 봉군되었고, 그 현좌의 후손이 우리의 시조 동복오씨(同福吳氏)가 되었다는 여러 번 들은 이야기를 당숙은 잊지도 않고 다시 되뇌었다.

나한테 증조할아부지가 되시는 어른, 휘(諱)를 균(均)으로 쓰시는 자네에게 5대조 되는 독립투사 할아부지 이야기일세. 동네 입구에 종(鐘) 자 쓰시는 자네 증조부 되시고 내게 조부 되시는 어른의 효자문(孝子門)은 어렸을 적부터 자네도 자주 보아왔을 것일세. 족보 항렬이라는 것이 집안마다 조금씩 다르긴 해도 보통 오행상생이거든. 금수목화토(金水木火土). 금(金)에서 수(水)가 나오고, 수에서 목(木)이, 목에서 화(火), 화에서 토(土)로 항렬이 지어져서 먼 친척이라도 서로 몇 대 손이고, 누가 숙(叔)이고 질(姪)인지 알게 허는 집안마다 약속이제. 그 효자문 할아부지, 종(鐘) 자 쓰셨던 어른 이야기를 해야겠네.

내 대(代)에서는 돌아가신 자네 선친하고 나만 아는 이야기인데, 내가 죽고 나면 영원히 묻힐 이야기지. 나로 해서 이야기가 그치는 게 좋겠다고 전에는 생각해 왔네마는 조상 뵐 날이 가까워지면서 짐을 벗고 싶다, 그런 맘이 들었네. 더구나 조카님은 신학문을 한 사람이고, 오랫동안 중앙공직에 있었으니 자네 대에서 묻어 버려도 좋고, 혹시 자네도 생각이 변해서 훗날 후대 자손 누구한테 귀띔을 하는 게 좋은지 그건 전적으로 조카님이 훗날 판단해야 할 문제라 사료되네. 효자문에 계시는 종(鐘) 자 할아부지가 20여 세, 일제 말기 부친의 독립운동으로 집안은 오래전 거덜이 났고, 모친도 오래전 타계하셔서 혈혈단신으로 계시던 때였네. 부친이 감옥에서 옥사하신 소식을 듣고 감옥 근처 공동묘지에 버려둔 부친 시신을 가마니에 싸서 수습해 오신 이야기는 알고 있을 걸세. 선산이 있었겠나, 밭 한 떼기가 있었겠나, 그래도 남의 집 밥이라도 얻어 잡수셨던 이곳으로 부친 시신을 지게에 지고 밤을 새워 걸어 당도를 했다는 게야. 어차피 공동묘지 한쪽에 모실 수밖에 없었는데 그날 저녁에사 말고 가을 태풍이 왔던지, 비바람에 천둥까지 시끄러운 야간에 공동묘지 쪽으로 시신을 지고 갔다는 게야. 고개를 넘다 말고 고갯마루에서 하도 지쳐 지게를 받쳐 놓고 한숨 돌리고 났는데 번개까지 번쩍거려 대었다는구먼. 일어서야겠다 싶어 지게를 다시 지는데 무슨 조화 속인지 지게가 그 자리에 딱 달라붙어 꼼짝을 않더라는 걸세. 정신이 흐려졌나, 싶어 자기 손으로 사정없이 얼굴을 후려 때려보기도 했지만 지게가 땅에 붙어 영 움직이지 않더라는 거야. 할 수 없이 지게가 붙어 버린 땅 옆을 파고, 그곳에 시신을 그대로 모셨구먼. 누구 땅인지 몰라 훗날 땅 주인과 시비가 붙을 것이 뻔해서 훗날을 기약하고 봉분도 못 짓고, 평평하게 그냥 평장(平葬)을 했지. 그리고 그후, 2년을 뼈 빠지게 머슴살이로 모은 세경으로 할아부지 시신이 평장된 산 한 귀퉁이를 샀어. 그리고 그 평장자리에 봉분을 올리고, 그때부터 그곳이 우리 집안 선산이 된 걸세. 그 터가 좋았던지 그후 후손들 발원이 되고, 숨 좀 돌려서 후손들이 산소 치장도 하고 했지만, 그 균(均) 자 할아부지 모신 자리만은 움직이지 말라는 것이 집안 가통이었네. 훗날 이런 사연이 알려져 종(鍾) 자 할아부지에게 유림(儒林)에서 효자문이 내리게 된 사연은 자네도 잘 알 걸세.

…… 근동에서야 독립운동으로 옥사한 절개 굳은 집안에, 옥사한 부친 산소 마련한 사연으로 효자문이 선 충효의 집안으로 알려지게 되었지. 거기에 자네같이 입신양명한 후손도 있으니 우리 집안이 근동에서는 헛기침할 만하지 않는가. 원래 명리를 멀리하고, 은거해 온 집안으로 나라에 큰 벼슬을 한 적은 후대에 별로 없었지만 선대에서는 벼슬길에도 많이 나가셨느니……. 고려 고종때 거란을 토벌한 공으로 동복군에 봉해진 오녕(吳寧)이 우리 중시조이시지.

조선에 들어 억령(億齡)과 백령(百齡) 형제가 유명했어. 억령은 대사헌 5회, 형조판서를 3회나 역임했고, 동생 백령도 광해

군 때 동부승지, 인조 때 도승지, 대사헌을 거쳐 이조참판, 대사성 등을 역임했거든. 백령의 큰아들 준(埈)이 효종 때 예조판서, 대사헌, 좌참찬을 거쳐 판중추부사에 이르렀고, 둘째 단(端)은 황해도 관찰사, 단(端)의 아들 정일(挺一)이 각도 관찰사, 이조판서를 거쳐 대사헌, 한성부판윤과 호조판서. 정위(挺緯) 역시 각도 관찰사와 판서를 두루 역임, 우참찬에 이르렀고, 정창(挺昌)은 예조판서, 정일의 아들 시만(始萬)은 대사간, 시수(始壽)가 이조판서를 거쳐 남인의 거두로 우의정을 지냈으며, 정규(挺奎)의 아들 시복(始復)도 대사간과 이조판서를 역임, 글씨에 능했다고 족보에 기록되어 있네. 이만하면 꿇릴 것 없는 가문 아닌가.

나는 당숙의 이야기가 언제 끝날지 몰라 힐끔 손목시계를 보았다.

시내로 나가 화실을 운영하는 후배를 잠깐 만나고 서울로 올라가는 기차를 타야 했기 때문이었다. 시간이 충분하지 않아 후배와는 차 한잔으로 인사를 치룰 참이었다.

남종화단의 흉중구학(胸中丘壑), 즉 마음 가운데의 산수를 그리기 위해서는 어느 정도 유교적 교양이 쌓여야 가능했겠지요. 추사 김정희(金正喜)에 의해 시서화(詩書畵)가 본래 하나라는 문인화의 세계가 우리 지역에서는 소치 허련에 와서 꽃을 피우는데, 그 문하에서 꽤 많은 걸쭉한 화가들이 나옵니다.

화실을 운영하는 후배는 그날 내가 보여준 산수화 한 폭을 매개로 많은 이야기를 할 셈이었지만 그때도 시간이 없었다. 문중 종손의 동생뻘 되는 사람이 큰돈은 아니었지만 두어 해 전, 내게 얼마간 돈 융통을 부탁했고, 결국 그 돈 대신 보내온 것이 3절짜리 동양화 한 폭이었다.

가까이에 노송 한 그루의 몸통과 절벽 아래로 안개 낀 강과 낚싯배 위의 삿갓 쓴 늙은 어부, 눈에 익은 구도의 그림이었지만 별로 관심이 없이 서재 한쪽에 말아 두었던 그림이었다. 퇴직 직전 집 가까이에서 후배와 만난 김에 그에게 보여준 그림이었다. 후배는 며칠 보고 나서 돌려주겠노라고 가져갔다가 진품이라는 감정서와 함께 우편으로 그림을 되돌려주면서 고향 쪽에 들르면 차라도 나누었으면 한다고 했다.

그림 감정료를 주고받을 사이도 아닌 만큼 틈이 나면 저녁이라도 한번 사야 할 처지였다.

나는 기차에서 내리면서 곧장 후배에게 전화를 했지만 내가 산소를 둘러보고 집안어른들을 만난 뒤 기차를 타야 한다고 했더니 올라가는 길에 잠시 역 구내 커피집에서 차나 한잔 하자고 했다.

종(鐘) 자 쓰시는 할아부지야 남의 집 머슴살이로 상투도 못 올리고 서른을 넘기셨으니 무학이셨지. 워낙 성품이 순하고 정직하다 보니 동네사람들이 다 좋게 생각하고 서둘러 주고 해서 건너 동네 찢어지게 가난한 밀양박씨네 막내딸과 짝을 맞추어 동네 동각에서, 요새 같으면 마을회관이제. 거기 딸린 쪽방에서 신혼을 차리셨던 모양이여. 그 박씨할머니가 자네한테 증조모님이 되시지. 그러고 나서야 호적 정리를 했다는 것 같어. 나라에서 어쩌다가 한꺼번에 호적정리를 하고 했거든.

예로부터 명당자리라 하면, 육탈이 빨리 되고 뼈는 상하지 않고 누렇게 보존되는 그런 땅을 제일로 쳤느니……. 우리 집안은 처음 매장을 하고 3년이나 5년 후 이장을 하네. 육탈을 못 허면 조상님께 못 가는 것이 옛날부터 이 지방 법도였느니……. 그런데 명당이라고 자리를 잡었는디 훗날 파묘를 해 보면 육탈이 덜 되어 있거나, 뼈가 꺼멓게 삭어 있는 일이 있어. 땅 속으로 수맥(水脈)이 지나면 열에 아홉, 그런 일이 있느니……. 그런디 매장하고 3년밖에 안 된 묘를 이장하려고 파보면 뼈까지 다 삭어 없어져 버린 황당한 경우도 있거든. 그런데 말일세. 자네는 어렸을 적부터 대처에 나가 있어서 잘 모르겄지만 이곳 바닷가라는 곳이 옛날에는 고기잡이 나갔다가 풍랑을 만나는 일이 많었어. 그러다 보니 시신을 못 찾으면 무당을 불러서 혼을 건지곤 했지. 신기한 것은 빈 밥그릇을 줄에 매달아 바다에 던져 놓고 혼을 부르는 굿을 하고 나면 신기하게도 그 밥그릇 속에 죽은 사람 머리털이 하나씩 들어 있기 마련인데, 그 머리카락 하나로 봉분을 짓기도 했느니……. 그것도 무당이 영험하지 못하거나 정성이 부족하면 머리카락이 안 올라와. 그럴 때는 오래된 밤나무 가지를 잘라다가 자그맣게 신장을 만들고, 거기에 망자의 생년월일과 이름을 써서 시신 대신 그걸 묻기도 했느니……. 그럴 경우야 몇 해 후 후손들이 파묘를 해도 무덤 속에서 뼈 조각이 나올 턱이 없지 않겠는가. 말하자면 그게 허묘(虛墓)지. 허총(虛塚)이여. 내가 무슨 말을 하려고 이리 말을 빙빙 돌리는가 싶을 것일세마는 그 허묘라는 것에 더러는 망자가 평소 입고 지녔던 옷이나, 장신구 같은 것을 넣기도 하네. 시신을 찾지 못하면 그럴 수밖에 없지 않겠는가.

…… 독립운동 하신 휘를 균(均)으로 쓰신 그 어른 산소에는 독립운동과 옥사하신 사연이 비문에 적혀 있어 후손들은 시향(時享) 때 서로 만나 그 어른을 기리고 음복을 하면서 선산을 돌아보고 오네. 만약 그 어른 산소가 없었다면 후손들이 어디에 모여 앉아 자랑스러운 집안이야기를 나누겠는가. 우리 문중에서는 후대에도 그 할아부지 공적을 기리고 마음을 다스리며 살아야 허네. 헌데 만약에 말일세. 후손들이 그 할아버지 산소를 더 좋은 명당자리로 옮기려고, 명당자리라기보다 요새 젊은 사람들 생각대로 자동차 대기 편한 큰길 가에 가족 묘지를 만든다고 파묘를 한다고 해 보세. 헌데 파묘를 했더니 뼈가 곱게 모셔져 있을 자리에 아무 흔적도 없다, 그래 보게. 지게 작대기가 달라붙어 폭풍우가 몰아치던 그 밤에 그 자리에 평장으로 아버지 시신을 모신 종(鐘) 자 할아부지는 어찌 되고, 그래서 세워진 효자문은 또 어찌 되는가. 2년간 세경을 한푼도 안 쓰고 그걸 모아서 선산을 마련한 할아부지 효행이 새겨진 효자문 앞에서 그동안 기침하면서 지낸 우리 문중은 또 어찌 되는가.

옛날부터 믿고 지낸 일이 하루아침에 아니라고 하면 세상이 어찌 되겠는가.

…… 자고로 흘러내리는 물이라는 것이 자연의 이치로 구불구불 냇물을 이루고 수백 년 흘러왔거든. 그것을 몇 해 전에 임도(林道)라는 것을 만든다고 산허리를 멋대로 깎아내고 냇물도 자로 재드키 반듯하게 맹근다고 세멘 푸대만 들이부어 노흐면 냇물이 훤하게 한 일 자로 뚫린다고 생각하는 놈들이 잘못된 놈들이다, 이 말일세. 수백 년, 수천 년 자리잡은 산이나 물을 억지로 돌려놓으니 사단이 난다, 그 말일세.

나라에서 한꺼번에 호적정리를 하던 때, 그것도 기한이 끝나가던 날, 호적계 앞에 선 추레한 차림의 농부 한 사람의 모습을 본다.

산소에 벌초를 하다가 산소 주변에 있던 옻나무에 팔을 스쳐 소매를 걷어올린 왼쪽 팔이 벌겋게 부풀어 있다.

한꺼번에 일이 밀려서 제대로 잠조차 못 잔 호적계 직원이 하품을 하고 나서 눈을 비비다가 두리번거리며 서 있는 농부에게 질문을 한다. 성씨가?…… 옻(漆)이 올라서…… 오씨(吳氏)라? 본은 어디요? 동네 동북(東北) 쪽에 아버님 산소가 있는디…… 아, 동북? 아, 동복(同福)이요? 동복오씨라……. 이름은 어찌 되시오? 나 이름이라? 어렸을 적에는 다들 '개똥'이라 그랬는디, 동네 동각에 살면서 동네사람들 울력 나오라고 할 때나, 누구네 집 환갑 때 동네 종을 쳐 준다고 '종치기'라고 사람들이 불르요. '종치기'라? 그러면 '쇠북 종(鐘)'을 써야겠소. 오종 씨, 되었소. 그럼, 그 다음 뒤에 서 있는 양반……. 갑자기 비실비실 웃음이 터져 나왔다.

베르나르드 베르톨루치의 영화 〈마지막 황제〉 '푸이(溥儀)'의 한 장면. 푸이가 황제의 자리에서 쫓겨나는 장면이었나, 자금성(紫禁城)의 어마어마한 배경 속에 쫓겨나가는 한 무리 내시(內侍)들에게 카메라의 앵글이 맞추어진다. 삶터를 쫓겨나는 내시들이 품속에 한 개씩 안고 있었던 작은 항아리. 내시가 되기 위해 어린 시절 잘라내었던 제 남근(男根)이 보관된 항아리라고 들었다. 병신으로 이승을 살았지만 죽을 때는 그 남근 항아리와 함께 매장해야 조상 앞에 나갈 수 있다는 그 항아리.

태(胎)를 묻었던 자리. 대밭 한 귀퉁이. 아름드리 적송 한 그루 아래, 아버지는 그랬었다. '여기가 니 태(胎) 묻힌 곳이다.' 고향. 근원. 거기 묻혀 있을 작은 항아리 속에 수십 년 전의 탯줄 한 조각 흔적이 남아 있을까. 설령 그 속에 나를 낳은 생모와 나 사이를 연결했던 육신의 *끄나풀* 한 조각이 담겨 있었다고 해도, 세월 속에 이미 풍화되어 사라졌을 것이다. 그러면 그 빈 항아리는 무엇인가. 하나의 증거인가. 강요된 기억의 흔적으로의 의미가 있는가. 어차피 과거는 풍화되고 발효되고 소멸된다. 아버지가 내 손을 잡고 그 대밭 속에 들어가서 여기 니 태가 묻혀 있다 라고 이야기했던 것은 사실인가. 아니면 그것도 조작된 기억인가. 그것 역시 자신이 없다.

　그분 생전에 그림을 너무 많이 남발한 것도 한 원인이지요. 다방 레지 아가씨한테 커피 시켜 놓고 커피 값 대신 속치마 자락에 소나무 가지 하나 그리고, 낙관을 찍어준 것도 예사였다니까요. 그러니 곤궁한 생활에 병마까지 겹쳐서 이 양반이 멀겋게 누워 있을 때 가까운 제자라는 사람들 두엇이 스승 누워 있는 바로 그 옆에서 지가 집에서 그려온 그림에다 스승 낙관을 펑펑 찍어서 가져가기도 했고요. 그 일 때문에 훗날 두어 사람은 스승 집 마당에도 못 들어서게 되고 감옥에까지 가고 한 일도 있었거든요……. 그러다 보니 그분 돌아가시고 이래서는 안 된다, 싶어 관계자 다섯 명의 감정위원회가 만들어졌거든요. 워낙 그분 그림은 위작이 많아서 누군가 진위를 가려줘야 하지 않느냐 해서 문중 발의로 위원회가 구성되어 지금까지 그 일을 도와주고 있지요. 이 지방에서는 시내 찻집이고, 모텔이고, 식당이고 간에 잘 둘러보세요. 이 양반 낙관 찍힌 가짜 그림 한두 점은 다 걸려 있어요. 몇 해 전에는 어떤 서울 손님이 지방 출장을 왔다가 여관 방 벽에 걸린 이 양반 가짜 소나무 그림을 보고는 밤에 몰래 면도칼로 그림만 도려내어 훔쳐간 일이 지방 신문에 기사로 난 적이 있어요. 물론 액자 값만 물어주고 풀려났지만 이 고장 사람들은 식당이고 다방이고 여관에 그 양반 낙관이 있는 그림이라 해도 그게 진품이 아니라는 것은 다 압니다. 사실 대개 그런 가짜 그림들은 허술한 곳이 많아 전문가 아닌 사람 눈에도 금방 드러나는데, 어쩌다 희한한 일이 생깁니다. 실제로 나 역시 몇 해 동안 이 일에 관계를 하다 보니까 위작(僞作)이라는 심증이 있는데도 객관적으로 그림이 흠 잡을 데 없이 아주 뛰어난 경우가 있다는 말씀입니다. 흔한 경우는 아니지요. 그 양반 그림에 갈필이라고 해서 먹물이 거의 마른 거친 마른 붓칠 자국이 더러 있어요. 이런 붓칠까지도 세심하고, 구도 역시 한참 때의 그림 특징이 잘 나타난 그런 그림……. 그럴 때 감정위원들 전원 동의 아래 진품으로 유통시키는 경우가 흔하지 않지만 있다는 이야기입니다. 반대도 있을 수 있지요. 직접 본인에게서 받았다는 그림을 위작(僞作) 판정을 하는 경우가 드물지만 있을 수 있지요. 고인의 명예에 흠집이 생길 그런 그림은 아무리 직접 받은 것이라고 해도 고개를 흔드는 수가 있습니다.

서울행 기차 차창 밖으로 가을걷이가 끝난 들판이 빠르게 지나고 있었고, 텅빈 들판에 쌓인 건초더미 위쪽 하늘에 갑자기 갈가마귀 한 떼가 어지럽게 내려앉는 모습이 보였다.

긴 세월 고향을 떠나 있었다는 생각을 다시 했다. 사실 부모님이 돌아가신 후 거의 고향을 찾지 않았다. 공직에 매어 있다는 핑계도 핑계였지만 너무 일찍 떠난 고향이어서 고향과의 정신적 유대감이라는 게 거의 없었다고 말하는 것이 더 정확할 것이다.

내가 어린 시절 나고 자란 시골집의 풍경조차 희미해졌는데,

왜 갑자기 집 뒤 대나무밭, 그 대나무밭 속의 늙은 적송 한 그루에 대한 기억은 생생하게 남아 있을까. 수십 년 내가 보지 않은 가운데 그 소나무는 기억 속에서 엄청나게 커 올라가고 몸통 역시 용트림하며 자라고 있었던 것은 무슨 까닭인가. '이 소나무 아래에 니 태(胎)가 묻혔다', 그렇게 말씀하신 아버지의 음성은 내가 만들어 낸 일종의 환청인가. 아버지의 큰 손이 내 작은 손을 꼭 쥐고 대밭 안쪽까지 들어가 한 손으로 소나무의 붉은 수피를 어루만지면서 그 말씀을 하신 것이 사실 내가 몇 살 때였는지, 그날이 적어도 어느 계절이었는지조차 기억해 낼 수가 없다. 내 기억의 안쪽에 문신처럼 새겨진 아버지의 음성 역시 내가 임의로 만들어 낸 것일까. 알 수가 없다. 달리는 기차 차창으로 비쳐드는 오후의 햇살이 눈꺼풀을 간질이자 나는 나른해져서 까마득한 안개의 미망 속으로 가라앉아 갔다.

안개에 덮인 이스터 섬 남서쪽 끝 '라노카오(Rano kao)' 화산 분화구 곁 산정에 내가 서 있었다.

바로 눈 아래 절벽 아래로 섬 세 개가 파도에 씻기고 있는 것이 눈에 들어온다. 눈앞으로 안개 속에서 1994년 케빈 레이놀즈 감독의 영화 〈라파누이(Rapa Nui)〉가 펼쳐지고 있었다.

'대이족(long ears)'과 '소이족(short ears)'의 갈등 속, 새 알을 찾으러 가는 대이족 청년 '제이슨 스콧'과 소이족 처녀, '샌드린드 홀트'의 로맨스를 담은 그 영화 화면이 펼쳐지고, 다른 한쪽 해변에 대이족 추장이 주민들을 동원해서 열다섯 개째의 새로운 '모아이'를 세우는 장면이 펼쳐지고 있었다. 바다와 섬 주위는 짙은 안개로 덮여 모든 게 흐릿해 있었다. 그러다가 한참 후, 안개 속에서 바람 소리 같은 함성이 들리면서 바다 위로 거대한 하얀 빙산 덩어리가 떠올라 오는 것이 보였다. 햇볕이 빙산에 부딪쳐서 눈부시게 빛을 발하고 있었다.

아, 하고 생각하는 사이, '모아이'를 열심히 세우면 어느 날인가 하얀 배가 데리러 올 것이라는 믿음의 추장 가족들이 작은 배에 올라 빙산 쪽으로 다가가는 영화의 마지막 장면이 전개되고 있었다.

안 돼. 나는 신음처럼 중얼거렸지만 목소리가 밖으로 나오지 않는다. 그건 배가 아니고 얼음덩어리야, 얼음이 녹으면……. 발을 구르며 목소리를 내었지만 내 목소리는 밖으로 나오지도 못했고, 추장 가족들이 기어올라가 섬을 향해 손을 흔들고 있는 집채 크기의 빙산덩어리는 섬에서 천천히 멀어져 망망대해로 밀려가고 있었다.

케빈 레이놀즈 감독의 영화 〈라파누이(Rapa Nui)〉의 화면 속으로 들어가 그 라스트 신을 안개 낀 산정에서 내가 바라보고 있었다.

그런데 그들의 무모한 환상의 비극적 종말은 어느 한순간 내 시각의 착각을 일깨웠다.

분명 처음에는 빙산으로 보였는데, 다시 자세하게 확인한 저 흰 물체의 정체는 무엇인가, 날개를 펴든 커다란 백조 같은 흰 돛의 눈부심이라니……. 내가 잘못 보고 있었던 것이다. 그들

믿음대로 거대한 얼음덩어리라고 생각되었던 그것은 흰 돛을 펼친 하얗게 눈부신 커다란 돛배였다.

아아, 나는 긴장이 풀리면서 축축한 산정의 바위 위에 그대로 주저앉았다. 실제로 희고 아름다운 커다란 배였는데 얼음덩어리로 본 '케빈 레이놀즈' 감독의 어처구니없는 착시라니…….

그때의 모습은 보이지 않는데, 안개 속에서 후배의 목소리가 들려왔다.

'선배님, 그 그림 진품으로 감정하기로 다섯 명이 모두 동의했거든요. 소나무나 안개 낀 강물 위 어옹의 구도가 그만하면 그 양반 그림으로도 상작이라니까요.'

말미잘 그리고 커피 루왁

● ● ● '김태수(金太守)'라는 이름을 듣는 순간 나는 반사적으로 수화기를 든 채 벌떡 일어섰다. 다리가 휘청거리는 느낌에서 빠져나오기도 전, 수화기 저쪽에서 갤갤거리는 그의 웃음소리가 이어졌다.

"이 사람, 놀라기는? 고향친구, 태수, 김태수."

"말미잘?"

엉겁결의 내 반문에 그는 한참을 갤갤갤…… 그렇게 웃었다.

이틀 전 한국에 들어왔고 맨 먼저 보고 싶었던 것이 나였다고 했다. 내일 회사 근처 호텔 커피숍에서 연락을 하겠다며 그는 전화를 앞서 끊었다.

창 밖으로 비구름이 뒤엉켜 흐르고 있었다.

충격이 풀리면서 그의 얼굴을 떠올리자 실실 웃음이 밀려나왔다.

"부장님 반가운 소식이라도 있으신 모양이지요?"

앞자리 미스터 최가 서양 애들처럼 어깨를 으쓱해 보였다.

"'말미잘'이라고 내 초등학교 때 친구가 있어……"

대꾸를 하고 나자 가슴 안쪽에서 웃음이 밀려 올라와 나는 두 손에 얼굴을 묻으면서 실성한 사람처럼 웃음을 토해냈다.

"부장님 웃으시는 모습 오랜만에 봅니다."

평소 잘 웃지 않았지만 명예퇴직 송별회를 치루고 사물함 정리를 하던 며칠 사이는 웃음을 보일 여유도 없었지 싶었다.

부원들끼리 간단히 소주나 한 잔씩 나누자고 해서 그러자고 한 참이었다. 부원이라야 나를 빼면 여섯, 둘이 출장 중이어서 나까지 다섯이었다.

"미스 서, 미스터 큰 김, 작은 김,…… 미리 한 잔씩 걸쳤을 겁니다."

"괜히 서로 번잡스러운 것 아닌가?"

"삽겹살에 소주 한잔이 복잡할 게 뭐가 있습니까?"

10년 넘게 지각 한 번 없이 매일 드나들던 사무실 계단을 내려오면서는 잠시 가슴 안쪽에 휑한 기분이 들기도 했다.

"그런데 부장님, 그 친구라는 분 이름이 좀……"

"아, 말미잘? 이름이 김태수야, 고향친군데 어렸을 때 하도 부잡스러워서 별별 말썽을 다 부렸거든. '말미잘' 별명은……. '말미잘'이 뭔지나 아나?"

"저 해풍 받고 큰 갯놈입니다……. 썰물 때면 바위틈에, 갯바닥에 너울너울 그게 얼마나 많았는데요."

"술집 가면 미스 서도 있고 하니까, 말미잘 이야기, 거기서 꺼내기는 뭐하고 말야……"

나는 초등학교 저학년 시절, 갯벌에서 놀던 이야기를 간단히 재구성해 들려주었다.

갯가에서 자란 사람은 비슷한 기억들이 있겠지만 장난감이나 놀이터가 없던 아이들은 더워지기도 전부터 갯벌이 놀이터였다. 입은 옷을 언덕에 팽개치고 발가벗은 채 고동이나 조개를 잡느라고 썰물이 된 갯벌을 뛰어다니고 뒹굴곤 했다. 한참을 놀다가 해가 기울면 우리는 햇볕으로 달구어진 갯벌바닥에 한참씩 엎디어 있곤 했다. 알몸에 닿는 따뜻한 뻘흙의 감촉 때문에 썰물이 들어오는 것을 모르고 있다가 혼이 난 적도 여러 번이었다.

"그 친구가 하루는 그 뻘밭의 말미잘한테 하필이면 고추를 물린 거야. 작은 고기나 바지락을 먹어치우는 말미잘한테 그걸 물렸다니까……"

"부장님은 무사하시구요?"

"아, 이 사람아. 나는……."

"그 말미잘 뿌리, 돌멩이 같은 데 깊이 붙어 있던데……."

뻘흙을 상당히 깊이 파내어 말미잘 뿌리 붙은 돌멩이를 끄집어낸 후에도 주머니칼로 고추에 붙은 말미잘을 조각조각 찢어낸 뒤에야 그 친구는 자유를 찾았다. 그런데 말미잘 뱃속의 게껍질, 조개껍질 조각들이 친구 고추에 가로 세로로 꽤 많은 상처를 남겼던 것이다. 친구는 울면서 그 일만은 비밀로 지켜달라고 했고, 나는 약속을 지켰지만 졸업 때까지 그 친구 별명이 정식으로는 '말미잘에 좆 물린 놈'이었고, 줄어들어 '말미잘'이 되었던 것이다.

미스터 최는 걸음을 옮기지 못한 채, 허리를 꺾더니 나를 빤히 올려보았다.

"친구 사이라는 것이……. 원래 유유상종이라는 말이 있지 않습니까?"

"이 사람아, 나는 10년 동안 회사에 지각도 않은 사람이야."

둘의 얼굴에 웃음기가 남았던지 삼겹살집에서 기다리던 친구들 눈이 반짝거렸다.

"부장님 초등학교 친구 분 전화가 몇 해만에 온 거야. 그런데 그 분 별명이 뭔지 알아? '말미잘'이야. '말미잘'……."

"그게 뭔데요?"

미스 서가 제일 먼저 호기심을 보였다.

"도깨비 같은 친구가 하나 있었어……. 그냥 엉뚱하고 재미있는 놈."

화제를 바꾸려고 했지만 미스터 최가 또 웃음을 터뜨리는 바람에 그 친구의 '똥 장사' 이야기를 하나 더 하고 말았다.

'말미잘 사건'이 나고 한두 해가 지났던 듯싶은데, 그 무렵은 회충 감염자가 많아 학교에서 매년 '변 검사'라는 것을 하고, 학생들에게 구충약 '산토닌'을 나누어 먹었다. 비닐 같은 게 없던 때여서 '변'을 받아 학교로 가져가는 일이 썩 쉽지가 않았다. '에라, 모르겠다, 몇 대 맞고 말지', 빈 손으로 등교한 아이들에게 공포의 시간이 다가왔다. 담임이 무섭기도 했지만 지난해 담임을 했던 학생들 이야기로는 변을 안 받아온 학생들은 당장 집으로 내빼는 것이 나을 것이라는 충고였다. 야구방망이로 엉덩이에 피멍이 드는 것까지는 참을 수 있지만 친구들 앞에서 신문지를 깔아 놓고 바지를 까고 앉아 기어이 변을 보아야 한다는 것이었다.

나를 위시한 10여 명의 학생들 얼굴이 샛노랗게 변해 버렸다.

그때 '말미잘'이 운동장 한쪽 미루나무 아래에서 우리에게 손짓을 했다. 헌 장판 종이에 누런 변을 한 무더기 가져다 놓고 그는 성냥개비로 사탕 한 개만큼씩 변을 덜어내어 신문지 조각에 올려놓고 팔고 있었던 것이다.

아이들은 우르르 몰려가 얼마씩 돈을 내고 그 변 한 조각씩을 나누어 받고 나서야 얼굴에 핏기가 돌았다. 나도 신문지 조각을 내밀었는데 그가 한쪽 눈을 찡긋하면서 내게는 돈을 받지 않았다.

미스 서는 코부터 싸쥐었고, 모두 허리를 꺾는데 미스터 최가 한 마디를 던졌다.

"그러니까 부장님과는 뭐가 통한다, 동업자나 동지의식, 그런 게 아니었을까요?"

"에이 이 사람, 10년을 나를 보아오면서……."

서둘러 화제를 돌려 소주잔을 부딪쳤지만 술이 들어가면서

였을까, 그의 전화를 받았을 때의 섬뜩함이나 일종의 불안감 대신, 그의 출현을 기다리고 있었던 것 같은 기분이 들기도 했다. 그를 화제에 올리면서 목소리가 커졌고, 양평의 작은 시골집 이야기에도 과장이 많아졌던 것 같다. 숲과 냇물, 황토구들장 방, 심고 싶은 관상수에 대해 계획에 없던 말까지 하고 있었기 때문이다.

"우리 부원들 고기 사들고 한번 몰려가는 겁니다."

"동네에서 떨어진 골짜기여서 밤새워 마셔도 시비할 사람 없으니까 염려 놓으라고……."

집에 돌아와 마루에 사지를 뻗고 누워서도 나는 한참을 낄낄거렸다. 아내 영정 사진이 내려다보는 침실에서도 아내에게 술자리에서 하지 못한 친구 이야기를 하고 싶어지는 기분이었다.

사실 그는 우리에게 왕초였고, 자석(磁石) 같은 친구였다. 그가 없으면 무슨 장난을 해야 할지 따분하고 난감할 때가 많았다. 그때 그가 나타나 엉뚱한 일을 만들어 우리를 신나게 하고, 가슴을 뛰게 하고, 매를 맞게도 했다.

기억에는 원근법이 없다.

과거는 자주 뒤섞여 뭉개지고 지워지고 변색되지만 어떤 것은 뿌연 형상이나 바늘 끝이 되어 살아나기도 한다. 기억의 단층에 매몰시켜 버리고 싶은 부분도 있지만 어떤 조각들은 도리어 반짝거리면서 나태해진 현재를 비집고 올라와 가슴을 뛰게 하기도 한다.

어느 때였는지 그가 너구리를 잡자고 한 적이 있었다.

시골 마을은 대개 몇 마리씩 닭을 길렀고, 병아리들이 태어났다. 병아리 털갈이가 시작될 무렵 솔개들이 병아리를 채가곤 했는데, 너구리가 산에서 내려와 어미닭까지 물어가는 일도 흔했다. 그때 그가 너구리를 우리 손으로 잡자고 제안을 했다. 울타리 구멍으로 너구리가 드나드니까 거기에 덫을 놓으면 틀림없을 것이라고 했다.

"…… 너구리고기는 모닥불 피워 구워 먹고, 가죽을 벗겨서 파는 거라. 가죽 팔아서 그 돈으로 우리 몫의 병아리를 기르는 거지. 메뚜기, 여치, 방아깨비, 개구리가 들판에 지천이니까 그걸 잡아다 먹이면 큰 닭이 여러 마리가 되어 알을 낳고, 병아리들을 또 까고……"

우리는 '말미잘'네 집 헛간에서 덫을 찾아내어 우리집 울타리 구멍에 설치해 놓고 교대로 망을 보면서 며칠을 지켰다.

이틀, 사흘……. 너구리를 기다리는 일이 시들해진 나흘째 되던 날 해질녘, 덫을 지키던 태수가 손등으로 이마의 땀을 훔쁘리면서 제기차기에 한참이던 우리에게로 헐레벌떡 뛰어왔다.

"걸리긴 걸렸다."

얏호!! 친구들이 손가락으로 V자를 그리며 공중으로 제기를 차올리고 펄쩍펄쩍 뛰었다.

"그런데……"

그가 시무룩하게 내 뒤로 자리를 옮기는데도 우리는 너무 들떠서 생각 없이 우리집 울타리를 향해 달려갔다.

어스름 속에서 맨 처음 눈에 들어온 것이 뒷발을 파고 든 덫의 강철을 끊으려고 몸부림치던 누런 짐승의 입가에 흐르는 피와 새파랗게 불을 켠 눈이었다.

소름이 돋았다.

"너구리가 아니라, 니네 누렁이여."

나는 그만 그 자리에 털썩 주저앉아 버렸다.

그는 지도자였고, 기획가였으며 실천가였지만 그 결과가 상처로 돌아올 때의 책임은 대개 우리 몫이었다. 눈이 새파랗게 변해서 주인도 모르고 으르렁거리는 누렁이를 발견한 아버지는 자초지종을 짐작하고 나서 지게작대기로 나를 후려패 댔고, 눈에 불이 켜 있던 누렁이는 동네 어른들 몽둥이에 맞아죽어서 이튿날 개울가의 큰 무쇠솥 안으로 사라졌다.

나는 그날 오후 개울이 내려다보이는 언덕에 앉아 피어오르는 생솔가지 연기 속을 떠도는 누린내를 맡으며 손등으로 눈물과 콧물을 뿌리면서 혼자 서럽게 울었다.

유년 속으로 침잠해 들어가다가 사진 속 아내와 눈이 마주쳤다.

아내가 혀를 차는 듯싶었다…….

'나는 늘 뒤치다꺼리만 했어. 무슨 일에 내가 앞장선 걸 본 적 있어? …… 딸년 시집가서 살고, 아들놈도 제대하고 취직이 되었고……. '사오정, 오륙도'라는 말 알아? …… 45세면 정년, 56

세까지 직장에 있으면 도둑이래. 앞으로 양평 골짜기에 사둔 땅, 당신과 같이 못가 서운하지만 나, 거기 가서 나무도 심고 채소도 가꾸고……'

이튿날, 태수의 전화가 걸려오자, 오래 그를 기다렸던 것같이 나는 서둘러 호텔 커피숍으로 나갔다.

외국 사람들이 몇 테이블, 한산한 커피숍 중앙에서 흰 양복이 일어서면서 손을 치켜들었다.

"그러고 보니 세월이 가긴 갔네. 자네 앞머리털이 이리 빠진 걸 보니……."

두 손으로 내 손을 감싸쥐고 그가 갤갤갤갤 …… 하는 독특한 웃음소리를 냈다.

"3년 전 들어왔다가 그때 바빠서 그냥 나가면서는 내가 사람 구실 못하나 싶었네. 아, 이거……."

미리 준비한 듯 흰 봉투를 내밀며 그가 희극배우처럼 내게 허리를 굽혔다.

"자네 부인 상사(喪事), 내가 심부름도 하고 해야 되는데 밖으로 떠돌다 보니, 예(禮)가 아니네만 상사에는 시간 지나도 인사를 하는 것이니 허물 말게."

4년이나 지난 아내 상(喪)에 '근조(謹弔)' 봉투라니.

어정쩡하게 봉투를 받아 들고 자리에 앉자 그가 담배를 꺼내서 권했다.

담배를 끊었다고 하자, 우리 나이에 아직 담배 피우는 사람들은 아주 독한 사람이라는 말이 있다고 했다. 주변에서 담배 끊으라고 극성들인데 주눅 안 들고 피우는 게 가상하다던가……. 그러면서 다시 갤갤거리며 웃었다.

"지난번에는 '캥거루꼬리꼼탕' 때문에 나왔었어, 자네 캥거루 알지? 호주 말일세. 이게 너무 많아져서 호주에서는 교통사고가 많이 나거든."

캥거루들이 저녁에는 숲에서 자다가 새벽이면 아스팔트로 어슬렁거리며 내려온다고 했다. 낮에 햇볕을 받은 아스팔트로 내려와 캥거루들이 새벽잠을 자는 통에 숲속 고속도로 사고가 빈번해지자 정부에서 적정 숫자 유지를 위해 5년 전부터 일부를 도살, 고기를 판다는 것이었다.

아프리카에서도 코끼리 숫자가 너무 불어나서 숲을 파괴하자 일정 숫자를 정부에서 도살한다고 들은 적이 있었다.

캥거루들이 아스팔트로 내려오는 광경을 떠올리자 유년의 갯벌이 떠올라 비실비실 웃음이 나왔다. 그 역시 그 시절을 잠시 반추하는 듯 작은 눈이 가느다랗게 되었다.

"알잖은가? 백인들, 동물 뼈다귀나 내장, 대가리, 꼬리 같은 건 다 버리지 않나? 뭔가, 초창기 미국 갔던 한국 친구들 '소꼬리곰탕'으로 돈 좀 만졌지. 그런데 미국 애들이 눈치를 채고는 지금은 뼈, 꼬리도 돈 받고 한국사람들에게 넘겨. 호주에서는 캥거루고기는 못 먹는 것으로 되어 있었거든. 그런데 캥거루꼬리가 얼마나 커? 꼬리로 몸을 지탱하고 싸울 때 휘두르고 하지 않나? 그래서 이왕 버리는 그 꼬리로 곰탕을 만들면 한국에서야 최고 아니겠어? 남자 정력에 최고다, 한 마디면 장사 끝이지. 그런데 이게 꼬이더라고. 처음에는 살코기가 조금 팔렸는데 쇠고기가 흔하다 보니 전에 안 먹던 캥거루 살코기도 먹으려고 하지를 않는 거야. 결국 캥거루 식용화는 포기한다, 그렇게 된 거야."

"그럼 죽인 캥거루들은?"

"매장하지. 묻어 버린다고. 이왕 버릴 것 꼬리만 떼어가겠다는 말이 거기에서는 통하질 않아. 썩혀 버릴 고기, 돈 내면서 꼬리 잘라가겠다는 게 저희들한테는 이상하겠지만 추진 중이야."

그는 금년 1월 호주 스트레키 배이 해안에서 바닷물에 씻겨 밀려온 '용연향'을 주워서 한국 돈으로 7억의 횡재를 했다는 기사를 본 적이 있느냐고 물었다.

산책 중에 밀랍(蜜蠟) 같은 덩어리가 있어서 집어왔는데 고급 향수 원료로 사용되는 '용연향'으로 드러나 횡재를 했다는 기사였다.

향유고래 수컷이 번식기에 장이 약해져 토해낸 '앰브레인(ambrein)'이 주성분인데 처음에는 냄새가 고약하지만 몇 년간 바다를 떠다니고 햇볕에 마르면서 반투명 물질로 변한다고 했다. 용연향 가격이 금보다 비싸다는 것이다. 현재 1g당 27달러에서 87달러 시세라고 했다.

그 기사를 나도 읽은 적이 있어서 고개를 끄덕였더니 커피 이야기로 화제를 바꾸었다.

"특별히 좋아하는 커피에 대한 기호가 있나?"

커피잔이 반쯤 비었을 때 그가 물었다.

"그냥 습관으로 마셔."

"코피 루왁(kopi luwak)이란 걸 들어본 적은 있어? …… 한 잔에 한국 돈으로 따지면 16만 원 정도의 커피……."

"미쳤나? 커피 한 잔에 그런 돈을 주고 마시게?"

그가 다시 갤갤거리며 웃더니, 세상에서 제일 비싼 인도네시아 산의 '코피 루왁'에 대한 설명을 시작했다.

그가 주머니에서 엽서 크기의 상표 한 장을 꺼내 내게 내밀었다.

위쪽에 큰 글씨로 'kopi luwak'이라는 도안이 있고, 너구리처럼 생긴 동물 꼬리를 사람 손 하나가 치켜들고, 다른 한 손에 들린 커피 잔이 그 배설물을 받고 있는 그림이었다. 그림 아래에 'Good to the last dropping'이라는 글자가 인쇄되어 있었다.

"'코피 루왁' 상표야. 세상에서 제일 비싼……."

'코피 루왁'은 1년 총생산량이 500킬로그램 이하여서 1킬로그램에 미화 1,000달러에 달한다고 했다. '긴꼬리사향고양이'가 완숙한 커피 열매를 따먹고 겉껍질을 소화한 뒤 딱딱한 씨만 배설하는 습성 때문에 만들어진 커피라고 했다. 배설물로 나온 커피 씨로 커피를 만들어 보았더니 그 맛과 향이 기가 막혔다는 것이다. 전문가들은 '코피 루왁'의 독특한 향과 맛이 '사향고양이' 체내에서 소화되는 과정 중 아미노산이 분해되면서 특유의 맛을 내는 것으로 설명된다고 했다. 꽃 속의 꿀 성분이 꿀벌 위장에 들어갔다가 나오면서 꿀이 되는 것과 같은 원리라는 것이다. '시빗(Civet palm)'이라고도 불리는 '사향고양이'의 배설물로 만든 '코피 루왁(Kopi luwak)'은 배설물 속의 커피 씨앗만 씻고 잘 볶아 만들어서 위생상 문제는 없다고 했다.

미스터 정과 '까리따'가 나타나지 않았으면 커피 강의가 더 계속되었을 뻔했다. 어렸을 때도 그와 있을 때는 주변 사람들은 허물어져 사라지고 그 혼자만 있는 것 같은 기분이 들었던 적이 자주 있었다. 깔끔한 검은 색 정장의 청년과 동남아계의 젊은 여인이 동석이 되면서 나 역시 현실로 돌아온 것 같았다.

미스터 정이라는 청년은 민망할 만큼 내게 깎듯이 허리를 굽혔다.

"두 사람에게 이야기한 적 있지? 어릴 때부터 제일 친한 친구라고, 오건우 씨……. 그리고 자네도 인사하게. 이쪽은 인도네시아의 '코피 루왁' 본사의 미스 '까리따'……."

"김회장님이 친구 말씀하셨습니다. 제 이름은 까리따입니다. 앞으로 많이 부탁드립니다."

여자가 손을 내밀면서 어눌한 한국어로 인사를 했다.

"자, 앉지. 우선 좀 앉아."

여자가 내 앞자리에 앉았고 청년은 '저 회장님', 하면서 친구의 등 뒤쪽으로 다가서서 목소리를 낮추었다.

"박사장님과 최사장님 두 분이 각각 3,000주씩 묘목 값 입금

하신 것 은행에서 확인했습니다. 묘목을 바로 내일 아침 비행기 편에 탁송하도록 본사에 팩스를 넣을까요?"

"아, 그래? 아, 조금 있다가……. 그런데 나무 심을 땅은 확인하고 온 거야?"

"다녀오는 길입니다. 내일이라도 묘목 도착하면 바로 식수(植樹)하도록 일러두고요."

커피 묘목이 들어온다고 했다. 겨울 보온을 위해서 묘목 심은 밭을 덮는 하우스를 가을 들어 짓도록 하고, 여름은 노지에서 키우는 게 성장이 빠를 거라고 했다. 파인애플, 망고, 파파야 하우스 재배는 오래되었지만 커피 묘목이 한국에 들어오는 것은 처음일 것이라고 했다.

"1년 후면 한국에서 첫 '코피 루왁'이 수확될 거네."

"그럼, 그 고양이도?"

"그 '긴꼬리사향고양이'란 놈들 말이지. 잡식성이야. 원래 야생이니까 사료 먹일 필요가 없지만 당분간 주거제한을 하게 되니까, 가축사료 있잖아? 고양이 사료, 개 사료……. 가끔 과수원에서 솎아낸 과일이나, 감자, 고구마, …… 양계장 닭 도축할 때 나오는 닭대가리나 내장 같은 것 있지 않나? …… 두어 쌍씩만 우선 장에 넣어 기르다가 하우스 만들 때 울타리 철망을 치고 커피 밭에 풀어 놓으면 되는 거지……. 물건은 생산되는 대로 인도네시아 본사에서 수집할 테니까……. 아, 그런데 자네, 미스 '까리따'와 두어 시간 점심 데이트 좀 하게……. '까리따' 외할아버지가 한국사람이야. 한국 피가 섞였지. 한국말도 하니까, 쉬운 영어하고 섞어 쓰고……. 나는 정비서하고 이쪽 파트너들 잠깐씩 면담을 하고 돌아오겠네. 오후 4시까지……, 괜찮겠지?"

내 의사도 묻지 않고 두 사람이 나가 버리는 바람에 인도네시아 아가씨와 예정에 없던 점심 데이트를 하게 되었다.

'생선초밥' 이야기는 들었지만 먹어본 적이 없다고 해서 '까리따'와 나는 호텔 안 일식집으로 옮겨 점심을 같이했다.

'자카르타'와 '발리'를 패키지여행으로 다녀온 적이 있다고 했더니 '까리따'가 몹시 반가워했다. 원래 보루네오 출신이라는 것, 2차 대전 중 일본군 점령군이었던 한국인 청년과 원주민 처녀 사이에서 자기 어머니가 태어났다고 했다.

"4분의 1에 한국의 피가 섞였지요. 어머니는…… 다야크(Dayak)족……."

외할머니와 어머니에게서 몇 마디 한국어를 배웠고, 대학에서 한국어를 공부했다고 했다.

"다야크(Dayak)족, 아세요? …… 2층으로 된 길게 지은 집(longhouse)과 사람 머리사냥(head-hunting)하는 습관……."

그녀는 꾸르륵 웃더니, "지금은 전설로만 남아 있는 이야기들이지요." 했다.

일반적으로 코가 낮은 남방계와 다르게 '까리따'의 높은 코는 한국계 유전자 탓일 수도 있겠다는 생각이 들었다.

그녀는 맥주 두 병을 반주로 가볍게 마셨다.

"우리나라 민속 술에 '싱꽁'이라고 하는데요. 고구마 비슷해요. 이걸 항아리에 으깨어 담아 두면 술이 됩니다. '뚜악'이라고 그래요. '뚜악 술'이 익으면 가까운 사람들이 모여 빨대로 돌아가면서 빨아 마시지요. 연인이나 부부끼리 '오두막'에 갈 때도 '뚜악' 항아리를 안고 가요. 아, 다야크족은 대가족 생활이어서 산속에 작은 오두막이 있어요. 사랑을 나눌 때는 두 사람만 그곳 오두막으로 가요."

그녀, '까리따'는 쾌활한 성격이어서 더듬거리는 한국어였지만 많은 이야기를 유쾌하게 들려주었다.

나는 얼마 전 회사를 그만두기로 했으며 산골에서 관상수도 심고, 채소를 가꾸면서 지낼 것이라는 이야기까지 해 버렸다.

"열대지방은 3모작 농사를 짓지만 한국은 내가 어렸을 때만 해도 봄이면 가난한 집에 식량이 바닥이 나고 했어요. 농업을 공부해서 식량을 남아나게 하겠다, 그런 꿈을 가졌는데, 부모님 시키는 대로 법과에 진학, 고시 실패하고 평범한 회사원의 일생……. 슬픈 사랑을 해 보겠다는 공상은 해보았지만 부모가 소개한 여자와 결혼, 그래서 앞으로 여생은 내 식대로 나무 심고 지내겠다, 그런 생각으로 회사를 나왔지요."

"용기 대단하세요."

"내 나이쯤 되면 내 의지로 살아온 시간이 얼마나 되나? 살아온 게 아니고 생존(生存)해 왔다는 후회, 남아 있는 시간이 많지 않다는 자각……. 하찮은 것이라도 내 하고 싶은 대로 하며 살 수는 없나, 그런 생각……"

나는 결국 그녀에게 현재의 내 심경을 필요 없이 다 쏟아낸 것 같았다.

그 고백의 결론이 이왕 마련해 둔 땅이 있으니까 하우스 안에 커피 묘목을 심는다. 울타리를 막아 '긴꼬리사향고양이'를 사육한다. 적당한 시기, 커피 열매가 익으면 '긴꼬리사향고양이'들이 잘 익은 커피 열매만 골라서 먹고, 울타리 안에 배설을 할 것이다. 그 배설물을 인도네시아 '코피 루왁' 본사로 보내 세계에서 제일 비싼 커피를 생산하게 한다.

김태수를 만나기 전 상상해 보지 않았던 엉뚱한 일을 나는 이튿날 아침 하고 있었다. 1,000그루 커피 묘목 값과 두 쌍의 '긴꼬리사향고양이' 대금을 정비서가 지정한 은행계좌에 송금했기 때문이다.

김태수가 내 곁에 등장하고 묘목을 심기까지 걸린 시간이 5일이었다. 다섯째 날에는 미스터 정이 직접 인부까지 동원해서 내 앞으로 도착한 커피 묘목을 내 산골짜기 밭 500여 평에 심어주었다.

"가을 하우스 문제는 여주에서 농장을 해왔고 이번 커피 묘목 3,000주씩을 심은 박사장, 최사장님이 도움이 될 거야. 정비서도 '긴꼬리사향고양이'가 도착해서 적응하는 것을 확인할 때까지 한국에 머물 테니까 자주 연락하기로 하고⋯⋯."

키 1m 남짓의 커피 묘목 1,000주가 집 가까운 밭 한쪽 500

여 평에 심어지고, 미스터 정이 직접 주문해서 조립한 '긴꼬리 사향고양이' 임시 사육장이 그 곁에 놓이게 되었다.

"겨울 추위 문제도 있고 해서 구리배수관을 잘라다가 땅 속으로 굴을 만들었습니다."

정비서는 회장 친구인 내게 최대의 성의를 보였다.

나무 심기가 끝나자 전에 준비해 둔 바비큐 그릴을 처음 꺼내 수고한 인부들까지 모두 불러서 삼겹살에 소주와 맥주 파티를 열었다.

인부들이 돌아가자 비가 내리기 시작해서 우리는 바비큐 그릴을 마루로 옮겼다. 장마가 일찍 시작할 것이라던 기상 예보가 맞는 듯했다.

"비 오는 것 보세요. 나무들 착근이 얼마나 잘 되겠습니까? '긴꼬리사향고양이'도 같이 도착했으면 금상첨화인데 야생동물 검역은 좀 시간이 걸리네요. 길어도 3, 4일이겠지요."

정비서가 잔 세 개에 소주 한 잔씩을 섞은 맥주를 가득하게 따랐다.

"자, 새로운 커피 농장을 위해서……."

태수가 내 잔에 자기 잔을 부딪쳐 왔다.

"비오는 시골집 툇마루에 앉아 있으니 어릴 때로 돌아간 것 같네……. 그래도 자네는 시골집에 나무를 심고……. 고향을 찾은 셈일세. 자, 축하. '까리따'도 같이 합시다."

빗줄기가 점점 더 세어졌다.

"나무를 때는 아궁이도 만들었다며? 참새 잡아서 구워 먹던 생각이 나."

태수는 무쇠솥 쪽에 눈을 주었다가 망연하게 비가 쏟아지는 허공으로 눈을 주었다. 잠시 그의 표정에 쓸쓸함이 번지는 듯 했다.

"회장님. 박사장과 최사장님 농장을 잠깐 둘러보고 돌아오시죠."

"아, 그래. 그렇군."

태수는 시간을 확인하면서 두 시간만 '까리따'와 기다려 달라고 했다.

"너무 조용해서요. 인도네시아 숲속 오두막에 있는 것 같아요. 스콜 쏟아지는……."

"출퇴근 같은 것 안 하고, 상관도 없고……; 이렇게 좀 지내보고 싶었습니다."

"용기 대단하세요."

둘은 술을 한 잔씩 더 마시고, 아궁이에 불을 지피기 시작했다. '까리따'는 한국식 아궁이를 처음 본다고 했다. 나뭇가지가 아궁이 속에서 벌겋게 타들어가는 것에 재미를 붙여 그녀는 아궁이 앞을 떠나지 않았다. 빗줄기 속에서 아궁이의 불빛으로 검게 윤기 나는 그녀의 옆얼굴을 바라보다가, 문득 나는 '아!' 했다.

잊고 있었던 기억이었다. 군대 휴가를 나왔다가 태수가 마을 끝에 살던 젊은 과부를 데리고 도망을 갔다는 소식을 들었다. 우리보다 10여 살 많았던 가무잡잡하던 여자였다. 그 여자와 얼굴을 부딪치지 않으려고 그 집을 멀리로 돌아다녔다는 생각이 들었다. 왜 그 여자와 부딪치는 것이 두려웠는지 어렴풋하게 짐작이 이제야 되는 듯했다. 세월이 지난 뒤에도 여자에 대한 상상을 할 때면 늘 그 가무잡잡하던 연상의 여자가 맨 먼저 떠올라오던 것을……

'까리따'는 나뭇가지를 아궁이에 밀어 넣으면서 쏟아지는 빗줄기를 가끔 올려다보고 했다.

"훗날 혹시 보루네오 시골 마을에 여행 가실 때가 있으면요. 짐승 두개골과 사람 해골을 새끼에 꿰어 매달아 놓은 다야크(Dayak) 마을, 롱하우스에 꼭 한번 들러 보세요. 그리고 오두막에서 하루 주무셔 보기도 하구요."

나무를 심은 지 사흘째 되는 날, 택배회사 기사라면서 산골 집 위치를 알려달라는 전화가 걸려왔다.

"큰 상자가 두 개인데……; 살아 있는 짐승 같은데요."

"예. 기다리겠습니다."

나는 전화를 끊고 인터넷에서 다운받아 프린트해 놓은 '긴꼬리사향고양이'의 사진을 꺼냈다. 너구리를 닮은 것 같았다. 여우보다는 짧은 주둥이였지만 회갈색의 털에 묻힌 녀석의 생김새가 귀여워 보이지는 않았다. 그 꼬리 한쪽을 치켜들고 엉덩이에 커피잔을 대고 있는 코믹한 상표 생각에 쿡 웃음이 나왔다.

택배회사 직원이 산길로 들어오느라고 힘이 들었다며 상자를 내려놓고 돌아간 다음, 마루 위에 놓아둔 휴대폰이 요란스럽게 울렸다.

"오건우 씨 전화 맞는가요?"

상대방이 너무 큰 소리를 질러대어서 내 이름이 아니었으면 잘못 걸려온 전화려니 생각할 뻔했다.

"네, 그렇습니다만……."

"뭐? 그렇습니다만? 시골에 묻혀 있는 농사꾼으로 만만하게 보고 애들 장난도 아니고……."

걸걸거리는 큰 목소리가 너무 황당해서 나는 수화기를 다른 쪽 귀로 옮기면서 물었다.

"누구신데, 무슨 이야기를 하시는 겁니까?"

"그래, 나 박사장이오. 커피 묘목 3,000그루 심은 박사장, 알겠소? 그래 당신들, 초등학교 동창끼리 이런 애들 같은 사기를 치고 있어?"

"무슨 말씀인지……?"

"지금 몰라서 되묻는 거요? 당신, 그 김태수인지 하는 그 친구, 지금 어디 있소? 그 뺀돌이 같은 젊은 놈하고 여우같은 그 여자하고 말이오."

"김태수가 뭘 어떻게 했는데요?"

"이 친구, 한 술 떠 뜨네그려. 그 황금커피를 똥으로 싼다는 '긴꼬리사향고양이'인가 하는 게 어째서 도둑고양이로 바뀌었느냐 하는 거요."

"도둑고양이라니요?"

나는 순간 사태가 이상하게 돌아간다 싶어 택배 직원이 내려놓고 간 '긴꼬리사향고양이'가 든 나무상자 쪽으로 뛰어 내려갔다. 등뒤로 마루에 내팽개친 휴대폰 속에서 큰 목소리가 계속되고 있었다.

작은 캐비넷 크기의 나무 상자 한 개의 위쪽 작은 판자 조각을 뜯어냈다.

잿빛 털의 동물 두 마리가 놀랐는지 상자 안쪽으로 몸을 사리며 높은 소리로 야아~옹 하고 울기 시작했다. 다른 상자 속의 검은 색에 흰 얼룩이 박힌 놈들 역시 구석 쪽으로 몸을 사렸다.

사진 속의 '긴꼬리사향고양이'와는 주둥이 모습이 달랐다. 사진 속의 '긴꼬리사향고양이'는 주둥이가 길었고, 담황색이었다.

상자 속 고양이가 높은 소리로 울어대기 시작하면서 빗방울이 다시 들기 시작했다. 너무 번식률이 높아 구제작업을 해야 한다는 소리가 들렸던 도둑고양이 네 마리의 동그란 눈들이 나를 향해서 퍼렇게 불을 뿜는 듯했다.

수십 년 전, 너구리 덫에 걸린 누렁이의 눈이 떠오르면서 내 안쪽에 억눌려 있던 웃음덩어리들이 토사물처럼 터져나왔다.

그 토사물 한쪽에서 그 무렵 '옻나무 피리 사건'이 흑백사진처럼 기억의 틈을 비집고 떠올라왔다.

'버들피리'를 만들던 봄날 '말미잘'이 내게 헌 장갑을 찾아오라고 시킨 일이 있었다.

그는 내가 가져다준 면장갑을 끼고 한 번 씨~익 웃은 다음, 옻나무가지를 잘라다가 피리를 만들었다. '옻나무 피리' 세 개를 길에 놓아두고 그는 장갑을 벗어 멀리 던져 버렸다. 셋이었나, 넷이었나, 우리가 신나게 버들피리를 부는 동안 쭈뼛쭈뼛 우리 곁으로 다가온 아이가 있었다. 용구라는 얼굴이 흰 아이였다. 눈치를 보던 아이에게 '말미잘'이 눈으로 '옻나무 피리'를 가리키며 턱을 까닥거렸다. "가져도 돼?" 아이가 물었고, 우리 모두 고개를 끄덕였다. 아이는 옻나무 피리를 집어들고 V자를 그리며 뛰어갔고, 곧 우리의 버들피리 소리보다 훨씬 맑고 높은 피리 소리가 언덕 아래쪽에서 들려왔다.

사건은 그날 밤 늦게 일어났다.

천방지축 뛰어노느라고 저녁 숟가락 놓기 바쁘게 곯아 떨어졌던 나는 부엌 쪽에서 들려오는 귀에 익은 아낙네의 악 쓰는 소리에 설핏 잠이 깼다.

옻나무 피리를 가져갔던 용구 어머니 목소리였다.

용구 고추가 옻이 올라 제 애비 것보다 더 커졌다는 것이었다. 옻나무 피리를 불었던 입술은 돼지주둥이같이 부어서 뒤집어지고, 그 손으로 오줌을 눈 용구 고추 역시 옻이 올라 퉁퉁 불었으니 당장 병원으로 싣고 가든지 하라는 것이었다.

"…… 그 옻나무 피리, 내가 만든 것 아닌데……, 태수가 만들었다니까……."

변명도 소용없이 그날 밤 어머니에게 부지깽이로 얼마나 얻어맞았던지 며칠간 학교 오가는 길을 절뚝이면서 걸어야 했다. 평소 친하지도 않은 용구녀석이 왜 태수 이름 대신 내 이름을 댔었는지 그것은 어른이 된 후에도 안 풀리는 수수께끼였다.

나는 고개를 들어 빗방울을 얼굴 가득히 받으면서 참으로 오래간만에 눈물이 나올 만큼 웃어제꼈다.

"야!! 이 '말미잘 새끼'야. '말미잘에 좆 물린 새끼'야······ 야! 이 똥장수야!"

악을 쓰는 소리가 빗소리 속에 빨려 들었지만 나는 세 번, 네 번 계속해서 악을 썼다. 목이 터지게 친구의 비밀을 허공을 향해 쏟아내자 가슴속이 후련해지면서 까닭 모르게 눈물이 나오기 시작했다.

눈물이 빗물에 섞여 볼을 타고 흘러내렸지만 나는 계속해서, 계속해서 친구의 별명을 입속에서 웅얼거리고 있었다.

마리오네뜨,
느린마을로 날다

1

'민서, …… 나, 한영우일세.'

리모컨 빨간 단추를 누르자 벽의 대형 화면에서 한영우가 화면 밖으로 걸어 나오며 오른손을 들어보였다.

'내 메시지를 마주하고 있다면 자네 치료는 성공적일세……. 현재 이 홀로그램은 상호소통 불가, 미안하게도 내 일방적인 메시지네만, 1년 후에는 실제 만날 수 있을 거네.'

혈색 좋은 피부에 반백의 머리칼과 웃음기 가득한 눈. 영우, 한영우 박사. 박민서는 반사적으로 일어서려다 눈앞 친구가 실재하지 않은 이미지이라는 것은 짐작한다.

병원 침대에서 눈을 떠 맨 처음 보았던 의사 얼굴, 그때 박민서는 그를 옛 친구, 한영우 박사라고 생각했다.

"…… 자네, 영우. 한영우 박사?"

검은 뿔테안경의 의사가 그때 고개를 저으며 말했다.

"혼란스러우실 것입니다만 한영우 박사 막내조카뻘 되는 한민석입니다. 지금은 제가 연구소 소장을 맡고 있습니다."

"……"

"삼촌 메시지를 보시면 이해가 되실 겁니다……. 주무셨다가 깨셨어요."

그때 그윽한 백합꽃 냄새를 맡았고, 간호사가 작은 꽃다발을 안겨주면서, '건강하게 회복되신 것 축하드려요.' 했었다.

백합꽃 냄새 속에 박민서는 다시 눈을 감아 버렸다.

짙은 안개 속, 회색 안개 입자들이 목덜미에 거미줄처럼 휘감기는 느낌, 안개 속에서 처음 인식한 것은 눈앞의 탱자나무 울타리였다.

꽃 냄새는 그 울타리 안쪽 탱자나무 가시 사이로 새어나오고 있었다.

소년들 둘이 울타리 안으로 두 남매가 완전히 사라지자, 서쪽 하늘이 벌겋게 황혼으로 물들어가는 것을 올려보았다.

한영우와 그 여동생, 한미혜…….

뒤이어 안개 속에 나타난 영상은 대학 강의실 풍경.

반백의 교수가 칠판에 〈고려시대의 신분 장벽〉이라고 쓰고, 아래 공간에 붉은 매직으로 〈도전과 좌절〉이라고 쓰고 있었다.

그리고 한순간, 교수가 가슴을 움켜쥐며 주저앉는 광경, 학생들이 자리에서 일어나는 소란스러움…….

"박교수님. 눈을 떠 보세요. 괜찮으시지요?"

눈앞에 다시 굵은 뿔테안경이 나타났다.

"얼마간 혼란스러우실 것입니다."

'…… 얼떨떨하겠지만 시간상으로 30년을 건너뛰어 자네, 거기 앉아 있는 걸세……. 자네 간과 폐 쪽에 손상이 있었거든. 지금 이 메시지를 마주하는 것은 치료가 성공적이라는 의미지. 현실문제는 조카가 잘 처리해 줄 걸세. 나도 곧 만나게 될 거고……. 그리고, 아, 장훈이가 자네보다 앞서 깨어나서 가까운 곳에 살고 있을 거네. 만나보게. 그럼 즐겁게 잘 지내게.'

"장훈이가?"

박민서가 반문했지만 한영우는 손을 흔들고 화면 속으로 빨려 들어가 버렸다.

리모컨 파란색 버튼 1을 눌렀다. 그러자 한민석이 흰 가운 차림으로 바로 화면에서 걸어 나왔다.

"박교수님, 조금 쉬셨어요? …… 삼촌 메시지 보셨지요? 메시지가 일방적이었을 거예요. 지금 저하고는 상호 영상통화입니다. 박교수님 현재 건강 상태는 최상입니다. 문제된 장기(臟器)들은 면역 반응과 상관없는 장기로 교체되었고, 교수님 체내 센서가 병원 책상에 모니터링 되고 있어 앞으로 건강문제는 염려 안 하셔도 됩니다."

"내 몸이 인공물이 된 건가요?"

"그 부분을 명확하게 환자에게 전달하지 못하도록 윤리규정에 규제되어 있습니다. 죄송합니다. 그냥 잊고 지내십시오. 일상 생활은 최변호사가 돌봐드릴 것입니다. 파란색 버튼 2가 최변호사 호출 버튼입니다. 언제나 대기 상태에서 최변호사는 교수님 곁으로 달려갈 것입니다. 그럼 오늘 저는 이만……."

거실 유리창 밖으로는 눈부신 신록이 한창이었다.

그는 베란다로 걸어나와 창문을 열었다. 녹음이 시작된 거목들이 창 밖을 채우고 있었다.

베란다 한쪽에 화분이 몇 개, 그리고 난초들도 보였다.

뿌리가 훤하게 드러난 투명한 유리 화분이었다.

살던 아파트가 맞았다. 거실, 베란다, 서재 역시 낯이 익었다. 콧속을 맴돌던 병원 소독약 냄새가 낮게 깔려 있는 것과는 의외로 집안은 정갈했다. 그러나 화분의 흙과 난초 화분 난석들이 유리 화분 속에서 액체로 바뀌어 있는 것이 거슬렸다.

"교수님, 식사하세요."

집에 들어서면서 눈인사를 나눈 중년의 파출부였다.

"〈전통반찬가게〉를 다녀왔는데 입맛이 맞으실지 모르겠어요."

김치와 생선조림, 두부와 콩나물……; 낯익은 반찬들이었다.

"건강식품으로 '전통 반찬'을 찾는 손님이 점점 많아져서 가게가 번성한다고 그러던데요."

30년이라니……; 30년만에 깨어났다면, 지난 30년과 지금 이 시간은 별개인가. 연계된 것인가. 박교수는 식사를 하며 한영우 박사가 말하던 〈시간〉에 대해 잠시 생각했다.

〈시간〉 이야기를 한박사가 여러 번 했던 기억이 났다.

"…… 본질과 실존의 차이랄까, 유쾌한 스포츠나 놀이 때 시간과 회의장의 한 시간이 다르게 느껴지는 것은 인정하지? 자네 강의 듣는 학생들은 알 거야. 재미없는 자네 강의시간하고 저희들 좋아하는 연예인들과 어울리는 한 시간이 똑같이 느껴지는지, 다르게 느껴지는지……."

박민서는 리모컨 파란색 버튼 2를 눌렀고, 연구소에서 집까지 그를 데려다준 최변호사가 바로 집으로 오겠다는 메시지를 보냈다.

2050년 6월 30일.

196℃ 액화질소 통 속에 누워 정확하게 30년.

'저온생물학' 최고 권위자 한민석 박사 시술과 성공적 해동 과정, 부분적 인공장기 교체 후, 깨어난 박민서 교수.

30년 전, 정지된 나이로 60세지만 부분적 장기 교체로 현재 신체 나이는 건강한 50대.

최변호사가 간결하게 박민서가 처한 상황을 설명해 주었다.

"'가족'이나 '결혼' 개념이 지금은 거의 소멸되었고요. '현금' 개념 역시 없습니다. 모든 국민은 중류생활이 유지되도록 정부 재원에서 개인계좌에 월 단위 연금으로 입금되고, 모든 결제는 손가락 지문으로 본인 계좌에서 지출됩니다. 박교수님은 과거 연금이 30년간 복리로 축적되고…… 해서요. 제 판단으로 당분간은 개인적 경제활동은 필요 없으실 것으로 생각됩니다. 옛날 거주하시던 이 아파트 역시 교수님 소유이고, 가구나 생활용품들은 30년 전 기준으로 마련되어 있습니다. 일상문제는 저와

파출부가 돌봐 드릴 것입니다. 저희 보수 관계는 연구소와 연계된 사회보장 시스템에서 보장받고 있고요. 필요하실 때는 언제나 저를 호출하시면 됩니다."

상황이 조금씩 이해되었다.

서재 문을 열었을 때, 책상과 컴퓨터, 옷장 속, 옷들이 고도의 재구성이라는 사실을.

"한영우 박사님은 1년 후, 깨어나시면 만나시게 되고요⋯⋯. 사모님은 25년 전, 세상을 떠나셨고, 아드님은 미국에⋯⋯. 아, 손녀 분이 한 분, 이 도시에 살고 있는 것으로 확인되어 가까운 날, 만나보실 수 있을 것입니다."

"장훈 화백도 살아 있을 것이라고 한박사 메시지가 있었는데 혹시⋯⋯?"

"확인해서 곧 알려드리겠습니다."

"시골에서 함께 자랐어요. 한박사와 장화백 두 사람 다⋯⋯."

"그러셨군요. 곧 알 수 있을 것입니다."

〈2000년대 커피숍〉

"이곳이 편할 것 같아서요"

'냉동치료'로 소생한 사람들 수효가 불어나면서 옛날식 '커피집'이나, '음식점'들이 한두 개씩 생겨나고 있다고 했다.

최변호사 제안으로 거리에 나와 처음 들른 가게였다.

창 쪽 자리를 잡자 최변호사가 커피와 생수 두 병을 쟁반에 받쳐 들고 왔다.

"일반 식수나 생활용수는 현재 모두 바닷물을 정화시켜 사용합니다. 에너지 문제 역시 10년 전부터는 바닷물에서 해결하고요. 앞으로 300년은 바닷물로만 기본 자원 문제가 해결되는 것으로 정부 발표가 있었어요……. 그래도 생수산업이 현재도 유지되니까 아이러니하지요."

강한 초록색을 뿜어내는 창 밖 나뭇가지 끝, 대기층 윗부분이 안개가 낀 것으로 느꼈는데 최변호사가 그의 기분을 알아챈 듯했다.

"황사가 있을 거라는 예보로 하늘을 잠시 덮은 모양입니다."

창 밖으로 거리를 지나는 사람들 머리 색깔, 옷차림이 각양각색이었다. 정장 차림 남자 곁을 스쳐 지나간 초록색 머리칼의 젊은 여성은 비키니 차림이었다.

인도 너머 차도로 자동차들이 오갔고, 차도 위 공중으로 작은 날개를 편 자동차 몇 대가 날아가고 있는 것이 보였다. 지상 교통이 혼잡해지면서 필요할 때, 날개를 펴고 날 수 있는 '비행 자동차'가 몇 해 전부터 보급되었다고 했다.

"주로 장거리 이동시 활용됩니다. 이륙과 착륙 지점이 지정되어 있어서 도심에서는 별 소용이 없거든요."

그가 자랐던 유년 시절, '에스컬레이터'라는 개념이 얼마나 허황되게 와 닿았던가. 중학교 시절, 과학 교사가 사람이 그대로 서 있어도 길이 움직이는 시설이 생긴다고 했을 때, 아이들이 얼마나 낄낄거렸는가. 박교수가 그 이야기를 하자 최변호사도 쿡, 웃었다.

땅에 직접 곡식을 심는 농사도 오래전 중단되었다고 했다.

인공조명과 영양소 공급이 최적인 생산시설에서 농산물이 생산되고, 흙으로 식물을 가꾸는 일부 취미가들을 위해 살균된 인조 흙과 화분을 판매한다고 했다.

박교수는 아파트 베란다 액체에 담겨 있는 유리 화분들을 옛날식으로 바꿀 수 있느냐고 물었다.

최변호사는 전화를 하더니, 그를 작은 화원으로 안내했다.

왕래하는 사람들은 복장뿐만 아니라 피부색도 머리카락 색깔만큼 각각이었다.

"모두 섞여 사니까요, 그래서 개성이 더 중요해집니다."

짙은 보라색 머리칼을 한 가게 여자는 옛날식으로 화분을 가꿀 수 있도록 인조 토양과 화분을 준비해 주었다. 그는 변호사 안내대로 계산대 앞에서 오른쪽 검지로 처음 결재를 했다.

유리 화분 액체 속에 뿌리를 내보이던 난초들을 옛날식 흙 화분에 옮겨 심는 일로 그는 첫날을 보냈다.

난초는 옛날에 길러왔지만 꽃이 없는 시기여서 잎과 뿌리만으로 종류를 알아내기는 힘들었다. 가정부는 그가 흙 화분에 난초들을 옮겨 심는 것을 흘끔거렸으나 말을 걸지는 않았다.

화분을 갈아 심고, 거실로 들어오면서 그는 탁자 위에 놓인 포장된 상자를 보았다.

〈효자손 시제품〉이라는 글씨가 보였다.

파출부가 받아 놓은 듯했다.

궁금해서 포장을 뜯자, 주먹보다 조금 큰 원숭이 인형 하나가 상자 안에서 폴싹, 탁자 위로 뛰어오르면서 빤히 그를 올려

보면서

　"가려운 등 긁어 드려요. 가려운 등 긁어 드려요."

　하고 종알거렸다.

　인형 안에 녹음이 되어 있는 듯했다. 눈을 깜빡거리던 원숭이 인형이 한순간 어깨 위로 올라오더니 앞발로 등 여기저기를 긁기 시작했다.

　"필요 없어."

　박민서가 손사래를 치자, 탁자 위로 내려온 원숭이가 다시 종알거렸다.

　"필요 없으시면 상자에 넣어 현관 밖에 내놓으세요. 필요하신 시제품은 회사에서 다시 보내 드려요."

　그는 원숭이 인형을 상자에 넣어 현관 입구 쪽으로 밀어 버렸다.

　손녀딸, 서영의 전화를 받은 것은 막 잠자리에 들려던 시간이었다.

　휴대폰이 산새 소리를 내었고, 버튼을 누르자 벽면 모니터에서 낯선 젊은 여자가 걸어 나왔던 것이다.

　"할아버지, 할아버지는 더 젊어지셨네요. 저 손녀딸, 서영이에요. 놀라셨어요?"

　"하, 정말……. 서영이가 맞는 거야?"

　"목마 태워주고, 시소도 함께 타고 했던 서영이 맞아요……. 할아버지 소식, 최변호사가 녹음을 해 두었더라구요……. 할아버지는 그대로시고, 저는 중년 여자가 되었네요."

눈매와 이마에서 아내와 아들 얼굴을 떠올려 보았지만 금발 머리 색깔 때문인지 낯선 얼굴이었다.

"그래, 서울에 살고 있는 거냐?"

"훗날, 아빠, 혹시 만나시면 서로 힘드실 것 같아요. 아빠, 할 아버지보다 지금 더 나이 드셨거든요. 할아버지, 돌아오신 것 정말 환영합니다. 가까운 날, 뵈러 갈게요."

"그동안 결혼도 했고?"

"같이 지내는 남자는 있어요. 노르웨이 남자예요."

"노르웨이?"

"할아버지 젊은 시절, 노르웨이 여행하셨다는 이야기 제게 해주셨는데……."

"그랬었구나."

"즐겁게 지내세요. 할아버지. 가까운 날, 뵈러 갈게요. 리모 컨 주소록을 눌러 두세요. 필요하시면 할아버지가 제게 전화하 실 수 있도록요."

"그래, 그렇게 하자."

손녀가 시키는 대로 리모컨 저장 버튼을 누르고 그는 거실로 나와 커피를 내렸다.

'허구와 실제, 과거와 현재……. 동거하는 남자가 노르웨이 남 자라니…….'

그는 커피잔을 든 채, 서재 문을 열고 책상 앞 컴퓨터를 켰다.

하루 전, 혹은 몇 시간 전 사용했던 것처럼 컴퓨터 초기 화 면이 반갑게 그를 맞았다.

그는 천천히 한글자판을 열었다.

여러 개의 칸막이와 미로로 이루어진 실험용 유리상자 안에 몇 마리 쥐가 들어 있다.

미로를 따라가다가 벽에 막히면 되돌아나와 다른 길을 찾고, 그러나 계속 통로가 벽으로 막히자, 갑자기 한 마리가 투명한 유리벽을 뛰어오르는 시도를 한다.

그때마다 유리벽에 머리를 부딪치면서 뛰어오르는 쥐의 행동이 거칠어진다.

한 마리, 두 마리, 세 마리…… 여러 놈이 같은 행동을 보이다가 한꺼번에 그대로 주저앉아 움직이지 않는다.

그때 장갑을 낀 커다란 손이 유리상자의 뚜껑을 열고, 쥐의 머리에 전기 충격기를 댄다.

다시 쥐들이 벽을 향해 날뛰기 시작하더니 한 놈이 입에서 피를 흘리며 쓰러진다. 또 한 마리, 또 다른 한 마리도 더 이상 뛰어오르지 못하고, 입에서 피를 흘리며 쓰러진다.

다시 뚜껑이 열리고, 쓰러진 쥐들을 커다란 손이 밖으로 꺼내더니 수첩에 쥐가 죽은 시간을 적고 상자에 던져 넣는다.

남은 두 마리는 다시 머리에 전기 충격을 받고 벽을 향해 뛰어오른다.

그때 안에 남아 있던 두 마리 쥐를 바라보던 박민서가 으윽! 비명을 지르며 주저앉는다.

두 마리의 쥐가 장훈과 박민서, 그 자신으로 변해 있었던 것이다. 그는 유리상자 속의 자기와 상자를 바라보는 자기 모습을 한 걸음 떨어져 바라보는 또 하나의 자기를 느끼면서 천천히 고개를 들었다.

흰 장갑을 낀 손의 주인공이 그를 바라보며 히죽 웃었다.

굵은 뿔테안경. 연구소의 한민석 소장. 그러다가 그 한민석의 얼굴이 한영우의 얼굴로 바뀌는 순간, 박민서는 식은땀을 흘리며 꿈에서 깨어났다.

너무 집안이 조용하다. 침대를 기어나와 침실 안의 스위치를 올리자 실내가 환해졌다.

그때 산새 소리의 수화기가 울렸다.

"저 한민석입니다. 깊은 수면을 못하시는군요. 처방해서 드린 파란 색 병에서 수면제 한 알을 꺼내 드세요. 그럼 푹 주무세요."

그는 의사 지시대로 파란 색깔의 약 한 알을 찾아들었지만 입에 넣지 않고, 다시 서재 문을 연다.

2

한영우 박사. 아니 영우.

지금 나, 내 서재 컴퓨터 앞에 앉았네.

자네, 그 〈시간〉의 이중성을 꼭 내게 증명해 보여야 했나? 30년의 객관적 시간과 내가 느끼는 주관적 시간 차이를 자넨 내게 확인시키고 싶었던 모양이지.

별로 유쾌하지 않지만 자네 실험은 성공했다고 해야겠지.

내 시간이 멈추어 있었으니까. 나 개인으로는 시간이 거꾸로 흘렀다고 해야 하나? 망가진 육신 일부가 수리되었다니 혼란스럽네.

자네 역시 이 엉뚱한 시간대로 머지않아 귀환한다니…… 글쎄, 그 순간 자네 표정이 궁금하군. 익숙하고 사소했던 환경이 뒤바뀌고, 소멸된 상황 앞에서 〈냉동 해동기술의 성공〉을 자네, 자축할 자신이 있나?

그나마 컴퓨터 이 구식 자판기를 두드릴 수 있게 해준 것은 고맙게 생각하네.

컴퓨터에 젊은 날들 자료가 그대로 보관되어 있는 것이 다행인지, 필요 없는 시간 소모인지 모르겠네.

조금 전, 자네도 기억하고 있을 내 손녀딸, 서영이와 영상통화가 있었네. 통통한 볼살에 속눈썹이 길던 아이가 30대 후반 금발로 나타나서 내 귀환을 환영한다는 영상을 보낸 거야.

생각해 보게. 그 아이의 30년과 정지되어 있던 내 시간.

동거하는 남자가 '노르웨이' 남자라는군.

그 아이가 '노르웨이'라는 말을 꺼내지 않았으면 젊은 날 여행 자료들을 찾아내지 않았을 텐데. 왜 하필 '노르웨이'인가.

내 컴퓨터 속에는 우리 젊은 날, 눈 덮인 그곳의 항구들과 빙하 배경의 여행 사진들이 그대로 보관되어 있네.

그때가 6월 말, 한국은 더위가 시작되고 있었는데, 같은 시간대에 섭씨 10℃ 내외 공간에서 느꼈던 그 당혹감. 공간에 따라 같은 시간에도 기후가 전혀 다를 수 있다는 것을 직접 확인한 셈이었지. 밤과 낮, 여름과 겨울이 똑같은 시간대에도 공간에 따라 반대일 수도 있다는 것은 알았지만 그 여행에서 나는 자네 덕에 많은 것을 배운 셈이었어.

그리고 지금은 같은 장소가 시간에 따라 얼마나 이질적일 수 있는지 자네가 확인시키고 있는 것 같군.

걸어 다니고, 뒹굴고, 커피 마시던 장소가 낯설어지고, 소실되고, 이질화된 시점에 나를 던져 놓고 내 반응을 자네가 지켜보는 기분이 드네.

노르웨이 해안을 따라 북극으로 향하던 그 유람선을 탔을 때도 자네는 내가 느끼는 당혹감을 한 걸음 떨어져 지켜보았다는 생각이 여행 끝나고 나서야 들었네.

그 2주일간의 여행.

북극의 백야가 시작되고 있었고, 첫 기항지였던 '스타뱅거(Stavanger)'였다고 기억되네. 17~8세기 목조 건물들이 그대로 보존되어 있던 항구, 노르웨이 역사를 안고 있는 네 번째 크기의 항구. 옛날 바이킹 근거지 중 하나.

부슬거리며 내리는 빗속에서 동화나라 같은 항구에 우리 네 사람이 함께 발을 딛었지.

경사 심한 빨강 지붕과 흰색 목조 건물들에서 풍기던 분위기는 연극이 시작되기 전, 무대의 고요랄까, 마법 피리에 홀려 사람들이 떠나 버린 것 같던 그 휑한 공허의 거리라니……. 쓰레기 조각 하나 보이지 않는 정적의 항구 위로 빗줄기가 굵어지고 있었지.

네 번째 크기의 도시라는데 인구는 그때 기껏 12만, 하기야 노르웨이 전체 인구가 당시 450만 명이었다니까 이상한 일도 아니었지.

고대 역사에 대한 내 관심에 걸맞을 것이라고 그곳 신석기 유적지를 찾아 나섰던 길은 목초지 위로 흩뿌리는 빗방울과 함께 바닷바람이 서늘했던 기억을 하네.

자네 여동생, 한미혜.

장훈이는 왼쪽 다리 때문에 목발을 짚고 있어 걸음이 뒤처졌고, 자네 여동생이 그 장훈이를 부축하고 우리 둘을 뒤따라왔어. 전공이 간호학이었으니 당연한 봉사일 수도 있었겠지. 훗날에야 그 여행 무대도 기획되었다는 혐의를 품었지만.

젊은 나이, 과학자로의 위상 구축, 〈생명연구소〉 수석연구원 발탁이라는 게 보통 꿈꿀 수 있는 일은 아니었으니까.

장훈이의 국전 특선과 미술대학 전임 임용, 나 역시도 자네들의 왕성한 활동에 자극 받은 거지. 내가 어설픈 역사학 학위 논문을 쓸 수 있었던 것은.

그때, 우리 세 사람 자축 여행이 당연한 것일 수도 있었어.

그런데 자네가 왜 그때, 많은 여행지를 다 젖혀 놓고, 기후도, 풍토도 엉뚱한 그 북극 지역 여행 코스를 고집했는지, 궁금해.

나를 위해 석기시대 인류 흔적과 바이킹 근거지에 대한 호기심을 충족시켜 주려고 그곳을 선택했다는 주장은 반쯤 허구였다는 생각이 여행 끝날 무렵 들었네.

첫 기항지, '스타뱅거' 석기시대 유적지.

반지하의 집, 땅을 파서 바닥을 다지고 벽을 세우고 지붕을 덮어 지붕 위에 또 흙을 덮는 직사각형 무덤 같은 형태의 주거지, 그 공간 중심, 노지(爐址)에 말린 가축 분뇨의 모닥불, 짐승 가죽을 깐 양쪽 벽의 침상, 환기를 위해서였는지, 지붕과 벽 중간쯤 공기가 들어오도록 작은 문을 만들어 놓았던 기억도 훤하네.

그 안에서 맷돌로 곡식 껍질을 벗기고, 양털을 뽑아 실을 뽑아내었던 흔적들.

아름드리나무 숲 사이, 인적은 없고, 빨간 지붕의 한가한 집들이 비에 젖어가던 풍경은 아름다웠네.

집집마다 정원에 핀 꽃들 중에서도 양귀비꽃들의 빨강, 노란색의 강렬했던 색감이 선명하네. 우리 넷은 아마 동시에 자네 시골집, 그 탱자나무 울타리 안쪽 화단을 떠올렸을 거야.

어렸을 때는 그 울타리를 경계로 나와 장훈이는 울타리 안으로 사라지는 자네와 미혜와의 거리를 확인하고 했으니까.

작은 시가지 언덕 위에 있던 높은 망루는 그때 지역방송 시설이라는데, 아주 오랜 옛날은 바이킹의 망루였다고 해서, 비가 뿌리는데도 우리는 옥상까지 올라갔지.

바이킹들이 노략질을 끝내고 항구로 돌아오는 것을 가족들이 기다리고, 낯선 배가 나타나는 것을 감시했을 그 망루 위는 그날 비바람이 너무 심해 서 있기가 힘들었어.

그때 장훈이가 자네 여동생 미혜의 어깨에 몸을 기대고 있던 것을 기억하네.

그 자리에 있던 사람들은 비슷하게 옛 바이킹들의 장례(葬禮)에 대한 상상에 잠겼지, 싶네.

뗏목 위에 장작을 쌓아올려 기름을 붓고, 장작 위에 시신을 눕힌 다음, 썰물 때 닻줄을 잘라 바다로 떠나보내면서 불화살을 날리는 그 사별의식은 불과 물과 바람 속으로 생명을 돌려보내는 의식이었을까.

하늘과 바다가 안개에 잠긴 몽환적 공간에서 그 '바이킹'의 장례를 함께 떠올리고 있던 것을 확인하고 그때 잠시 우린 놀랐었지. 어떻게 똑같은 환영에 동시에 빠져들 수 있을까. 그때 자네는 '공유된 무의식' 어쩌고 떠들었고, '집단무의식'까지 들먹였던 것이 기억나네.

배에서 항구에 내릴 때마다 날씨는 나빴고, 목발 때문에 불편했던 장훈이는 미혜의 도움을 당연한 듯 받아들였는데, 나는 그것이 두 남녀를 이어줄 거라고까지는 상상하지 않았던 것 같네.

스칸디나비아반도 맨 꼭대기, 사람이 거주하는 육지의 끝자락에 있는 작은 항구, '호닝스버그(Honnigsvag)' 풍경도 잊혀지지 않네. 100년 전만 해도 빙하에 덮여 있었던 영구 동토의 땅이었다고 했지.

지구 온난화로 모습을 드러낸 갈색의 황막한 육지의 끝자락, 북위 71도 10분 21초. 노르웨이식 표기로 NORD KAPP.

그때쯤 해서 미혜는 장훈을 받아들이기로 결정한 것 같아.

거리 곳곳, 못생긴 트롤(Troll) 요정 형상들이 세워져 있었는데, 숲의 어둠 속에서 살던 놈들이 햇빛에 몸이 잘못 노출되면 돌이 되어 버린다고 했던가. 그곳 바위들은 모두 죽은 요정들 시체라고 들었지.

그 트롤 요정 형상들 곁에서 두 사람은 여러 장 사진을 찍었어. 왜 나나 자네는 그곳에서 기념사진을 찍지 않았는지……

'노스 케이프(North Cape)' 전망대 앞에 차를 멈추고 천길 절벽 끝에 서서 나는 절벽 아래 1912년 '세인트 안나호'의 비극을 떠올렸는데 자네들은 그 생각을 하는 것 같지는 않았어. 얼음에 갇혀 움직일 수 없었던 그 배가 내 발밑 어느 지점에 있었을까, 계절과 해가 바뀌어도 얼음 위에서 20개월을 꼼짝할 수도 없이 갇혀 있던 사람들의 절망의 무게.

운이 좋은 날, 빙판 위에 나타난 바다사자나 백곰을 잡아, 문짝이며 마룻장을 뜯어 불을 피워 고기를 익히면서 견뎌냈을 그 극한 상황 속에서 뱃사람들은 무슨 생각을 했을까.

내가 읽은 '세인트 안나호'의 비극에 관한 이야기를 열심히 하고 있었을 때, 자네들은 내 이야기는 별로 듣고 있지 않았던 것 같아. 그때쯤 장훈이와 자네 여동생 미혜의 미래가 확정되었다는 생각을 훗날 두 사람 결혼식에서야 했으니, 내가 많이 둔한 모양이야.

장훈이 미혜와 결혼을 했던 그 피로연 자리, 신혼여행을 떠나면서 손님들에게 인사를 하던 새 신부가 아주 잠깐 내게 작은 소리로 그 바이킹 장례식 이야기를 했어.

훗날, 먼 훗날, 자기 장례식도 그렇게 했으면 좋겠다고. 결혼식 날, 자기 장례식 이야기를 한 미혜도 상식적인 사람은 아니었지 싶네만.

그나저나 내가 쓰러지고 객관적으로 30년이 지나갔으면 내 나이는 도대체 몇 살인가.

쓰러진 게 60대였으니 내 나이가 100살 전후여야 하는데, 자네 조카, 연구소 소장 말로 내 육체 나이가 50대 중반이라니, 그럼 '나'는 어디에 있는 건가?

과거 내가 살았던 '나'와 지금 '나'는 같은 사람인가? 아니면 다른 존재인가, 아니면 '복사물'인가?

악몽 때문에 잠이 깨어 수면제를 삼키기 전, 잠시 책상 앞에 다시 앉았네.

고약한 꿈이었어.

또 그 악몽 속에 빨려들까 봐. 겁이 나서 머리를 한참 비워두었다가 처방해 준 약을 삼키기로 했네.

실험실 유리상자 속, 쥐 두 마리가 왜 나와 장훈이로 변했는지, 그걸 쳐다보고 있는 나와 더 멀리서 그 유리상자와 나를 바라보는 또 다른 나.

꿈속이라도 너무 흉측해 온몸이 땀으로 젖어 샤워부터 했네.

3

도시 근교 슬로시티(slow city)로 이사 결심을 한 것은 1주일이 지난 다음이었다.

피곤할 때까지 며칠간 박민서는 도시 이곳저곳을 계획 없이 싸돌아다녔다.

옛날 걸어 보았던 공원과 서점 골목, 카페 거리, 재래시장을 배회하기도 하고, 고속 지하철 종점까지도 왕래해 보았다.

도로와 도시 기본 구조는 그의 기억 속 도시와 별로 달라지지 않은 듯싶었다.

그러나 건물들은 훨씬 거대해지고 다양해져 있었다.

도심 빌딩 중에는 굵은 기둥 한 개만 지상에 내린 채 허공 위에 떠 있는 건물도 있고, 다른 건물은 꼭대기를 가늠할 수 없게 높아, 건물 창 곁으로 바짝 '비행자동차'가 날아가는 것이 보였다.

피곤해지면 〈2000년대 커피 숍〉에 들러서 커피를 마셨다.

그는 도시 이곳저곳을 돌아다녔지만 누구도 그에게 말을 걸거나 쳐다보지 않았다.

사람들은 서로 전혀 관심이 없어 보였다. 유일하게 관심을 보인 것이 공원 벤치에 쉬고 있을 때, 늙은 노파 한 사람이 그 앞을 지나면서 히죽 웃어 보인 일과 그 다음날, 다른 여자가 시비조로 그에게 다가왔던 일이 있었다.

햇빛 탓이었을까, 은발머리에 주름살 없는 피부의 여자는 나이를 짐작할 수 없었는데, 다짜고짜 그의 벤치 옆자리에 주저앉더니,

"김회장, 그럴 수 있는 거야?"

대뜸 시비조로 말을 걸었다.

"누구신지? 사람을 착각하신 것 아닌가요?"

"유머가 늘으셨네. 나 최, 최정호. 결혼생활, 직장생활에 지친 남자. 하룻밤, 실수로 치부하고 잊을 수도 있지……. 그래도 그렇다. 몇 시간이나 지났다고 깡그리 모른 척하면 내 자존심 상처받지."

이건 아니다, 싶어 그 자리를 빠져나오자 분수 곁에 서 있던 레게머리의 뚱뚱한 흑인 여자가 가운뎃손가락을 치켜올리며 히죽히죽 웃었다.

"지금 나, 시간 괜찮아."

박민서 교수가 그날, 서둘러 아파트로 돌아온 것은 '꽃집 여

자'를 〈2000년대 커피 숍〉 앞에서 만난 탓도 있었다.

커피 한 잔씩을 함께 마신 것은 좋았다.

그런데 보라색 머리칼의 여자가 커피잔을 내려놓으면서 신품종 식물 이야기를 끝없이 늘어놓았던 것이다.

"'토메이토 포테이토', 모종이 들어와서요. 필요하시면 몇 그루 나눠드릴까 하고요."

감자 뿌리에 줄기는 토마토. 그 가게 유리병 속에서 그 식물을 보면서 불쾌감이 왔었는데, 최변호사가 그때 '적극적 에너지 활용'이라고 했던 기억이 났다.

"지금도 충분합니다."

"같은 줄기에 일곱 가지 다른 색깔 꽃도 있어요. 시간에 따라 꽃 색깔이 변하는 장미도 왔고요."

여자가 새 품종의 화초 이야기를 끝없이 떠들어서 그는 서둘러 커피집을 나왔다.

옷차림과 사람들 피부색이나 머리 색깔에도 무심해지고, 대형 모니터에서 나오는 입체 영상 뉴스나 광고에도 그는 조금씩 익숙해 갔다.

거리에 나서면 풍경이 낯설고 생소했지만 이국여행이라 생각하면 견디지 못할 것도 없었다.

"낯선 도시 여행이라 생각하시고 즐기세요. 언어와 결제 문제 신경 안 쓰셔도 되니까 느긋해지실 수 있고요."

최변호사의 말대로 젊은 시절, 지구 낯선 곳들을 퍽이나 많이 여행했었다.

아프리카 몇 곳 오지와 브라질 아마존 밀림, 파푸아뉴기니, 이스터 섬, 대서양의 카나리아 군도, 그때는 색다른 그곳 관습과 언어의 이질성 앞에서도 삶이라는 게 유사하다는 것, 언어 이전, 눈빛과 표정으로도 의사소통과 교류가 가능하다고 생각했다. 그러나 언어 소통에 문제가 없는데도 사람과의 소통이 힘들다는 것을 확인하면서 그는 이사를 결심했다.

시도 때도 없이 TV, 대형 화면 광고 내용들 역시 이사를 결심한 것과 무관하지 않았을 것이다.

〈완벽한 가사도우미 로봇 출시!!
인종, 나이, 체형도 고객 요구에 따라 주문 제작 가능.
바로 전화주세요.〉
〈화성에서의 환상적 2주일〉
〈달나라 1주일 여행 체험〉
〈수억 년 신비의 심해 탐사 1주일〉

마침 도시 근교 〈2000년대식 슬로시티〉에 앞서 자리잡은 장훈 화백의 연락이 이사를 결심하는 데 결정적이었다.

최변호사도 〈슬로시티〉 이사에 긍정적이었다.

"심심하셨을 겁니다. 친구 분 만나시고, 옛날식으로 활동도

하시면 즐거우실 수 있으실 거예요. 필요하신 것은 제게 언제나 연락하시면 되니까요."

"여러 가지로 많이 고마워요."

"주택 관계는 알아보고 바로 연락드리지요."

최변호사가 떠나고, 손녀딸의 입체 영상전화와 장훈 화백의 전화가 연달아 걸려왔다.

손녀딸에게 〈슬로시티〉로 거처를 옮길 것 같다는 소식을 전해주고 나자, 뒤이어 장훈의 모습이 화면 밖으로 튀어나왔다.

"최변호사 연락 받았어. 그래야지. 완전히 결정했나? 낯선 곳 며칠간 여행했으니 이리로 오게. 내 그림 많이 달라진 것도 구경하고. 피차 무사귀환 축하주도 한잔 해야지."

"멀미를 실컷 한 것 같네. 며칠……."

"하하하. 그래 멀미지. 환경이 갑자기 바뀌면 대개 멀미를 해. 자네는 거기다 여행을 잘 즐길 줄 모르는 체질이야. 낯선 곳에 가면, 첫 번째, 그곳 현지 돈을 써보는 것, 두 번째, 그 현지 음식을 먹어보는 것, 세 번째, 그 현지 여자를 안아보는 것, 알겠나? 자네 옛날 돌아다닌 것도 껍데기였을 거라는 이야기지. 그걸 꽁생원이라고 그러는 거네. 새 환경을 확인하고 즐기는 것이 체득 안 되는 체질. 자네 말이야……. 선생 노릇을 해서 그래……. 안 그런가?"

장훈은 직접 만난 것처럼 영상으로 꽤 말을 많이 했다.

그의 기억 속 장훈은 필요 이상 말을 하지 않던 아이였다.

한 가지 일에 빠지면 누가 무슨 이야기를 해도 자기세계에 몰두하던 그런 친구였는데……. 빠져드는 일이란 게 대개 그림에 관계되는 것들이었지만.

다시 생각해 보니 그가 결혼을 한 후로 자주 만나지 않았다는 생각이 들기도 했다.

그의 그림 전시회 안내장을 받거나 특별히 한영우와 셋이 어울리기는 했어도 서로 너무 다른 세계에 살았던 까닭도 있었지 싶었다.

그의 그림이 보고 싶기도 했다.

그림에 대한 깊은 식견은 없지만 장훈의 그림에는 독특한 분위기가 있었다는 생각이 들었다. 극사실화에서 극단적 실험까지, 그의 그림은 전시회 때마다 그래서 비평가들의 허를 찔렀지 않나 싶었다.

재료만 있으면 종이건, 나무토막이건, 흙바닥이건 그는 그림을 그렸다.

뾰족한 나뭇가지나, 못, 으깬 나뭇잎의 시퍼런 즙으로도 그는 그림을 그렸고, 또 그렸다. 버드나무 가지를 태운 목탄으로 종이에 그림을 그리는 경우는 행운에 속하는 일이었다.

민서가 놀랐던, 목탄으로 그린 단발머리 소녀의 초상.

미혜.

어렸을 때였지만 그 그림을 보면서 민서는 소름이 쫙 돋았다.

사진보다 더 세밀한 얼굴과 표정, 거기에 소녀 머리 위로 날아오르던 노란 나비 한 마리, 그 나비 쪽으로 향한 소녀의 눈이 이상하게 섬뜩했다.

그러나 그가 국전에서 훗날, 특선을 한 그림은 거칠기 짝이
없는 추상화였다.

원색 유화의 그 작품을 사진으로만 보았지만 그가 알고 있었
던 유년 시절의 장훈이 아니었다.

우직한 저돌성. 목표를 세우면 목표점에 도달할 때까지 한눈
은 안 파는……

"송곳 꽂을 땅 한 뙈기 없이 남의 집 일만 하다 농약 마시고
죽은 우리 아버지. 평생 남 앞에서 고개 한 번 못 들고 산 아버
지. 나는 그때부터 누구 눈치 안 보고 앞으로만 가야 했어."

중년이 되어 그가 했던 말이었다.

"…… 자네들에게는 잊혀졌을 것이고 또 몰랐을 거야. ……
여름방학이 끝나고 학교에 가져갈 폐품을 못 구해서 고물상에
들어가 솥단지를 집어오다가 들킨 일. 그 주인 털보영감, 내게
꼼짝 말고 그 자리에 솥단지를 모자같이 뒤집어쓰고 앉아 있으
라고 했지. 점심때부터 비가 부슬거렸는데 나를 잊어버렸던 듯
싶어. 그렇게 이튿날, 아침까지 앉아 있었다고……. 아침에 그
털보영감, 홀딱 비에 젖어 솥단지를 쓰고 있는 나를 보더니 기
겁을 하는 거야……. 무슨 이런 독한 놈이 있냐? 야, 너, 밤새
이러고 있었어? …… 그래, 이놈아, 그 솥단지 그리 욕심나면
가져가라. 지독한 놈을 다 보았네……. 그날 지각은 했어도 학

교에 방학숙제 폐품을 냈어……"

노르웨이 여행을 끝내고 영국을 거쳐 귀국했던 런던 '히드로' 공항에서, 그는 잠시 내게 작은 목소리로 그 이야기를 했다.

모닥불에 목탄을 만드느라 버드나무 가지를 부지런히 불 위에 던지던 중 불발탄에 불꽃이 튀었을까. 얼마나 큰 소리로 포탄이 터지는지 보려고 일부러 모래톱에서 주워온 불발탄을 던져 보았을까.

그러나 그는 불발탄 폭발 사고가 있고, 병원에서 목발을 짚고 나온 후에도 왼쪽 발목이 으스러진 사고에 대해서 자세한 이야기를 한 적이 없었다.

〈사진보다 정교한 극사실주의〉
〈난삽한 추상에 대한 새로운 거역〉
확실하지 않지만 장훈의 그림에 대한 신문과 미술잡지에 실렸던 평문의 제목을 박민서는 기억하고 있었다.

극과 극. 완전한 자유의!

그의 그림들은 생각하기도 힘들만큼 발표를 할 때마다 이질적이었지 싶었다.

목탄으로 단발머리 소녀를 흑백사진처럼 그렸던 절름발이 소년은 어디로 갔을까.

슬로시티로의 이사는 순조로웠다.

마을의 비어 있던 단독주택을 구입, 최변호사가 서둘러 수리를 끝내고, 가구들을 옮겨준 덕에 박민서의 이사는 그날 몸만 옮겨가면 되었다.

"장훈 선생님께서 많은 도움을 주셨어요. 마을 분들도 대환영이시고……."

'비행자동차'가 마을 밖 공터에 날개를 접고 내려앉을 때쯤 박민서는 오랜만에 시골의 그윽한 흙냄새를 맡았다.

"50년 전, 이곳은 아주 외딴 산골이었답니다."

낮은 야산을 등지고 단독주택들과 2, 3층 높이 연립주택 형태의 건물 몇 동이 섞여 있었다.

〈박민서 교수 입주 환영〉

큼직한 현수막을 앞세운 마을 사람들이 50여 명, 착륙장 앞에 나와 있었다.

"환영하네. 나, 장훈이야."

꽃다발을 안겨준 덥수룩하게 수염 기른 남자 손을 그는 참 오래간만에 잡았다.

박수 소리가 왁자해졌다.

"제가 이 마을 회장입니다. 환영합니다."

안경 낀 뚱뚱한 남자가 뒤이어 그의 손을 쥐고 흔들었다.

"회장님이 이곳 혜민의원 원장이시네."

"감기나 소화불량, 언제나 찾으십시오."

여러 사람 손을 잡았고, 박민서는 사람들 냄새 속에 평온해졌다. '빨리 왔어야 했는데……' 하는 생각이 들기도 했다.

그를 환영하는 점심식사를 같이 한다고 해서 타고 왔던 비행자동차가 떠나자 박민서는 장훈의 자동차에 올랐다.

"이 동네는 날개 달린 괴물 자동차는 없으니까 그리 알게……. 그래도 이 동네에는 옛날 먹던 불고기집도 있고, 횟집, 대포집도 있으니까 살만 할 거네……. 지독하던 멀미 증세는 이제 나았나?"

"정신이 좀 드는 것 같네. 지금에야……."

싱그러운 풀냄새가 창문을 내린 차 안으로 스물거리며 기어 들어 왔다.

잊고 있었던 찔레순 냄새, 익어가는 보리 냄새, …… 마을 한쪽으로 누렇게 보리가 익어가며 물결이 되어 출렁거리는 것이 보였다.

잊고 있었던 풍경이었다. 시골 풍경 속으로 들어와 본 것이 얼마만인가.

전에도 도시생활 속에서, 논문 자료, 신문과 컴퓨터, 밀려드는 정보지, 건강 염려증 속에서 오래 시골을 잊고 살았다.

그는 유리창을 내리고 깊이 심호흡을 했다.

그날 환영회는 젊었던 시절, 직장 입사 환영회나, 동창회만큼 떠들썩하게 끝났다.

몇 순배씩 술과 음료수가 돌고, 왁자한 웃음소리로 과거의 한 시절로 시간 여행을 한 것 같았다.

거처할 집 마당 한쪽 작은 텃밭 흙을 그는 집안에 들어서면서 한 움큼 손으로 쥐어 보았다. 흙냄새. 유년 시절 이후, 자연의 흙을 손에 쥐었던 적이 없었다는 생각이 들기도 했다.

흙에 직접 꽃을 심자.

채소를 심고, 나무도 심고……. 우선 백합을 심자.

장훈의 집은 걸어서 5분 거리 정도였다.

이튿날 저녁, 장훈 화백의 집을 찾아갔다가 박민서 교수는 두 가지 충격을 받았다.

거실을 그림 작업실로 사용하는 듯, 우선 집안 전체가 짙은 송진 냄새로 가득했다.

유화 물감냄새 속에 장훈은 깎지 않은 수염에 어울리는 편한 복장으로 그를 맞았고, 대뜸 벽에 가득 걸려 있는 캔버스 앞으로 그를 데려갔다.

벽면에 여러 개, 큰 캔버스들이 흰 천으로 덮여 있었는데, 그가 흰 천을 한 겹씩 걷어냈다.

"덜 끝났어. 작업중이야."

물감이 짓이겨진 거친 추상화들이었다.

"술이 기분 좋게 취하면 딱 이 자리에 서지. 그리고는 물감을 손으로 뭉쳐 저기에 던지는 거야. 욕을 하면서……, 세월을 향해 던지기도 하고, 싫은 기억도 내던지지. 억울했던 일도 던지고……. 내 속에 들었던 추악한 것들도 다 꺼내 집어던지는 거야……. 그러다가 쓰러져 잠이 들었다가 아침에 눈을 뜨면, 여자가 커피를 내려서 내 손에 잔을 쥐어주네. 해가 뜰 때를 기다려서 그림 위 흰 커튼을 걷어. 그때, 또 다른 내가 나서서 미친 캔버스에 수정작업을 하지."

극에서 극으로 움직여 온 그의 그림을 짐작하고 있었지만 물감을 손으로 뭉쳐서 던진다는 작업 방법은 충격이었다.

"내 부서진 복숭아 뼛조각도 저기 던졌고……."

그가 픽 웃더니 그 말을 하고 유리잔을 꺼내 위스키 두 잔을 따라 왔다.

그를 만났을 때 눈여겨보았지만 목발 없이 그는 자유롭게 걸어 다녔다.

"우리 친구, 한영우 박사가 새 것으로 끼워주었지 않았겠나? 그 친구, 참 대단해. 옛날에도, 지금도……. 그렇지 않나?"

"나는 간하고 폐라던가, 바꿔 끼워 놓은 모양인데……."

"우리 사실은 둘다 반쯤 로봇이야. 그 친구가 좀비를 만들어 놓은 거지. 안 그런가?"

그때 동거하는 여인이 거실로 걸어 나왔고, 그가 내게

"소개하지. 내 죽노(竹奴)일세. 아니지. 내 표현이 틀렸군. 내 죽노가 아니고, 내가 이 사람 죽노야."

많이 보아야 40대 중반, 흰 피부의 미인형 여자였다.

"신경 쓰지 마세요. 언어 표현방법이 자기 그림이나 비슷하더라구요……. 오시게 되었다는 소식은 들어서 알고 있었어요……. 역사학 교수셨다고요."

"……."

"이 사람, 내 그림에 반해서 내 곁에 있는 거야. 1주일에 사흘이지만……."

여자는 도시에 남편이 있다고 했다.

며칠은 도시에서 남편의 아내로 살고, 나머지는 장훈에게 와서 지낸다고 했다.

'죽노(竹奴)'라는 말이 생경해 묻자, 장훈이 한참 낄낄거렸다.

"깨어나면서 머릿속까지 포맷되었군. 그 단어, 자네가 내게 가르쳐준 단어라고……. 사학교수 했다는 사람이 젊었을 때는 더러 떠들더니……. 내, 자네 논문제목도 말해 줘? 〈고려시대 신분 계층 대립 연구〉, 내 기억 어때, 맞지?"

박민서는 장훈에게는 천재성이 있다는 생각을 다시 했다.

옛 친구, 논문을 제목까지 기억하다니…….

"양반가에서 여름날 더우니까, 남자는 사랑방에서 죽부인(竹夫人)을 끼고 잠들고, 마나님도 더운 것은 마찬가지거든. 마님도 안방에서 대나무 인형을 끼고 잔다, 그 마나님 인형 이름이 '죽노'……, 어때? 기억 나? 이제?"

그래, 맞아. 노비의 신분 상승. 신분 상승의 투쟁. 그것이 노비의 난이었고…….

박민서는 의식 깊은 곳에 숨었던 기억의 조각들을 잠시 꺼내보았다. 젊은 날, 대립된 신분 구조의 벽에 대한 생각을 했던 것 같다.

신분의 벽에 대한 도전이 쿠데타였고, 고려시대, 무신정변들과 실패한 노예반란 사건들에 한동안 빠져 있었지 싶었다.

…… 준비 안 된 쿠데타는 실패하기 마련 아닌가? …… 젊은

날, 장훈이 그런 이야기를 했던 것 같다.

노비 반란이 화제에 올려졌을 때였나. …… 장훈은 정보나 계획의 공유 자체가 실패의 출발점이라 했다. 한 사람, 두 사람, 정보가 공유되면 그것은 세력 확장이 아니라, 배신 기회의 확대라고……. 반란은 혼자 해야 해. 계획이 완전해질 때, 한꺼번에 쾅쾅, 그렇게 쓸어 버려야 해……. 화제가 바뀌었지만 그런식의 대화를 나누었던 것 같다.

박민서 교수의 〈고려시대 무신 반란과 신분 변화〉 강의에는 50여 명 마을 주민이 참석했다.

마을 회의에서 추진한 〈재능 나눔〉 행사로 다섯 번째였다.

특별한 일거리를 갖지 않은 사람들 중 과거 경험 중 주제를 정해 발표와 청취의 기회를 함께 갖는 행사는 심리적 무료함에 대한 치유방법 중 하나였다.

첫 음악발표회 호응도가 제일 높았고, 화원주인인 강여사의 〈채소와 꽃 가꾸기〉 정도는 호응도가 있었다.

그간 텃밭을 꾸미면서 박민서도 일을 찾았다고 생각했지만 옛날, 강단에 섰다는 것이 알려지면서 '역사' 강의를 맡았던 것이다.

엄격한 신분사회 기본틀의 전복에 관한 쿠데타는 학구적으로는 흥미를 끌 만한 주제였다.

그러나 박민서 자신도 마을 분위기에 발표 자체가 어색했고, 마을의 청취자들도 실생활과 유리된 과거 역사에 흥미를 느끼지 않은 것 같았다.

그 강의가 끝나고, 장훈이 그를 안내한 곳이 1970년대식 술집이었다.

마을은 기본적으로 2,000년대 분위기였지만 사람들은 옛날에 대한 향수를 더 지닌 것 같았다.

"'장애물 달리기'라면 같은 조건이 전제되는 게 원칙이지. 그런데 인생은 사실 개인 코스의 조건이 다 달라. 그게 묘미이기도 하고……. 스타트 조건도, 코스 조건도 다 다른 거야. 달리는 코스에 있는 장애물 종류도 똑같지가 않아……. 한 사람은 몇 미터 앞에서 출발하기도 하고, 그 사람 달리는 코스에는 장애물이 놓이지 않을 수도 있지. 그 곁 다른 코스 선수에게는 '철인경기'야. 함정도 있고, 언덕도, 낭떠러지도 있고……."

연탄불에 석쇠양념고기를 굽는 술집은 그들 기억 속에도 낯설었다.

"장애물 경기에서 평탄한 코스가 주어진 선수와 경쟁하는 것은 처음부터 불가능해. 거기 불만을 가지고 덤비는 게 쿠데타 아닌가?"

장훈이 그럴 듯한 변설을 했다.

"그런데 가르쳐 줄까? 진짜는 장애물 위로 발을 땅에 안 딛고, 일부 구간을 훨훨 날아가는 방법이 있거든. 그걸 우리는 상상력이라고 하지. 그게 예술의 본질이야."

무슨 이야기를 하고 있는 건가? 가볍게 두통이 왔다.

그리고 정확하게 휴대폰 신호가 왔고, 휴대폰 화면에서 한민석 박사의 굵은 뿔테안경이 나타났다.

"박교수님, 혈액 속 알코올 농도가 높아지고 있습니다. 음주 중이시면 중단하시고 댁에 돌아가서 휴식을 취하시기 바랍니다."

"알았어요."

박민서는 휴대폰 전원을 눌러 버리고 앞에 놓인 술잔을 한꺼번에 비웠다.

"자네도 날아보려고?"

장훈 역시 술을 털어 넣으면서 낄낄거렸다.

나이 든 마을의 뚱보의사는 박교수가 들어서자, 웃음기 머금은 얼굴로 의자를 권했다.

"검사 결과 아무 곳도 이상이 없습니다. 아주 건강하세요."

사흘 전, 박민서는 마을 병원에 기초적인 검사를 부탁했었다.

"그렇겠지요."

완전하게 재조립되었을 테니까요, 그렇게 대꾸하고 싶었지만 그는 말을 아꼈다.

"선생님 몸 속 센서는……."

의사가 그의 왼쪽 손목 부위를 가리켰다.

"기본적으로 여기 심거든요. 최대 직경 0.5밀리미터 정도, 본인은 의식을 못합니다. 의학 기술이 대단해진 거지요."

"그렇군요."

그는 허름하고 낡은 진료용 책상이며, 의자, 군데군데 흰 칠이 벗겨진 벽면을 다시 둘러보았다.

"회장님 병원에 오면 편안해집니다. 고향집에 온 것 같아요."

"환자 분들께서 그 말씀들을 하세요. 그런데도 제가 처방해 드릴 수 있는 게 소화제나 감기약 정도랍니다. 많이 아프시면 큰 도시 현대식 병원으로 나가니까요."

며칠 전, 장훈과의 술자리를 가진 후, 〈생명연구소〉 모니터와 연결된 몸속 센서 위치가 갑자기 궁금해지기 시작했었다.

그는 왼손 팔목 부분을 어루만져 보고 자리에서 일어섰다.

몸의 한 부분에 이상이 생기면 연구소 모니터가 알아차리고, 알맞은 처치를 할 것이었다. 마을 똥보의사 역시 그 사실을 알고 있을 것이다. 그러면서도 옛날 시골의사 모습으로 연기를 하고 있을지도 몰랐다.

"아프지 않아도 가끔 들르겠습니다."

그는 오른손 검지로 결제를 하고, 천천히 걸어서 집으로 향했다.

4

한영우, 어렸을 때부터 우리 사이에서 각본을 쓰는 게, 자네 몫이었다는 그런 생각이 왜 이제야 드는 건지.

감독과 주연까지도 본인 몫이고. 나와 장훈이는 언제나 조연이나 엑스트라 역할.

자네 각본 속 출연 요청을 앞으로는 거절하고 싶어지네.

나와 장훈이는 자네가 기획해 둔 각본 위에서 걷고, 뛰고 했던 것 같은 이상한 배신감이 이 마을에서 며칠을 지나며 점점더 강해지는 거야.

절름거리던 장훈이의 다리가 멀쩡해진 것을 확인하면서 이제는 나 역시 출연을 거절해도 된다고 생각했는지 모르겠네.

자네 옛날, 자주 이야기했던 시간의 이중성.

여러 번 했던 화제라 시간에 대한 그 명제는 잊지 않네.

객관적 시간이 하나의 선으로 존재한다면 그 줄 위에서 줄타기를 하는 개인은 상황에 따라 주관적 시간이 길어지기도 하고, 짧아지기도 한다는 것. 동의하네. 자네 의견.

군대 제대 말년, 그 몇 달이 얼마나 더디고 지루했는지 아니까……. 나한테서 강의 받던 학생들도 자네 말대로 졸리고 하품 나오고 그랬겠지……. 누구에게나 신나고 즐거운 시간은 눈깜짝할 사이 지나가는데……. 그래, 나도 그 점에 동의해.

우리 모두 그때 초등학교 3학년이었을까, 4학년이었을까, 한국전쟁이 막 끝나고 물자가 귀하던 때 학교에서 방학이 끝날 때면 학생들에게 폐품 수집을 시켰지.

깨진 병이건, 헌 신문지, 부서진 농기구, 유리조각 무엇이건 방학이 끝나면 학교에 가져가야 했어. 나는 집안에 굴러다니던

빈 병 몇 개로 최소한 의무를 가져갔고, 자넨 집에서 헌 양은솥 단지를 가져갔던 것으로 기억하네.

그때 장훈이 모습이 학교에 안 보였어.

학교를 파하고 집에 가던 길, 장터를 돌아 나오는데, 거기 고물상 문 앞에서 장훈이가 무쇠솥을 머리에 쓰고 앉아 훌쩍거리고 있었지. 폐품을 못 가져가면 선생님한테 혼 나니까, 그 친구, 고물상에서 헌 무쇠솥을 훔쳐 나오다가 주인에게 잡힌 거야.

그 벌로 그날 학교도 못 가고 하룻밤을 그대로 그 고물상 문 앞에서 무쇠솥을 쓰고 앉아 있었는데, 그때 영우, 자네 한 손으로 무쇠솥을 둥둥 치면서, '얌마, 그래도 이러고 있으면 소나기 올 때도 멀쩡하지 않아? 안 그러냐?' 그러면서 자네 그때 낄낄 웃어댔었지.

그래, 그게 한영우, 자네였어. 그 고물상에서 무쇠솥을 훔치라고 가르쳐준 것도 아마 자네였고……

그것만이 아니지.

그 무렵 여름날, 산에서 장훈이가 꿩알을 열 개도 넘게 주워 와서 같이 삶아 먹은 적이 있었고, 며칠 후에 이번에는 자네가 또 무슨 알을 주워 와서 장훈이네 부엌에서 삶은 적이 있어.

그런데 그 삶은 알을 자네가 우리더러 앞서 먹으라고 했어.

장훈이가 서둘러 자네 시키는 대로 알 껍질을 벗겨 입으로 가져가다가 튕겨 일어났지.

꿩알이 아니고 뱀알이었어. 그것도 부화가 막 시작되어 알 껍질 속에서 새끼뱀이 나왔는데……. 그때, 자네는, 거 이상하다, 분명 까투리가 우리 울타리 안쪽에서 이 알들을 품고 있는 것을 보았는데…….

그래, 그 울타리……. 탱자나무로 된 자네 집 울타리……. 장훈이와 나는 늘 그 울타리 앞에서 멈추어 서곤 했지.

촘촘하게 날카로운 가시로 뒤덮인 그 탱자 울타리 틈 사이로 바람이 드나들고, 들쥐와 작은 새들도 통과를 했는데 우리 두 사람은 그 울타리 안으로 들어가 본 적이 없었어.

자네와 여동생 미혜가 나란히 울타리 안으로 들어가면 나와 장훈이는 그 울타리 밖에서 서쪽 하늘이 저녁이 되면서 벌겋게 되었다가 보라색으로, 검은 색으로 바뀌어가는 것을 지켜보다가 집으로 돌아서곤 했지.

장훈이가 자네 여동생과 결혼을 했던 것은 그 울타리 안에 들어가고 싶어서였을지도 모르겠어.

그 결혼으로 우리에게 금기였던 그 탱자 울타리를 왕래하는 신분 변화를 꿈꾸었는지는 상상해 보지 않았어.

한 번도 상대방 얼굴을 바로 못보고 눈을 아래로 깔고, 꾸부정한 어깨로 살았던 제 아버지가 농약을 들이키고 세상을 떠났을 때, 장훈이는 탱자나무 울타리 안쪽에 사는 미혜와의 결혼을 계획했는지 몰라. 그러나 젊은 나이, 장훈이 국전 특선 화가로 입지를 굳히지 않았어도 그 결혼을 자네가 찬성했을까.

장훈이 화가로 성장하고, 자네가 '냉동생물학' 연구 선두 학자로 자리잡지 않았다면 나 역시 지방대학 교수 자리 역시 상상하지 못했을지 모르겠네. 사실을 고백하지만 나는 그냥 편하게 엎디어 살고 싶었어.

동물 집단에서 힘으로 서열이 정해질 때, 서열에서 밀리면 상대 앞에 벌렁 누워 배를 내보이고 복종을 맹세하는 것, 굴종이건, 순응이건 그것 역시 생존 전략이라면 나는 서열의 후순위에서 편한 안주의 길을 택했을 걸세.

내가 역사학 쪽 논문을 쓰자, 장훈이는 내게 그런 말을 했지.

행동에 옮길 용기가 없어 역사에 기대서서 몽상적인 반란을 꿈꾼다고……

그래, 몽상이라면 미혜에 대한 몽상은 오래 했던 것 같아.

거창한 반란을 꿈꾸어 본 적 없지만 지금의 이 무료, 이 시간의 혼란을 계속할 흥미가 점점 없어져 가네.

장훈, 손등이 새까맣던 그 장훈이가 저희 집 좁은 부엌 아궁이 앞에 쭈그리고 앉아 포플러 나무줄기를 태워 '목탄'을 만들던 것을 기억하네.

곱게 탄 포플러 나무 숯을 그는 보물 다루듯이 다루었어. 틈만 나면 그 목탄으로 너덜거리는 제 낡은 스케치북에 그림을 그렸지. 그러면서도 본인 그림을 제대로 보여준 적은 한 번도 없었어. 그가 그 무렵, 딱 한 번, 기뻐 날뛰는 것을 보았는데, 멀리 살던 제 이모가 찾아오면서 새 스케치북을 사다 주었기 때문이라는 것을 알았지.

그에게 종이가 있고, 손에 잡히는 그림 도구만 있었다면 그는 먹지도 자지도 않고 그림만 그렸을지도 몰라.

한국전쟁이 끝나고 휴전이 되었을 무렵, 시골 아이들 사이에서 왜 그렇게 불발탄 사고가 잦았는지······.

특별한 장난감을 가져본 적 없던 시골 아이들은 쉽게 구할 수 있었던 탄피들을 보물처럼 가지고 놀았고, 휴전이 되고 나서는 계곡 같은 곳에 굴러다니던 불발탄을 주워서 고물상에 팔거나, 엿을 바꾸어 먹기도 했지. 그때, 탄창을 분해하거나, 불 속에 넣었다가 폭발사고로 다치는 일이 엄청 많았지.

장훈이 불발탄 폭발로 왼쪽 발을 다친 경우도 그 당시에는 보통의 일이었으니까.

"이 새끼야, 차라리 그 자리에서 칵, 죽어 버리지 그랬냐?"

왼발 발목에 붕대를 동여매고 저희 어머니 등에 업혀 제 집으로 온 날, 나는 그 집 울타리 밖에서 저희 어머니가 내는 울음소리를 들었어.

왼발 복숭아뼈가 으스러져 그때부터 목발을 짚게 되었지만, 장훈이는 그 불발탄을 어디서 누구와 함께 주워왔고, 어쩌다 폭발사고가 일어났는지는 이야기하지 않았어.

그 사건이 있고 훨씬 후에도, 어른이 된 뒤에도 장훈이는 그 불발탄 이야기를 입에 올리지 않았어.

한 달 여 학교를 못 나오다가 장훈이 목발을 짚고 학교에 나왔을 때, 이상하게 한 해 전 여름방학이 끝나고, 폐품수집 사건으로 그가 고물상 앞에서 무쇠솥을 머리에 쓴 채 앉아 있던 것이 떠올랐는데…… . 그때, 한영우, 자네가 그 무쇠솥을 손으로 툭툭 치면서, '그래도 이렇게 있으면 비는 안 맞겠다'며 낄낄대던 자네 얼굴이 그때, 내게 왜 나란히 떠올라왔는지…….

지금 장훈이는 절름거리지 않네.

목발 없이도 쿵쿵 뛰어다니고, 재미있는 여자도 한 사람, 1주일의 절반을 그의 곁에 머물더군. 목발 짚던 젊은 시절에는 어깨를 빌려줄 미혜가 필요했지만 미혜가 없으니까 다리가 불편해서는 안 되는 거 아닐까.

5

"남편을 사랑하느냐고 물으셨나요?"

석쇠 위의 돼지고기 한 점을 집어 들면서 그녀가 갑자기 꺄르르 웃었다.

1970년대 술집이라는 연탄구이 석쇠집이 박민서와 장훈의 단골집이 되어 버렸다.

"저도 물을게요. 박선생님께서는 옛날에 부인을 사랑하셨던가요?"

"글쎄, 그게 뭐……."

민서는 소주를 털어 넣으면서 우물거렸다.

사실 그 질문에 자신 있게 대답할 수가 없었다.

"그래도 저는 부부라는 인연을 절반을 이어가는 걸요. 남편은 새로운 시간 속에 동화되면서 부부 개념을 완전히 잊더라고요. 젊고 섹시한 여자들이 있고, 날마다 다른 여자를 품을 수 있는데, 옛날 부부라는 인연, 의도적으로라도 망각하고 싶은 거 아니겠어요? 제 경우 반쪽은 이곳의 2000년대에, 다른 반쪽은 2050년에 그런 셈이랄까요."

장훈의 말로는 부부가 함께 차 사고를 당했고, 함께 깨어난 시간 속에 여자는 현재의 새로운 시간 적응이 힘들어 1주일의 절반을 슬로시티에서 그와 함께 지낸다고 했다.

"지금 이런 술집, 정확하게 1960, 70년대식이니까."

박민서 역시 연탄불에 고기 굽는 기억은 훨씬 젊었던 시절이었다.

"2050년대에 데려다 놓았더니 2000년대를 찾고, 그것도 부족해서 연탄불에 안주 굽는 1970년대 소주집을 찾고 말이야. 그러다가 다 석기시대로 거슬러 올라갈지도 모르지 않나?"

〈연탄은 가스 때문에 난방이나, 조리에 부적합하다〉는 논리는 한 시기의 명제일 뿐.

〈절대적 명제〉라는 게 원래 존재하기나 하는 건지, 천천히 두통이 왔다.

"개량종이 많아져 흰 꽃말고도 분홍, 노랑, 빨강에 한 줄기에 꽃 여러 대 달린 것도 많거든요. 선생님이 찾으시는 것은……."

이사를 하고 맨 처음 〈꽃집〉 간판을 마을 로터리에서 발견하고 박민서는 곧바로 가게 문을 밀고 안으로 들어섰다.

막 피어난 갖가지 꽃들에서 풍겨오는 향기가 감미로웠다.

투명한 화분 속, 뿌리를 내려뜨린 흰 색깔 장미 화분에는 두 대의 꽃이 곧 만개할 듯 보였다.

그의 시선이 장미 화분 가장자리로 향했다.

투명한 화분 가장자리에 붙어 있는 스티커. 흰 색 표지 곁으로 빨, 주, 노, 초, 파, 남, 보, 흑.

"저녁에 색깔을 입력하면 아침에는 원하는 색깔의 꽃을 볼 수 있어요. 흰색으로 되돌리고 싶으면 흰색 버튼 명령을 내리고요."

그러고 보니 진열대 위 장미꽃 색깔도 다양해 보였다. 흰 색에서 파랑색, 완벽한 검정색.

"이 녀석들도 다 마찬가지인가요?"

"아니에요. 자동 변색 화분, 도시에 나갔다가 신기해서요."

"내가 원하는 건, 옛날, 흰색 백합입니다."

"눈치로 알고 있었어요."

건강한 탄력이 느껴지는 갈색 피부의 여자는 이름이 강여옥이라고 했다. 꽃집 여자는 화분들 사이에서 흰 꽃 한 대가 막 피기 시작한 백합 화분을 찾아왔다.

햇볕에 그을린 듯 보이는 피부색의 40 전후. 밝고 서글서글한 인상이었다.

민서는 주인 여자가 건네는 화분을 받아 숨을 들이마셨다.

"백합은 향이 강해서 여러 대가 있으면 두통이 와요. 큰 화병에 백합을 가득 꽂아 놓고 잠이 들면 그 향기 때문에 죽을 수도 있다던데요."

작은 가위로 장미꽃 줄기에서 잎을 자르며 여자가 혼잣말을 했다.

집 마당에 꽃밭이 있었고, 지방 공무원이던 아버지가 꽃을 좋아해 마당 한쪽 작은 온실이 있던 집에서 자랐다고 했다.

"사람은 어린 시절에서 누구도 자유롭지 못한가 봐요. 도시에서 몇 해, 살면서 꽃 같은 것 잊고 살았는데, 어느날, 마당 한쪽에 있던 꽃들이 그리워지는 거 있지요? 맨드라미, 채송화, 장미에서부터 모란꽃, 작약, 팬지, 시클라멘, 유도화, 백합……. 도시생활을 접고 어린 시절 자랐던 이곳 고향에 와서 꽃 장사를 시작했어요……."

묻지도 않았는데 여자는 자기 이야기를 했고, 박민서도 아파트 생활을 하면서 화분 몇 개를 길렀노라고, 까다롭다는 난초도 몇 화분 길렀다는 이야기를 했다.

"댁에서 흰 백합만 기르시게요?"

"우선 뜰에다 백합을 잔뜩 심으려고요."

꽃들 사이에서 커피를 대접 받았고, 마당 한쪽에 심을 백합 묘목을 부탁했다.

"화분에 심어진 것도 한 50분……."

"장훈 화백님과 친구 분이라고 들었어요. 〈재능 나눔〉 선생님 강의도 들었어요."

"그 지루한 강의를……"

유리상자 속, 실험실 쥐에 관한 꿈을 〈슬로시티〉로 옮겨온 후에도 박민서는 두 번이나 더 꾸었다.

내용이 똑같지 않았지만 마지막 장면에서 쥐들이 피를 흘리며 죽어가는 모습과 큰 집게로 죽은 쥐를 꺼내 기록한 후, 시체를 쓰레기통에 내던지는 장면은 같았다.

남아 있던 쥐에게는 더 강한 전류로 자극을 주거나, 다른 날 꿈에서는 주사기로 약물 투여를 하기도 했다. 그때마다 마지막 남은 쥐의 모습이 장훈과 박민서로 바뀌고, 실험실 의사 모습에 한영우 모습이 겹친 적도 있고, 한민석인 적도 있었다.

그 꿈을 꿀 때면 몸서리를 치며 식은 땀 속에 깨어났고, 수면제를 털어 넣고서야 침대로 돌아갔다. 그 꿈 이야기를 장훈에게 하자 장훈은 큰소리로 웃어제꼈다.

"그래서 자네더러 꽁생원이라는 거야. 손을 물어뜯어. 주사 바늘을 들고 들어오는 손을 꿈속에서라도 꽉 물어뜯어 버리라고……"

며칠 사이 그 여자, 강여옥과 가까워지게 된 것은 꽃 모종과 채소 덕분이기도 했다.

백합 화분을 배달하면서 백합 모종에 거름까지 준비해 와서 그 여자가 집 화단을 꾸며주었던 것이다.

"지렁이가 많네요. 흙이 살아 있다는 뜻이죠. 소독된 인공 흙으로 식물들을 키우면서 지렁이들이 사라졌거든요……"

괭이와 호미로 흙을 파 뒤집고, 거름을 섞어 꽃을 심는 여자 모습을 그는 물끄러미 지켜보기만 했다.

그때 여자의 이마에 땀방울이 배어나오는 것이 보였다.

그 땀방울이 잊었던 어머니 생각을 나게 했고, 손등에 때가 까맣던 소년을 떠올리게 했다.

여자는 울타리 한쪽에 백합을 심고, 그 가장자리로 봉숭아와 채송화까지 심고서, 작은 둔덕에 채소 모종을 심어 주었다.

"며칠 후면 상추, 풋고추, 가지도 직접 따실 거예요."

이마의 땀을 손등으로 훔치고 그를 돌아보는 여자의 흰 이가 가지런했다.

"전문 농사꾼 못지않으시군요."

"어렸을 때부터 쭈욱 이렇게 자라서요."

"화분 몇 개, 난초 화분 몇 개 길러본 게 나는 전부입니다."

사실 그랬다. 부모는 그에게 호미도 쥐지 못하게 했다. ……너는 손에 흙 묻히지 말고 살거라. 지열이 푹푹 올라오는 한여름, 콩밭에 있던 어머니는 물주전자를 들고 찾아가도, 어서 가서 책을 보라고 성화를 댔다.

소매로 땀을 훔치는 여자에게서 박민서는 잠깐 어머니 냄새를 맡고 있었다.

"부모님은 자기들처럼 내가 농사를 지을까 봐 흙을 못 만지게 했어요."

찬 음료수를 건네며 잠시 그가 유년 이야기를 했다.

넓은 농토와 탱자나무 울타리 안에 살던 한영우네 가족과 그 여동생, 미혜, 남의 집 일만 다녔던 장훈네 가족.

"그 영우네 탱자나무 울타리 안쪽에 꽃밭이 있었어요. 그 꽃밭에 백합이 많았지 싶어요."

"며칠이면 이곳 백합이 더 많이 필 거예요."

"미혜에게 줄 게 없어, 초가을이었나, 고추잠자리를 잡은 적이 있어요. 잘 익은 고추색깔로 엄청 빨간 놈이었는데, 잠자리를 받고 미혜가 깡충깡충 뛰더니, 백합 한 송이를 꺾어다 주었어요……. 장훈이는 어렸을 때도 틈만 나면 그림이었고, 목탄으로 미혜 초상화를 그린 걸 몰래 보았지요. 고추잠자리보다 초상화에 끌렸던지 둘은 훗날 부부가 되었고……. 참 전설의 시대 이야기입니다."

"추억은 누구에게나 재산이죠."

꽃밭과 채소밭이 만들어진 뒤 박민서는 뜰에서 보내는 시간이 많아졌다.

물을 뿌려주고 잡초를 뽑고, 벌레들을 손으로 잡아주는 일, 그는 흙냄새 속에서 자주 유년의 냄새를 맡았다.

그 냄새 속에는 나른한 안온함과 슬픔이 함께 묻어 있었다.

도시로 중학교를 진학한 후로 방학 때 외에는 고향 친구들과 어울리는 기회가 많지 않았다. 거기에 부모님 뜻대로 그는 책에만 매달리려 했다. 강렬한 목표나 욕망, 집념을 가졌던 것은 아니었다.

20대 중반에 한영우가 〈냉동생물학〉의 연구로 박사가 되었다는 소식을 들었지만 그는 그때 별로 놀라지 않았다. 당연하다는 생각이었다.

그러나 젊은 개성적 화가, 장훈의 기사가 신문에 실리자 초조해지면서 그는 진로를 '고대 역사' 쪽에서 찾기로 했다.

텃밭 상추싹이 제법 올라온 토요일, 손녀 서영이의 방문이 있었다. 직접 얼굴을 대하게 된 피붙이와의 상면이 설레었지만 그의 기억 속, 어린 시절 손녀와 현재의 서영을 연결시킬 수가 없었다.

서영은 짐작대로 직접 '비행자동차'를 몰고 왔고, 집 앞 길가에 차를 세우면서 트렁크부터 열었다.

"할아버지, 선물이에요. 허전하실 때 도움 될 것 같아서요."

실물과 구별 안 되는 젊은 여자 로봇이 트렁크에서 나왔고, 박민서 교수 턱밑에서,

"귀여워 해주세요."

깜찍하게 고개까지 숙였다.

로봇 광고는 TV를 통해 여러 번 본 적이 있지만 사람과 외형상 구별이 안 되는 로봇, 새파랗게 젊은 여자 로봇 앞에 그는 적잖이 당황했다.

"할아버지 혼자 계시잖아요? 곁에 두세요."

"아니다. 이건."

"저 무엇이든 다 잘할 수 있어요."

검고 큰 눈을 깜박이며 종알거리는 로봇 앞에서 박민서는 등에 소름이 쫙 돋았다.

손사래를 쳐서 여자 로봇을 자동차 트렁크에 다시 집어넣고, 그는 손녀에게 막 피어나기 시작한 백합꽃과 채소밭을 보여주었다.

그러나 서영은 꽃이나 돋아나는 푸성귀에 별로 흥미를 보이지 않았다. 서영은 로봇 선물을 거절한 할아버지가 이해되지 않는 듯했다.

"아침에 도우미 아주머니가 마을에서 매일 일찍 다녀가서 전혀 불편하지 않아."

서영을 데리고 2000년대식 갈비식당에서 점심을 함께 하고 배웅을 한 다음, 박민서 교수는 온몸에서 힘이 빠져나가면서 심한 무력감에 빠졌다.

젊은 여자 로봇이 그의 기분을 영 뒤틀리게 한 듯했다.

서영을 보낸 뒤, 기분이 가라앉아 있었는데 그 여자, 강여옥의 방문이 있었다.

밭에서 손수 바로 뜯은 상추와 풋고추, 애호박이 한 바구니였다.

"흙으로 기른 채소로 저녁 한 끼 대접해 드릴까 하고요. 가게는 주말이라 닫았어요."

서영의 방문과 여자 로봇 이야기를 하자, 손녀딸의 효성이 대단하다며 그녀는 대수롭지 않게 웃어 버렸다.

여자의 방문이 그로서는 약간 불편했지만 직접 가꿨다는 푸성귀로 차려내온 저녁 밥상 앞에 앉자 기분이 풀어져 버렸다.

흙에서 햇볕으로 제대로 기른 상추와 풋고추라니……

"반주 한 잔 해야겠습니다. 흙에서 자연적으로 자란 음식에 대한 예의로요"

"그래야죠. 흙에 대한 예의, 햇볕에 대한 예의……"

여자가 술잔을 부딪치며 깔깔거리고 웃었다.

"70년대 술집인가, 장훈 화백과 거길 갔어요. 시간이 거기서는 잠시 거꾸로 흘러요. 그런데…… 이상하지요? …… 그런데도 더 옛날로, 더 옛날로…… 호기심과는 다른 차원인데 그 심리 말이지요."

둘은 여러 잔을 함께 마셨다.

"고추잠자리 시간으로 돌아가고 싶어 그러세요. 저 아랫마을에서 살던 때, 아버지 목마타고 놀던 시절이 저도 맨날 그리워지는데요."

"회귀욕구, 그런 것인가?"

"미혜라고 그러셨지요? 친구 여동생을 많이 좋아하신 모양이에요."

"아, 그래요. 미혜……"

상을 치우고, 한 손에 커피잔을 들고 둘은 어둠 속, 막 피기 시작한 백합꽃밭 앞으로 나갔다.

백합향기가 시골 밤공기 속에 섞여 달콤하게 다가왔다.

"나, 선생님 곁에서 오늘밤 자고 갈까요?"

"예?"

"남자 곁에 오랫동안 가지 않았어요. 참 오래 남자 곁에 안 갔어요."

"……."

"소쩍새가 우네요."

땅거미가 탱자 울타리를 휘감아 돌고 나면 어둠과 함께 들었던 소쩍새 울음소리. 그 소쩍새 소리를 들은 것이 오래전이었는데…….

"어렸을 때는 저 소쩍새가 자주 울었어요. …… 최근 들어서는 잘 안 들렸는데……."

여자의 머리칼에서도 백합꽃 냄새가 났다.

백합향기가 콧속을 파고들면서 박민서는 엉겁결에 기우뚱하며 자기 앞으로 쓰러지는 여자를 안았다.

어둠 속 멀리서 소쩍새 소리에 섞여 물결소리가 들렸고, 백합 냄새가 안개같이 콧속으로, 목덜미로 휘감겨 오기 시작했다.

나비 한 마리가 여자 머리칼 위 하늘로 날아오르고 있는 것을 본 것 같았다.

"선생님도 추억을 창조할 수 있다는 것은 모르셨지요?"

"추억을 창조해요?"

성형외과에서 본인의 요구에 따라 외모를 바꾸는 것처럼, 아직은 비밀스럽게 진행되긴 하지만 본인의 추억도 수정과 창조가 가능해졌다고 했다.

몇 곳 되지 않지만 서울에도 비공식적 영업을 하는 〈심리성형 병원〉이 있다고 했다.

본인이 꿈꾸어 온 과거를 원하는 타입으로 무의식 속에 심어주는 최면술 기술은 우리나라 의료진이 세계 최고라고 했다.

특히 불행했던 유년이나 청소년 시기를 보냈던 사람들은 어느 정도 자기 인생이 안정되었다고 생각하면 대부분 〈심리성형〉의 유혹에 빠진다고 했다.

"이런 말씀 드려야 할지 망설였어요."

"……."

"꽃이 많이 피는 마당과 온실이 있는 집에서 자라는 아이들, 그게 항상 부러웠거든요."

"……."

"만들어 심어준 추억에 잘못해서 원래 기억 조각들이 일부 섞여들 때가 있어요. 그때는 혼란스럽고, 불안하고 두려워요. 그리고 말씀 안 드렸는데, 저도 냉동되었다가 깨어났어요."

"강여사도 그럼……?"

여자 허리를 감싸안았던 팔에 힘이 빠져 나갔다.

"슬퍼요. 모든 것이……."

여자가 흑 흐느끼는 것 같더니 갑자기 그의 가슴으로 쓰러졌다. 여자 몸 전체가 그의 가슴에 무너져온 그 순간, 그의 휴대폰과 여자의 휴대폰이 동시에 울렸다.

그의 휴대폰 신호음인 산새소리에 묻혀서 어둠 저편에서 조금 전까지 들려오던 소쩍새 울음이 끊겨 버렸다.

"연구소 한입니다. 박민서 교수님. 선생님의 현재 심장 박동에 이상신호가 잡힙니다. 정상 이상으로 상승 중, 심호흡을 반복하시고 빨리 안정을 취해 주세요."

박민서의 손에서 휴대폰이 땅으로 떨어져 내렸다.

여자도 몸을 돌려 자기 휴대폰을 받고 있었다.

"강여옥 씨, 깊이 심호흡을 하세요. 심장박동 이상이 감지되고 있어요. 심호흡을……. 깊이 심호흡을……."

돌아선 여자의 휴대폰 속 음성이 선명하게 새어 나왔다.

두 개의 휴대폰에서 계속 들리는 기계음 속에서 은은하던 백합향기 역시 아침 안개같이 흩어져 갔다.

일요일 오후, 경찰 비행차가 마을에 나타난 것은 마을이 생긴 후, 처음이라 했다.

그것도 살인사건이라니…….

도시 젊은이들 캠핑카가 들어온 것이 발단이었다.

일부 젊은이에게는 〈슬로시티〉 생태가 호기심일 수도 있었을 터였다. 마을에서 그들 방문을 거절했어야 했는지 모른다. 그러나 그들 중에도 훗날 생활 터전을 옮겨올 수도 있으리라는 기대로 마을 회의는 그들 방문을 허락했다. 사실 마을은 신선한 수혈이 필요했다. 도시 적응이 힘든 사람들, 몇몇 냉동시술 생존자들의 향수로 만들어진 마을에는 젊은이들이 아무도 없었다. 젊은이 10여 명은 그날, 캠핑카에서 내리자, 마을 곳곳을 기웃거리며 돌아다녔다. 비키니 차림에서 털옷까지, 다른 피부색과 머리칼 색깔들이 식당과 커피숍 주변을 기웃거리자, 주민들은 창문을 닫기도 하고, 몇 사람은 떠나온 도시를 떠올리기도 했다.

밤 내 캠프파이어와 음악으로 시끄럽던 산골 마을의 일요일 아침, 흑갈색 피부의 젊은 여자가 다른 여자 칼에 찔려 사망했다고 했다.

경찰 비행차들이 사이렌을 울리며 마을 앞 공터에 날개를 접었을 때, 박민서는 마을 병원에서 막 아스피린 몇 알을 처방받았다.

"나도 현장에 잠시 가 보아야겠습니다."

"소쩍새가 울어댄 것이 사고 원인일지도 모르겠습니다."

"소쩍새라니요?"

"지난 밤, 소쩍새가 심하게 울어댔거든요."

"피해자의 냉동치료가 가능할지 연구소 의사들이 왔을 것입니다."

"그렇겠군요."

의사가 앞서 병원 문을 나서자, 박민서는 서랍장에서 작은 메스와 핀셋 한 개를 호주머니에 넣었다.

현관을 나오자 구급차가 날개를 펴면서 떠오르는 것이 보였다. 어제 손녀딸이 떠나던 하늘로 날아오르는 구급차 사이렌 소리가 마을 위로 퍼져들었다.

"심정지 시간이 넘어 정밀검사를 해봐야 할 것이라 그럽니다."

마을 의사가 병원으로 돌아오고 있었다.

"심장 정지에서 한 시간이 현재 냉동 가능 한계 시간입니다."

"한 시간을 넘기면 폐기처분이군요."

"시간도 머잖아 극복되겠지요."

잠시 소란이 가라앉자 일요일 오후의 마을은 다시 물밑 같은 고요와 무료에 잠겨갔다.

민서는 마을 로터리를 돌아 〈꽃집〉 앞에 잠시 서 있었다.

휴일이라 가게 문들이 거의 닫혀 있었다.

문을 닫은 가게들 앞을 천천히 걸어 그는 장훈의 집 대문 안으로 들어섰다.

조용했다.

주말이 되어 여자가 도시로 돌아간 듯했고, 장훈은 그때까지 잠자리에서 일어나지 않은 듯 거실은 송진 냄새뿐, 내려앉은 고요가 무거웠다.

그는 친구의 거실에 들어서면서 벽에 걸린 그림들부터 눈여겨 둘러보았다.

몇 작품은 아직 흰 천에 덮여 있었고, 그 중 셋은 작업이 끝났는지 맨살을 드러내고 있었다.

원색 유화물감들이 덧칠된 화면들은 너무 거칠어 일종의 귀기가 풍겼다.

혼란, 카오스적 혼돈. 화산 같은 분노의 표출, 그의 감식안으로는 친구의 예술 세계의 본질에 접근해 갈 수 없었지만 제일 구석진 자리의 낯선 그림 한 폭으로 시선이 끌렸다.

추상적인 그림들과 전혀 다른 사실적 풍경화 한 점.

옅게 안개 덮인 시골마을.

사진으로 착각할 만큼 극사실적인 터치의 풍경화 앞에서 박민서는 잠시 호흡을 멈추었다.

낯익은 풍경이었다. 이 마을의 현재 시간보다는 한참 과거로 퇴행된 시간의 풍경.

그러다 그는 고개를 저으며 주인 없는 빈 거실을 바쁘게 빠져나왔다.

그 풍경화 안쪽에서 그는 손등이 까만 소년들과 안개에 휩싸인 탱자 울타리를 떠올렸던 것이다.

저녁이 되자 박민서는 집안 울타리 안쪽에 겹겹이 놓였던 흰 백합 화분을 한 개씩 조심스럽게 거실로 옮겨갔다.

실내에 화분 수효가 불어나자 꽃에서 풍겨 나오는 향기가 거실 전체를 안개처럼 음흉하게 떠돌기 시작했다.

두 개, 세 개, 넷, …… 거실로 옮겨진 화분이 40개가 되었을 때, 화분들을 거실 벽에 빙 둘러 늘어놓고, 화병에도 여러 개

물을 채워 화분 앞쪽에 놓은 다음 마당으로 내려갔다.

마당은 어둠으로 덮였고 하늘에 별들이 나타나기 시작했다.

그는 피기 시작한 백합꽃을 가위로 잘라 한 아름 거실로 옮겨와서 화병에 꽂기 시작했다. 꽃이 많아지면서 거실 전체가 백합향기의 구름 속에 잠겨가기 시작했다.

그는 병원에서 집어넣었던 작은 메스와 핀셋을 욕실에 놓고 실내를 한번 둘러보았다.

한 달간 머물렀던 공간이었다.

이제 컴퓨터 앞에 앉아 있다가 컴퓨터를 끄고 서재를 나온 후, 집안의 모든 문을 닫고, 욕실에 들어가서 팔목 센서를 뽑아내어 변기에 넣고 물을 내릴 것이다.

피가 흐르는 팔목을 미지근한 욕조에 담고 눈을 지그시 감고 백합꽃 향기를 들이킬 것이다.

천천히, 아주 천천히……

꽃향기의 작은 입자들이 코끝을 휘감고 얼굴을 간지럽히다가 유년의 탱자나무 울타리 바깥에서 맡았던 백합향기가 되어 목덜미를 휘감아 오리라.

그러다가 한순간으로 장훈의 거실 한쪽에 숨겨두었던 그 안개 덮인 시골 풍경화 속으로 걸어들어 갈 것이다.

장훈이 어린 시절 그렸던 단발머리 소녀, 그림 속 소녀 머리 위로 날아오르던 나비를 한 손으로 잡아 미혜 손에 쥐어줄 것이다.

6

지상의 모든 생물은 생존 자체가 결국 서열놀음일지 모른다.

서열에서 밀리면 넙죽 엎드려 복종과 순응이 유일한 생존방식이 되는 것.

사자무리 속의 힘센 수컷도 늙고 노쇠해지면 집단에서 쫓겨나고, 한동안 초라하게 무리들 뒤를 따라가며, 목숨을 부지하다가, 드디어 하이에나 무리에게 잡혀 먹히는 광경. 그 다큐멘터리 필름들. 그 숫사자도 과거 한때, 그 무리의 우두머리 수컷을 쫓아내고, 그 새끼들을 찢어 죽인 다음, 왕좌를 차지했는데……, 이상하지. 그 새끼 잃은 암사자는 왜 금방 제 새끼를 찢어 죽인 수컷과 새로 짝짓기를 하는 것인지……?

어느 세계나 서열이 있어. 동물도, 사람도, 식물도…….

큰 나무 아래에서 발아한 작은 식물들은 어차피 얼마 지나지 못해 고사하고, 나무들은 햇볕을 차지하려고 위로 더 위로 곧게 치솟기도 한다. 산불로 온 산이 불타 버린 뒤, 그 잿더미 속에서 움트는 작은 식물군들.

산에 대형 산불이 나면 인위적으로 녹화를 시행한 곳보다 방치해 둔 장소의 회복력이 빠른 것은, 그 치유력의 본질, 직립이 불가능한 칡넝쿨들이 거목을 휘감아 고사시키는 현상.

'겨우살이', 깊은 산 거목 가지 끝에 뿌리를 흉측한 이빨처럼 박고 나무 영양분을 훔쳐 먹으면서 한겨울에 푸름을 유지하는 그 기막힌 생존술.

컴퓨터 자료실의 넘쳐나는 자료들.

먼 과거의 역사, 풍토와 인종, 새로운 과학기술과 우주, 종교, 개인 개인의 프로필……. 컴퓨터 안에는 너무 많은 세계가 공존한다.

마우스를 움직이다가 2차 세계대전 당시 일본군들의 생체 실험에 관한 자료와 사진에서 잠시 멈춘다.

〈2차 세계 대전 당시 일본 731부대 마루타 생체실험 정보〉

1. 착혈 실험 – 대형 원심분리기를 고속으로 회전,
   안에 있는 마루타의 눈, 귀, 코, 입, 성기, 항문의 출혈 과정 관찰.
2. 매독 실험 – 여자포로에게 매독균 주입, 진행 과정 관찰.
3. 대체수혈 실험 – 동물의 피와 인간의 피 교환 실험.
   주로 말이나 원숭이의 혈액 이용.
4. 동상 실험 – 영하 40℃ 얼음물 속, 온몸이나 팔다리를 담그게 하고, 동상 진행 과정 관찰.
5. 보병총 성능 실험 – 일렬종대로 선 맨 앞사람 가슴에 총을 바짝 대고 방아쇠를 당겨 관통력 측정.
6. 신무기 성능 시험 – 밀폐 공간에 마루타를 둥그렇게 둘러서 묶어 놓고 수류탄이나 소폭탄을 터뜨려 피해 정도 관찰.

7. 진공 압력 실험 – 압력실에 마루타를 넣고, 공기를 서서히 빼면서 눈
　　알과 내장 돌출 시간 관찰.

8. 독가스 실험 – 밀폐된 방안에 청산가스 주입, 체급별 사망 시간 관찰.

9. 내열 실험 – 망가진 전차 속에 마루타를 넣고 화염방사기를 쏘아 피
　　해 정도 관찰.

10. 인공 낙태 실험 – 임산부 자궁에 구더기를 넣어 태아를 갉아 먹는
　　과정 관찰.

12. 화상 실험 – 화약을 얼굴에 심고 불을 붙여 타 들어가는 정도 실험.

13. 교잡 실험 – 아시아인과 러시아인 교배 실험.

　그 외 수많은 세균 주입 실험.

　100년 전, 일본군 731부대 실험에 대한 보고문의 인터넷 자
료실.

　아무도 읽지 못하게 영구 삭제했으면.

　영우.

　오늘밤, 이 집안에는 개화한 흰 백합꽃 수백 송이가 화병에
꽂혀 있네.

　화분에도 심어 실내에 들여놓은 화분 갯수만도 40개.

　잠시 후, 출입문과 창문을 다 밀폐하고 꽃 사이에 누워 꽃향
기에 묻혀 있으면 유리 실험 상자를 빠져나갈 수도 있겠지.

　낡고 느슨해진 육신을 군데군데 수리해서 새로운 센서를 부
착해 또 다른 실험용 철장에 가두기 전, 바이킹 장례식 꿈속으

로 들어가려 하네.

오늘, 마을이 잠시 어수선해진 틈을 타서 병원에서 작은 수술용 메스를 훔쳐왔네.

팔뚝 센서를 뽑아 변기에 넣고 물을 내릴 거네.

하수구에 처박혀 흘러가면서 내 센서는 연구소 컴퓨터에 무슨 신호를 보낼까.

백합꽃송이를 가슴에 올리고 썰물에 실려 먼 바다로 떠나는 뗏목 위에서 불꽃 속에 산화해가는 꿈.

같은 시간, 우리를 동질화시킨 그 바이킹 장례식 환영은 여행에 동행했던 자네에게도, 장훈에게도 앞서 우주 속으로 흩어져 간 미혜에게도 집단 감염을 일으키지 않았나?

집단 감염의 환영, 그러한 용어가 가능할지 모르지만 그 집단 감염은 원래 자네 계획서에는 빠져 있지 않았을까.

그날 노르웨이 스타뱅거, 불붙은 뗏목이 멀어져 가던 비현실적 환영에 우리 네 사람이 함께 감염되리라는 생각은 자네도 못했을 것 같아.

확실한 것은 그때만큼은 우리 모두, 바이킹식으로 뗏목 위에 시신이 실려 먼 바다로 떠나는 환영에 빠져들었다고 믿네. 기름 뿌린 장작더미 위에 눕혀진 시체를 향해 동료들이 쏘아주는 불화살, 한순간 파도 위의 장작에 불이 붙고, 그 불 속에서 시신은 불과 물, 공기 속에 산화되어 사라져 가고……. 그때 자네 들었는지 모르겠네만, 미혜가 그 말을 했어. 그 시체 위에 백합

꽃을 한아름 덮어 함께 보냈으면 더 좋겠다고…….

그림엽서 같던 그 작은 도시 정원들에 어느 집에나 꽃들이 엄청 피어 있었지. 그 중에도 꽃양귀비의 귀기 돌던 진한 꽃 색깔이라니……. 추운 기후 탓이었나, 우리가 알던 꽃들보다 그곳 꽃송이들이 훨씬 작았던 것도 기억나네.

어린 날, 자네 여동생 미혜에게 고추잠자리를 잡아주고, 백합 한 송이를 건네받았던 그 시간, 나는 숙명적으로 기름 장작 더미 위 뗏목에 눕혀졌을지 모르겠네.

그날 목발을 짚고 서 있던 장훈이의 복숭아뼈 쪽을 자네 그때, 분명 바라보고 있었어. 아니, 장훈이의 목발 쥔 팔을 붙들어 주던 여동생 미혜의 희디흰 손가락 쪽을 보고 있었을까.

자네 집 탱자 울타리 안쪽에 피어 있던 백합꽃에서 탱자가시들 사이로 밀려나왔던 백합향기를 자네는 이해하지 못해.

나와 장훈이는 그 무렵 자네와 미혜가 그 울타리 안으로 들어간 후에도 그 울타리 밖에 오래 서 있곤 했어. 나나 장훈에게는 넘어서면 안 되는 금기였지만 그 탱자나무 울타리, 날카롭고 촘촘한 가시 사이를 빠져나오는 꽃향기는 누구라도 맡을 수 있었으니까.

내 짐작이 틀리지 않았다면 노르웨이 여행을 떠나기 전, 자네는 장훈이와 미혜를 맺어주기로 계획하고 있었어.

자네 여동생, 미혜를 짝지어 장훈이의 불편한 다리를 붙들어 주도록…….

해가 뜨고, 지지도 않는 그 축축한 안개의 공간에 천재성 있
는 다리불구의 젊은 남자와 감수성 예민한 여자를 한 무대에
올려놓은 거지. 두 사람의 교류시간 자네가 다른 곳으로 눈을
돌릴 수 있도록. 그래, 나, 박민서의 배치. 그 정도면 연출지시
가 필요하지 않다는 것을 자네는 짐작하고 있었던 거야.

장훈이 미혜를 끔찍하게 좋아했던 것은 알고 있었네.

그에게 그림이란 미혜를 제 스케치북에 담아 놓는 것. 날아
가는 나비를 손으로 잡으려는 소녀 그림을 몰래 훔쳐보았네.
그 그림이 미혜에게 갔고, 미혜는 내가 고추잠자리를 잡아주었
을 때처럼 장훈이에게도 백합꽃을 주었어.

장훈이 불발탄 폭발사고로 왼쪽 발목이 부서졌을 때, 내가
떠올린 것이 무엇인지 알겠나? 고물상 앞에서 무쇠솥을 뒤집어
쓰고 앉아 있던 장훈이의 모습에 히죽거리는 자네 얼굴이 겹쳐
져 왔거든.

기억날지 모르겠네.

어느 해였던지 그 여름날, 뱀알을 삶아 놓고, 우리 두 사람에
게 앞서 먹어보라고 했던 일. 알 껍질이 가죽 같아 나는 망설이
고 있었지만, 장훈이가 앞서 덥석 그 뱀알을 물어뜯었지. 자네
가 시킨 일이었으니까.

물론 부화된 새끼뱀이 들었을 것이라는 예상은 자네도 안 했
으리라 믿네만.

시간을 오래 잡아먹었네.

영우.

상호소통 없는 홀로그램 메시지를 내게 남겼듯 더 구식 방법으로 내가 남기고 있는 이 글을 자네가 읽을 수 있을지도 확실하지 않네.

자네가 말했던 그 객관적인 시간으로 이 글을 쓰고 있는 시점에서 1년이 지나고 운이 좋아야 자네가 이 글을 보게 될 테니 소통 없는 독백의 가능성도 생각하네.

그러나 1년 후, 자네가 196℃ 액화가스 통 속에서 건강하게 밖으로 나온다면 2000년대식 이 〈슬로시티〉에 자네도 한두 번은 들를 것 같고, 장훈 화백이 그때도 이곳에 남아 있다면 내 이야기를 화제로 두 사람이 만날 것이라는 예상을 하네.

장훈인 이제 목발을 짚지 않네.

한 환자의 왼쪽 복숭아뼈에 대한 완전한 수리 사례는 〈대체장기〉 이식 성공 확률의 의미가 있겠지.

그러나 목발이 없어도 되는 장훈에게는 부축해 줄 미혜의 손길 역시 필요하지 않다는 사실에 조금 기묘한 기분이 들지 않을까.

다리가 멀쩡해진 장훈을 보면 냇가 모래밭에서 함께 주워온 불발탄을 해체하다가 일어난 그 폭발사고 기억에서 자네가 완전히 자유로워질지 나는 지금 알 수가 없네.

고물상에서 무쇠솥을 집어 나오라고 부추겼던 그때의 악동 기억까지 완전히 지울 수 있을까.

오래전이지만 만년설 쌓인 킬리만자로 정상이 올려다보이는 아프리카 '마사이족' 마을에 이틀간 머문 적이 있었네.

엉뚱한 곳에 대한 여행벽은 젊은 날, 자네에게 이끌려 따라갔던 해가 지지 않은 그 여름의 노르웨이에서 내가 배운 것임에 틀림없을 거야.

사는 게 권태로워질 때면 젊었던 날, 빙하가 떠다니던 그 여름날 노르웨이 생각을 많이 했으니까.

소똥을 진흙에 이겨 지붕과 벽을 바른 늙은 '마사이 전사'집 마당에서 소똥 모닥불을 피우며 많은 이야기를 그 늙은 마사이 전사에게서 들었지.

붉은 색 망토에 창 한 개, 살아 있는 소의 동맥에서 피를 빨아 먹을 수 있는 대롱 하나를 들고 '마사이' 소년들은 누구나 사자를 잡으러 마을을 떠난다고 했네.

사자를 잡아 돌아와야 전사로 취급되는 전통으로 젊은 남자아이들은 사냥터에서 죽기도 하고, 겁이 나서 도시로 도망가버리고……, 결국 남자가 부족해진 종족은 일부다처의 관습이 되었다고.

그 늙은 '마사이 전사'도 아내가 셋이었네.

그 무렵만 해도 정부 시책으로 사자를 함부로 죽일 수 없었지만, 그들 전통 속에서 사자 사냥은 그들 '마사이' 전사의 몫이고, 세상 모든 가축 역시 그들의 위대한 신, '렝가이 신(神)'이 그들에게 주었다는 믿음으로 다른 종족 가축들도 필요하면 언제나 끌어와도 된다고 믿고 있었어.

마침, 그때, 모닥불 반대쪽에 사바나원숭이 암놈 한 마리가 죽은 지 오래된 제 새끼를 품에 안은 채 낯선 이방인을 빤히 올려다보고 있었네.

원숭이들은 새끼가 죽어도, 그 죽음을 받아들이지 않고, 새끼의 시체가 말라비틀어질 때까지 품속에 품고 다닌다는군.

하이에나 두 마리가 마사이족 사람들이 '로꼬니'라고 부르는 '우산아카시아' 밑동 아래서 눈에 파랗게 불을 켠 채 우리 쪽을 바라보고 있던 그 밤을 나는 오래 잊지 않았네.

소똥 불에 고기를 구우면서 그날 노인이 내게 '체체파리' 이야기를 들려주었네.

야생동물 서식지와 '마사이' 목동이 사는 지역 사이에 경계 표시가 없어도 자기 영역을 지키면서 충돌 없이 살아갈 수 있는 것이 '체체파리' 때문이라고 했어.

무덥고 습한 삼림지대의 '체체파리'는 야생 동물에게 전혀 피해를 주지 않으면서 사람이나 가축은 이 파리에 물리면 '트리파노소마증', 그 치명적 수면병에 걸려서 잠에 빠져 들어 죽게 된다는……

그렇게 다 살아가게 되어 있는데, 문명과 정치라는 게 이것, 저것 만들어서 세상을 복잡하게 한다던 노인에게 나는 고개를 끄덕이며 한국에서 가져간 팩 소주를 노인에게 권했네.

"아산테 사나.(정말 고맙습니다)"

"포레 포레.(천천히)"

노인은 낯선 이방인이 소똥 불에 구운 고기를 먹는 것이 기
쁘고, 그것만으로 기분이 좋은 모양이어서 계속 아산테 사나
(정말 고맙습니다)……, 아산테 사나(정말 고맙습니다)…… 그렇
게 중얼거리면서 웃어 보였어.

늙은 마사이 전사에게 세계는 조상으로부터 물려받은 가치
관으로 단순하고 평화롭게 유지되고 있었던 거지.

그들에게 일부일처제 개념이나, 국경, 위생에 대해 밤을 밝혀
이야기해 봐야 넌센스일 뿐, 죽은 새끼를 안고 다니는 원숭이
에게 죽은 새끼는 버려야 한다고 강요하는 것이나 마찬가지라
는 생각을 했네.

오랜 세월 전인데도 나는 그날 밤, 노인에게 들은 체체파리 이
야기를 잊을 수가 없네.

이 글을 끝내면 컴퓨터 전원을 내리고, 곧바로 출입문과 창문
들을 다 닫을 거네.

미지근한 욕실 물속에 센서를 빼낸 내 팔목을 내려뜨리고 눈
을 감고 백합꽃 향기를 맡을 걸세.

출렁거리는 욕실 물에서 노르웨이 연안, 잔뜩 안개 낀 스타벙
거 해안, 기름 머금은 장작더미 실은 뗏목에 누워서 백합꽃 향기

를 마시며 불화살이 날아오기를 기다릴 걸세.

그러다가 한순간 활활 타는 장작더미 위에서 불과 물과 공기
에 섞여서 하늘로 날아오르는 나비를 향해 손을 뻗치겠네.